INNOCENCE MORTELLE

LES ENQUÊTES DE DÉTECTIVE KAY HUNTER

RACHEL AMPHLETT

SAXON
PUBLISHING

CHAPITRE 1

Eva Shepparton poussa un cri, sa voix noyée par la musique et les conversations bruyantes émanant du chapiteau blanc au sommet du jardin, et elle tendit les bras pour garder l'équilibre.

Elle se stabilisa, maudit l'herbe humide due à l'averse matinale et se tint les mains sur les hanches, respirant fort tout en lançant un regard furieux vers la fête en haut de la pente.

Avec le recul, elle aurait dû demander où se trouvaient les toilettes – ou les *cabinets*, comme aurait insisté la mère de Sophie – mais elle n'avait pas eu le courage d'approcher cette femme autoritaire, ni son mari.

Sophie était introuvable. Eva ne l'avait pas vue

depuis les discours, alors elle avait décidé que le bosquet de rhododendrons ferait l'affaire.

Elle soupira. Si Sophie n'avait pas été une si bonne amie, elle n'aurait jamais accepté d'être ici.

Le doux parfum de l'herbe fraîchement tondue emplissait l'air autour d'elle, tandis que la fumée des braseros enflammés disposés autour du jardin flottait au-dessus de sa tête. Elle avait vu les jardiniers arriver le matin même, suivis une demi-heure plus tard par le fleuriste. Ensemble, ils avaient taillé et arrangé le jardin à la perfection.

Ils avaient terminé quelques instants avant l'arrivée du camion de location du chapiteau. Maintenant, la grande tente blanche occupait la majeure partie de la pelouse, son plancher en bois faisant résonner les pas d'une foule de danseurs enthousiastes.

Les oreilles d'Eva bourdonnaient encore du bruit de la fête. Le toit du chapiteau était baigné de lumières multicolores provenant d'un portique installé au-dessus de la cabine du DJ, et elle pouvait l'entendre en ce moment même, en train d'encourager les membres plus âgés du groupe à se lever et à danser sur un tube disco des années soixante-dix.

Elle leva la main et plissa les yeux pour regarder

le cadran de sa montre, l'inclinant jusqu'à ce que la faible lueur des braseros éclaire les aiguilles.

Dix heures.

Elle renifla. Pas étonnant que tout le monde soit ivre.

— Pour une bande de chrétiens dévots, vous savez sacrément bien tenir l'alcool, dit-elle d'une voix pâteuse, avant d'avoir un hoquet.

Elle se couvrit la bouche et gloussa.

Sophie lui avait dit que le pasteur du petit groupe d'église privé auquel elle et ses parents appartenaient avait suggéré que la cérémonie se tienne à l'église après les heures de service ; cependant, la mère de Sophie avait accueilli cette idée avec mépris.

Elle avait jeté un coup d'œil aux autres paroissiens avant de murmurer :

— Je ne pense pas que ce soit une bonne idée, Duncan. Je préférerais garder cela privé. C'est plus en accord avec la position de ma famille dans la société, vous ne pensez pas ?

L'homme d'église s'était agité sur sa chaise, avait rougi et accordé le point.

L'étape logique suivante avait été que la mère de Sophie propose l'utilisation de sa propre maison.

La lèvre supérieure d'Eva se retroussa.

Quand Sophie le lui avait dit, elle avait caché sa

réaction immédiate à sa meilleure amie, mais n'avait pas pu contenir son dégoût une fois rentrée chez elle, déversant sa frustration sur sa mère à la place.

— C'est comme si elle devait toujours *prouver* quelque chose, avait-elle grommelé. Je sais qu'elle veut probablement bien faire pour Sophie, mais depuis l'annonce des fiançailles, c'est devenu pire. Tout ça parce qu'elle est une lointaine cousine treize fois éloignée de la famille royale ou quelque chose comme ça.

Maintenant, Eva contemplait la maison, dont la silhouette imposante dominait le chapiteau en contrebas.

Sophie lui avait dit que la maison originale avait été construite à l'époque de la Régence, les propriétaires successifs ayant ajouté et étendu son empreinte au fil des années.

Eva secoua la tête, se demandant pourquoi diable une famille avec un seul enfant voudrait d'une si grande propriété, avant de glousser à nouveau, puis d'avoir un autre hoquet.

Évidemment, la mère de Sophie adorait le prestige qui allait avec, et le titre.

— Faisons la cérémonie à la maison, marmonna Eva en imitant la voix de Diane. Matthew et moi pouvons organiser une fête après. Ce sera amusant.

Elle soupira. La cérémonie avait été correcte, supposait-elle, mais *amusante* ?

Diane avait passé la plupart du temps à tenir un mouchoir devant son visage pour tamponner ses yeux.

Sophie, bien sûr, était magnifique. Sa mère avait fait venir un coiffeur et une maquilleuse afin de s'occuper de tous les besoins de sa fille, même si Eva soupçonnait fortement que c'était plus pour que Diane maintienne les apparences que pour le bien de Sophie.

Eva avait parcouru le couloir jusqu'à la chambre d'amis qui lui avait été attribuée pour le week-end et elle avait passé le temps avant la fête à se changer, enfilant la robe qu'elle avait achetée spécialement pour l'occasion et faisant de son mieux avec ses cheveux épais et ondulés, qui avaient décidé de mener leur propre vie pendant l'été.

Quand elle était redescendue, les autres invités de la fête commençaient à arriver, se répandant dans le hall, traversant le vaste salon et sortant par les portes-fenêtres qui menaient à la terrasse.

Les traiteurs étaient apparus pendant l'absence d'Eva, et elle avait déambulé le long des tables de nourriture avec Sophie, picorant des canapés et tenant une coupe de champagne tout en faisant la conversation avec les autres invités.

Josh Hamilton était arrivé avec ses parents une heure plus tard.

Eva devait admettre qu'il n'était pas mal en temps normal et ce soir, il rayonnait.

Josh charmait de parfaits inconnus avec l'aisance de quelqu'un habitué à être le centre d'attention, serrant la main des hommes et faisant la conversation aux femmes, travaillant la petite foule pendant que son père, Blake, souriait en passant son bras autour des épaules de sa femme, leurs accents américains tranchant avec le rassemblement de personnes venues leur souhaiter leurs vœux de bonheur.

Eva se mordit la lèvre.

Elle n'avait aucune idée de ce qui se passerait le lendemain, une fois que le secret de Sophie serait révélé.

Parce qu'il devrait être révélé, n'est-ce pas ?

Elle avait accepté.

Bien sûr, d'ici là, il serait trop tard. Tout ce que Sophie avait mis en mouvement culminerait dans les événements de cette soirée.

Elle aurait souhaité, avec le recul, que Sophie ne lui ait jamais rien dit.

Cela aurait été plus facile ainsi.

La musique fit une brève pause, et le son du ruisseau en bas de la colline parvint à ses oreilles.

L'envie pressante de faire pipi tira Eva de ses pensées, et elle tituba vers les buissons de rhododendrons au bas de la pente.

Son pied glissa à nouveau, et elle jura dans un souffle. Vérifiant par-dessus son épaule, elle pouvait encore voir le haut de la tête de certains invités, ceux qui s'étaient aventurés loin du chapiteau pour fumer des cigarettes, et il n'était pas question qu'elle urine à la vue de quelqu'un.

Le terrain commençait à s'aplanir, et Eva repéra un grand rhododendron sur sa droite.

Elle eut un hoquet, puis gémit en marchant dans une grande flaque laissée par la pluie du matin.

— Je vais boire encore une coupe de champagne, et puis je rentre, marmonna-t-elle en s'accroupissant derrière le buisson.

Elle soupira de soulagement, puis se redressa et essaya d'essuyer autant que possible l'eau boueuse de ses sandales, jurant en se rappelant qu'elle n'avait même pas encore payé sa facture de carte de crédit, et voilà qu'elle se retrouvait avec des chaussures abîmées qu'elle n'avait achetées qu'une semaine auparavant.

Eva soupira et, résolue à partir dès que possible, elle se retourna pour remonter la pente, et s'arrêta net.

Au début, elle n'arriva pas à comprendre ce qu'elle voyait.

Une forme était étendue derrière l'un des autres buissons de rhododendrons à quelques pas de sa position. Seules les jambes étaient visibles, blanches et immobiles.

Elle déglutit et s'approcha, plissant les yeux dans la faible lumière.

Il semblait s'agir d'une personne, et tandis qu'elle titubait vers elle, elle reconnut la jupe de la robe.

— Sophie ? C'est toi ? Tu t'es évanouie ou quoi ?

Inquiète, elle accéléra le pas.

Elle avait suivi un cours de premiers secours à l'école et elle savait que si quelqu'un s'était évanoui, il fallait vérifier ses voies respiratoires et le mettre en position latérale de sécurité. Si Sophie s'était évanouie à cause de l'alcool, elle avait besoin d'aide.

— Soph ?

En contournant le buisson, elle eut un hoquet de surprise.

Sa meilleure amie gisait immobile, un motif sombre éclaboussé sur sa robe toute neuve, son corps tordu dans un angle impossible là où elle était tombée, une jambe enchevêtrée derrière l'autre et son visage détourné d'où se tenait Eva.

— Sophie ?

Elle contourna son amie, luttant contre l'envie de paniquer. Si son amie avait besoin de premiers secours, elle devait garder son calme.

Alors qu'elle enjambait les pieds de Sophie pour s'accroupir à côté d'elle, elle s'arrêta.

Les yeux de Sophie étaient grands ouverts, figés dans la terreur, un épais filet de la même éclaboussure sombre couvrant sa joue, un creux béant là où son nez s'était brisé dans son visage.

Eva hurla.

CHAPITRE 2

L'inspectrice Kay Hunter fit passer sa voiture par l'entrée du portail et maintint une distance constante derrière le véhicule de l'inspecteur principal Devon Sharp.

Elle n'était pas de garde ce soir-là, mais quelques minutes après que son téléphone portable avait sonné et qu'elle avait noté l'adresse donnée par Sharp, elle s'était habillée à la hâte et s'était précipitée vers sa voiture.

— Je vais avoir besoin de votre aide pour cette affaire, avait-il dit. Les agents en uniforme ont trois voitures sur place, mais il y a beaucoup de personnes à gérer.

Elle avait roulé vers le nord en sortant de la ville pendant au moins quinze minutes avant de tourner dans une ruelle étroite. Le véhicule de Sharp était garé sur la gauche sur une place de stationnement et elle avait ralenti en s'approchant pour le laisser sortir et prendre la tête. Cinq minutes plus tard, ils étaient arrivés à la propriété.

Elle connaissait la zone – un terrain de golf s'étendait au-delà des arbres qui bordaient l'autre côté de la ruelle, et la plupart des maisons étaient centenaires, transmises de génération en génération par des familles qui supportaient les frais d'entretien plutôt que de subir l'humiliation de voir leurs demeures familiales vendues à des promoteurs par un vulgaire agent immobilier.

Alors que l'allée étroite s'incurvait et s'élargissait, elle comprit ce que Sharp avait voulu dire par le nombre de personnes.

Des voitures parsemaient l'esplanade de gravier devant la grande maison, tandis que des groupes d'hommes et de femmes en tenue de soirée se pressaient dans l'espace.

Kay freina à côté du véhicule de Sharp et saisit son sac, puis le rejoignit près de sa voiture et parcourut du regard les invités rassemblés.

La plupart affichaient des expressions d'incrédulité. Une femme éplorée sanglotait tandis que l'homme qui l'accompagnait la guidait vers un banc de jardin en bois avant de s'agenouiller à côté d'elle et de lui parler à voix basse.

Kay se frotta l'œil droit, incapable de dissimuler le soupir qui s'échappa de ses lèvres.

— Ils sont tous ivres, n'est-ce pas ?

— La plupart, je suppose, dit Sharp. S'ils ne l'étaient pas au début, ils le seront maintenant, étant donné les circonstances.

Kay gémit. Essayer de recueillir des déclarations de témoins dans les premières heures d'une enquête pour meurtre était impératif, avant que les souvenirs des gens ne deviennent flous ou influencés par les conversations avec d'autres et la comparaison de ce qu'ils avaient vu. Ajouter l'alcool à l'équation rendait un travail déjà difficile presque impossible.

— Qui est en charge de la liste des invités ?

— Gavin Piper travaille avec les agents en uniforme ; il est ici, quelque part, ajouta Sharp, promenant son regard sur les personnes rassemblées autour. Prenez vos repères, je vous retrouve dans dix minutes sur la terrasse à l'arrière, et ensuite nous irons parler aux parents de la victime.

— D'accord.

Kay déambula dans la maison, son regard balayant les agents qui s'étaient répartis dans les pièces pour interroger un invité à la fois, leurs visages patients alors qu'ils essayaient d'obtenir des informations cohérentes des fêtards intoxiqués.

Les déclarations seraient analysées le matin par l'équipe réunie, et ensuite commencerait le dur travail de combler les lacunes.

Elle passa devant le salon et trouva une porte latérale laissée ouverte qui menait à une terrasse pavée, bordée par un grand chapiteau blanc.

Aux extrémités de la terrasse, des braseros se consumaient tandis qu'une petite équipe d'agents gardait chacun d'entre eux, leur posture suffisant à dissuader quiconque de s'approcher des structures en fer.

Au début, Kay se demanda ce qu'ils faisaient, la question mourant rapidement sur ses lèvres lorsqu'elle réalisa que les feux avaient été étouffés par les premiers intervenants qui avaient réagi rapidement, afin de préserver les restes de toute arme du crime qui aurait pu être jetée dans les flammes.

Elle espérait, pour le bien des gardes en uniforme, que les nappes du chapiteau avaient été utilisées plutôt que de l'eau, sinon ils n'entendraient jamais la fin des remontrances de la part des enquêteurs de la brigade criminelle.

Elle leva les yeux vers les lumières de la fête qui

pulsaient contre le fond uni, les enceintes silencieuses.

Kay se dirigea vers le chapiteau et jeta un coup d'œil à travers les pans tirés dans l'espace abandonné.

Ici et là, une chaise avait été renversée, les occupants ayant sans doute quitté leurs tables précipitamment une fois l'alarme donnée.

Elle se tourna vers la cabine du DJ alors qu'un homme se redressait d'une position accroupie, une poignée de câbles dépassant de ses doigts.

Il sursauta visiblement, puis se reprit.

— Désolé, je ne vous avais pas vue, dit-il.

Kay sortit sa carte de police.

— Inspectrice Kay Hunter.

Il tendit sa main libre.

— Tom Williams. J'ai déjà fait ma déposition à l'un de vos collègues.

— Bien, merci.

Le regard de Kay parcourut l'équipement disposé tandis qu'il débranchait un câble à l'arrière de l'une des enceintes, le système de sonorisation s'éteignant dans un léger *pop*.

— Depuis combien de temps étiez-vous ici, avant que la fête ne commence ?

— Je suis arrivé vers quatre heures, dit Williams. Lady Griffith voulait que ma camionnette soit hors de vue bien avant que les invités ne commencent à arriver.

— Alors où êtes-vous allé jusqu'à ce que la soirée commence ?

— Comme toujours lors de soirées comme celle-ci. Je suis resté dans la camionnette, j'ai écouté la radio. Lu le journal.

Il haussa les épaules.

— Ce n'est pas très glamour, n'est-ce pas ?

Il renifla.

— En l'occurrence, ça va me prendre toute la journée de demain pour essayer d'enlever l'odeur de fumée de l'équipement à cause de ces fichus braseros là-bas.

Il ramassa un autre câble et commença à l'enrouler autour de ses mains avant de le laisser tomber dans une boîte noire à côté des pieds de Kay.

— Avez-vous remarqué quelqu'un qui rôdait ou agissait de manière suspecte aujourd'hui ?

Williams secoua la tête.

— Non, dit-il. Comme je l'ai dit au policier qui a pris ma déposition, je n'ai rien remarqué de bizarre pendant que j'installais. Je me suis endormi dans la camionnette pendant quelques heures avant que l'alarme de mon téléphone ne sonne. Désolé.

Kay lui tendit l'une de ses cartes et, décidant

qu'elle n'en apprendrait pas plus, laissa le DJ à son rangement et retourna sur la terrasse.

Elle remarqua Sharp à l'extrémité, en train de parler à un couple plus âgé et à un jeune homme, leurs voix portées par la brise vers elle.

Elle reconnut l'accent américain et, intriguée, se dirigea vers eux en traversant la terrasse.

L'homme plus âgé se tenait quelques centimètres plus bas que Sharp, mais avec ses jambes fermement plantées devant l'inspecteur principal, ses yeux sérieux tandis qu'il parlait à voix basse. Ses mains restaient jointes devant lui, comme s'il ne voulait pas perdre son temps en gestes inutiles.

Une version plus jeune de lui se tenait à ses côtés, les yeux baissés, l'image même de la misère.

Le regard de Kay parcourut la femme avec intérêt – il semblait qu'elle était passée au moins une fois sous le bistouri, et ses traits n'exprimaient que peu d'émotions naturelles. D'une apparence impeccable, elle gardait un bras protecteur autour de son fils et elle releva le menton en remarquant Kay.

Sharp jeta un coup d'œil alors qu'elle approchait.

— Ah, Hunter, vous tombez bien, dit-il.

Il fit un geste vers le couple.

— Voici Blake et Courtney Hamilton, et leur fils, Josh.

Le ton de Sharp s'adoucit.

— Josh devait être fiancé à notre jeune victime, Sophie.

Kay serra la main des parents, leur présentant ses condoléances avant de tourner son attention vers Josh.

— Bonsoir, Josh. Je suis l'inspectrice Hunter.

Des yeux rougis croisèrent son regard, une pure angoisse émanant du jeune homme avant qu'il ne parle.

— Vous devez trouver qui a fait ça, dit-il, la voix brisée.

Sharp fit un pas en avant.

— Nous ferons tout ce qui est en notre pouvoir, dit-il avant de se retourner vers les parents. Nous avons vos dépositions, alors s'il vous plaît, ramenez Josh à la maison, et nous reprendrons contact demain.

— Merci, dit Blake.

Il posa sa main sur le bras de son fils.

— Viens, Josh.

Kay regarda la petite famille s'éloigner, leurs silhouettes se fondant dans l'ombre alors qu'ils suivaient le chemin du jardin autour de la maison pour rejoindre les véhicules rassemblés dans l'allée.

— Ce pauvre garçon doit avoir le cœur brisé, dit Kay.

Elle jeta un coup d'œil par-dessus son épaule au chapiteau désolé.

— C'était une sacrée fête de fiançailles. Ils doivent être plutôt aisés.

Sharp s'éclaircit la gorge.

— Ce n'était pas simplement une fête de fiançailles. Apparemment, les Hamilton et les Whittaker, Lady Griffith et son mari, appartiennent à un petit groupe religieux qui encourage les adolescentes à faire « vœu de pureté » jusqu'au mariage. Ils ont tenu la cérémonie ici plus tôt dans la journée, puis ont organisé la fête de fiançailles ensuite.

— Ils ont fait quoi ?

Kay réalisa que sa mâchoire s'était décrochée et la referma brusquement.

— C'est quoi un « vœu de pureté » ?

Les lèvres de Sharp s'amincirent.

— Je n'en avais jamais entendu parler non plus. Ça semble être une tendance américaine qui a fait son chemin jusqu'ici il y a quelques années.

— Oh.

Kay cligna des yeux et fit un geste vers l'environnement luxueux.

— Donc, tout ça, c'était pour un vœu de chasteté, hein ?

— Oui.

— Ouah.

Sharp enfonça ses mains dans ses poches et fit un signe de tête vers l'arrière du chapiteau où une équipe d'enquêteurs de la brigade criminelle dirigée par Harriet Baker installait une série de projecteurs.

— L'équipe des ambulanciers a confirmé le décès à leur arrivée ici avec les agents, dit-il. La victime, Sophie Whittaker, a été retrouvée au bas d'une pente juste derrière ces buissons de rhododendrons. Harriet rapporte que la jeune fille a été frappée avec un objet contondant avec suffisamment de force pour lui fendre le crâne.

— Donc, on cherche des éclaboussures de sang sur les invités ?

Sharp hocha la tête.

— Ainsi que sur les traiteurs, le personnel de service, les barmen...

Il s'interrompit et passa une main sur sa tête.

— Où sont les parents ?

— Dans l'une des chambres d'amis avec un agent en surveillance, Debbie West. Deux membres de l'équipe de Harriet examinent leur propre chambre avant qu'ils ne puissent y avoir accès.

Sharp regarda sa montre.

— D'ailleurs, allons leur parler maintenant, puis

vous et moi pourrons revenir ici pour discuter de la stratégie.

— Ça me va.

Kay le suivit à travers la maison et le long d'un large couloir avec quatre fenêtres qui offraient aux résidents une vue panoramique sur leur allée, puis ils montèrent un escalier recouvert de moquette.

Une femme les accueillit en haut des escaliers, ses cheveux gris attachés en un chignon sévère et ses mains jointes devant elle.

— Puis-je vous aider ?

— Inspecteur principal Devon Sharp. Je suis ici pour parler à M. et Mme Whittaker. Vous êtes ?

— Grace Jamieson. Je suis la gouvernante de Lady Griffith.

Kay regarda par-dessus l'épaule de Sharp alors qu'une porte s'ouvrait brusquement et que Debbie West sortait d'une pièce, l'air harassé.

— Monsieur, vous tombez à pic, souffla-t-elle. M. et Mme Whittaker commencent à être un peu...

— Merci, Debbie.

Sharp passa devant Mme Jamieson et mena le chemin vers la chambre d'amis.

La gouvernante commença à les suivre avant que la jeune policière ne lève la main.

— Vous devrez attendre ici avec moi, madame

Jamieson.

Kay suivit Sharp, fit un rapide signe de tête à Debbie et se prépara mentalement.

S'occuper de la famille d'une victime de meurtre n'était jamais facile, encore moins quand cette victime n'avait que seize ans.

La mère, Diane Whittaker, comme Sharp l'en avait informée sur le chemin depuis la terrasse, était connue sous le nom de « Lady Diane Griffith » et était apparemment, à travers une myriade de cousins, liée à la famille royale.

Elle était assise droite comme un i sur un pouf en velours vert pâle, ses cheveux foncés retenus en arrière par ce que Kay réalisa être de véritables ornements en écaille de tortue. Elle portait une robe bleu marine qui dénudait ses épaules, bien qu'elle ajustât un châle sur sa clavicule avant de lever ses yeux bleu pâle vers Sharp qui se tenait devant elle et son mari.

— Monsieur Whittaker, Lady Griffith, j'aimerais vous présenter l'inspectrice Kay Hunter, qui va co-diriger cette enquête avec moi.

Kay prit la main de la femme, réprima une soudaine pensée paniquée quant à savoir si elle devait faire la révérence, l'écarta presque immédiatement, et rendit la ferme poignée de main.

Elle se tourna vers Matthew Whittaker.

Comme il était plus grand qu'elle d'au moins dix centimètres, elle dut lever le menton pour établir un contact visuel.

Des iris brun foncé la scrutaient sous des sourcils broussailleux, et une légère odeur d'alcool lui parvint alors qu'il se présentait.

— Inspecteur, j'espère que vous n'allez pas nous tenir éloignés de notre propre chambre plus longtemps, dit-il. Ma femme est clairement bouleversée, et il est tout à fait scandaleux que nous soyons obligés de rester ici.

— Je suis désolé, monsieur Whittaker, dit Sharp. Nous travaillons aussi vite que possible.

Kay remarqua qu'il ne faisait aucune mention du fait que la chambre des Whittaker était actuellement fouillée méthodiquement par deux membres de l'équipe de Harriet.

— Eh bien, au lieu de rester plantés ici, vous devriez au moins aller parler à ce garçon méprisable qui traînait toujours dans les parages, dit Diane, la voix pleine de venin.

Kay se retourna vers elle, surprise.

— Josh Hamilton ? Je pensais que Sophie allait se fiancer avec lui ?

Diane leva les yeux au ciel.

— Pas Josh, pour l'amour du ciel. L'autre garçon qui venait toujours faire le trouble-fête.

Elle claqua des doigts tandis que ses yeux parcouraient le plafond.

— Peter... Peter...

— Peter Evans, compléta Matthew.

Il tourna son attention vers Sharp.

— Elle a raison. Vous devriez parler à Peter Evans. Il détestait l'idée que Sophie épouse Josh un jour.

Son visage s'assombrit.

— La dernière fois qu'il est venu ici, j'ai dû le menacer d'appeler la police. Ce gamin est une vraie plaie. Comme un chiot éperdu d'amour.

Kay sortit son carnet.

— Quelle est son adresse ? Vous la connaissez ?

Matthew débita le numéro d'appartement et le nom de la rue avec la colère et la précision d'une mitrailleuse.

Kay jeta un coup d'œil à Sharp.

— Allez-y, dit-il. Et demandez à des agents de vous accompagner dans une de leurs voitures. Dépêchez-vous.

Kay pivota sur ses talons et se précipita hors de la pièce.

CHAPITRE 3

Kay agrippait le volant et se concentrait sur les feux arrière de la voiture de patrouille devant elle.

Ils avaient débouché de la ruelle sur une route départementale légèrement plus large en direction de la ville cinq minutes plus tôt, et fonçaient désormais sur une route à quatre voies qui, heureusement à cette heure de la nuit, était vide à l'exception d'un taxi solitaire qui restait sur sa voie, bien à l'écart de leur chemin.

La voiture de patrouille coupa sa sirène en entrant aux abords des banlieues tentaculaires, et Kay leur fut reconnaissante de cette prévoyance.

Il n'était pas nécessaire de prévenir un suspect potentiel de leur arrivée imminente, ni d'avoir à gérer la colère de la population locale le lendemain pour avoir été réveillée de son sommeil par une patrouille trop zélée.

Elle freina alors que la voiture devant elle prenait la sortie de gauche d'un rond-point, et la suivit dans son sillage tandis qu'elle serpentait à travers un dédale de maisons mitoyennes avant de s'arrêter devant une maison d'apparence ordinaire à trois étages en bout de rangée.

Elle tira le frein à main et se propulsa hors du siège conducteur.

Le conducteur de la voiture de patrouille, un agent plus âgé du nom de Derek Norris, la rejoignit dans l'espace entre leurs véhicules.

— Avec tout le respect que je vous dois, nous allons passer en premier, dit-il, sa voix bourrue et son intention claire.

Kay lui fit signe de prendre les devants.

— Ça me va, Derek. Faites attention à vous.

Il lui fit un clin d'œil en passant, hocha la tête vers son passager, un jeune agent stagiaire dont le nom échappait à Kay, et poussa le portail en bois pourri qui séparait la propriété du trottoir.

— C'est l'appartement du sous-sol, dit-elle.

Norris leva la main en réponse.

Un jardin mal entretenu occupait les premiers mètres entre la maison et la rue, et puis elle les vit dans le faisceau de la lampe torche du jeune policier.

Des marches, qui descendaient vers le bas.

Elle retint son souffle tandis que Norris faisait signe au stagiaire de s'écarter, puis descendit les marches en béton vers une unique porte en bois.

Il frappa du poing contre la surface, réveillant un chien dans l'un des appartements au-dessus, dont les aboiements furent réduits au silence par des paroles sévères suivies d'un seul jappement.

Kay ne doutait pas des capacités de Norris ou de son acolyte, mais elle sortit la matraque télescopique qu'elle avait apportée de la voiture et la tint prête.

Norris leva le poing pour frapper une seconde fois, mais une lumière s'alluma au-dessus de sa tête, et la porte s'ouvrit.

Un jeune homme à la fin de l'adolescence ou au début de la vingtaine regarda dehors, son expression passant de l'espoir à l'horreur stupéfaite en prenant conscience de la présence d'un policier une fraction de seconde avant que Norris ne le pousse doucement en arrière et ne franchisse le seuil.

Kay jeta un coup d'œil au stagiaire, qui arborait une expression aussi stupéfaite que celle du locataire.

— Il est toujours comme ça quand il rencontre des gens pour la première fois ?

— Euh...

— Restez ici. Appelez des renforts si on crie, dit-elle.

Elle tapota son épaule et commença à descendre les escaliers.

— Gentil toutou. Attends, murmura-t-elle dans sa barbe.

Norris apparut à la porte d'entrée alors qu'elle atteignait la dernière marche, le visage contrarié.

— Restez là, dit-il. Nous avons un problème.

Elle regarda par-dessus son épaule, ses yeux évaluant rapidement la situation.

La porte s'ouvrait sur un simple studio, un lit double défait au fond de la pièce à côté d'un canapé deux places élimé et d'une petite table basse. Une petite télévision était perchée sur un support fixé au mur.

Au-delà, elle pouvait voir l'entrée de la salle de bain, une seule ampoule au plafond.

Elle rétracta la matraque et jeta un coup d'œil à Norris avant de tourner son attention vers l'homme assis au bout du lit, les coudes sur les genoux et la tête dans les mains.

— Peter Evans ?

Il leva les yeux du tapis et la regarda de sous une frange balayée en arrière, ses cheveux mi-longs humides et ses yeux bleu pâle rougis.

— C'est moi.

— Il y a une valise pleine derrière cette porte, dit Norris.

— Tu vas quelque part ? dit Kay, dirigeant sa question vers Evans.

— Il y a deux lots de vêtements dans la valise, dit Norris. Homme et femme.

Il pointa du menton vers la dernière marche, et Kay s'éloigna de la porte, Norris la suivant.

— Il y a du sang sur le lit, murmura-t-il.

Kay tendit le cou, mais elle ne pouvait rien voir d'où elle se tenait.

— Un signe de blessure sur lui ?

Norris secoua la tête.

— Merde, dit Kay. OK, emmenons-le. Sécurisez cet endroit comme scène de crime.

Elle pointa son pouce par-dessus son épaule.

— Demandez à votre ami de rester ici jusqu'à l'arrivée de la police scientifique. Vous pourrez revenir ici une fois qu'on l'aura enregistré.

Il hocha la tête, fit demi-tour et retourna à l'intérieur.

Kay pouvait l'entendre lire ses droits à Peter alors qu'elle remontait les escaliers.

— On va l'emmener, dit-elle au jeune policier.

N'entrez pas dans l'appartement. On va le sécuriser comme scène de crime et faire venir la brigade criminelle dès que possible.

Elle sortit son téléphone portable et composa le numéro de Sharp en numérotation rapide tout en retournant à sa voiture. La déverrouillant, elle s'appuya contre celle-ci pendant que le téléphone sonnait, et remarqua qu'au moins deux fenêtres étaient éclairées au-dessus de l'appartement du sous-sol.

Sans doute les voisins avaient-ils réalisé que leur immeuble recevait une attention indésirable de la police.

Sharp répondit à la quatrième sonnerie.

— Qu'est-ce que vous avez trouvé ?

— Nous sommes arrivés il y a cinq minutes. Peter Evans est ici, avec une valise pleine de vêtements, dit Kay. Il y a du sang sur les draps du lit, et il s'est douché récemment. Nous l'emmenons pour l'interroger.

— Bon travail, dit Sharp. Je termine ici, et je vous rejoins au poste. Harriet va évidemment être occupée ici pendant un moment encore, alors je vais lui faire savoir qu'elle doit envoyer une autre équipe à l'appartement.

— Merci, dit Kay. À tout à l'heure.

Elle termina son appel alors que Norris ouvrait le portail et faisait signe à Peter de marcher devant lui.

Kay ouvrit la portière arrière de la voiture, attendit qu'il se soit installé sur son siège et ait attaché sa ceinture, puis elle claqua la portière et se tourna vers Norris.

— Sharp nous retrouve au poste, dit-elle. Allons l'enregistrer, et voyons ce qu'il a à dire pour sa défense.

CHAPITRE 4

Dans la salle d'interrogatoire, Peter Evans s'avança d'un pas traînant vers la chaise que l'inspecteur Sharp lui indiquait, tandis que l'avocat commis d'office posait sa mallette au sol avant de prendre place à côté de son client.

Tous les vêtements d'Evans lui avaient été retirés à son arrivée dans les locaux de garde à vue aux premières heures du matin. Chaque article avait été soigneusement placé dans un sac et catalogué avant d'être emporté pour être analysé par l'équipe médico-légale.

À présent, il portait une combinaison réglementaire qui pendait sur ses épaules étroites, et il avait remonté les manches au-dessus de ses coudes.

Une paire de chaussons souples couvrait ses pieds alors qu'il rapprochait sa chaise du bureau avant de poser ses mains sur ses genoux.

Kay ouvrit son carnet, se demandant ce qui pouvait bien se passer dans l'esprit du jeune homme. Elle résista à l'envie de soupirer et se concentra sur la voix de Sharp.

Sharp commença l'entretien en avertissant formellement Evans de ses droits, puis en lui demandant de confirmer son nom, son adresse et sa profession. Cela fait, l'inspecteur s'adossa à son siège et observa le jeune suspect.

— Peter, je vais commencer par dire que j'ai traité pas mal d'affaires de meurtre dans ma carrière, mais aucune aussi froide que celle-ci.

— Ce n'est pas moi, dit Evans.

Il releva le menton jusqu'à ce qu'il regarde Sharp droit dans les yeux.

— Je n'ai pas tué Sophie.

Sa voix se brisa, et il essuya le dessous de son nez avec le dos de sa main.

Sharp poussa une boîte de mouchoirs en papier à travers la table, et Evans en prit deux avant de se moucher.

— Quand est-ce que tu as vu Sophie vivante pour la dernière fois ? demanda Sharp.

— Hier matin à huit heures, répondit Evans. Je n'avais pas été invité à la fête. Je ne vais pas à l'église, je n'y suis jamais allé, encore moins dans leur sanctuaire flippant.

— Où est-ce que tu l'as rencontrée hier matin ?

— À environ quatre cents mètres en bas de l'allée qui mène à sa maison. Elle s'était faufilée dehors pendant que tous les préparatifs étaient en cours.

— Tu as essayé de la convaincre de ne pas participer à la cérémonie, c'est ça ?

— Oui.

Evans haussa les épaules.

— C'est tout simplement malsain. Elle doit jurer chasteté à son père, bordel. C'est moyenâgeux. Elle ne peut même pas se marier avec Josh avant ses dix-huit ans.

— Qu'est-ce qu'elle t'a dit ?

Evans s'essuya les yeux.

— Elle a dit qu'elle devait le faire. « Pour sauver les apparences », dit-il en mimant des guillemets avec ses doigts. C'est des conneries.

— Quel âge as-tu, Peter ?

— Dix-neuf ans.

— Et tu couchais avec une fille de seize ans ?

La lèvre inférieure du jeune homme se mit à trembler.

— Ce n'est pas illégal.

— Tu couchais déjà avec elle avant ses seize ans ?

— Non.

Evans se pencha en avant sur sa chaise et fusilla Sharp du regard.

— Je l'aimais. Ces gens-là, ils se servaient d'elle.

— Qui sont ces gens-là ?

— Ses parents, et ceux de Josh.

— De quelle manière ?

Evans se laissa aller contre le dossier de sa chaise, son visage misérable.

— Tout tourne autour de l'argent, n'est-ce pas ? C'est comme si Blake Hamilton, qui vit ici depuis sept ans, était obsédé par l'idée de faire partie de ce milieu.

— Continue.

— Eh bien, si Josh épouse... désolé – Evans renifla et s'essuya le nez sur sa manche – épousait Sophie à ses dix-huit ans, alors Blake serait lié à l'aristocratie anglaise.

— Alors, que s'est-il passé ? Tu as appris que Sophie allait participer à la cérémonie et tu as décidé de prendre les choses en main ?

— Non !

— Comment expliques-tu la tache de sang trouvée sur les draps de ton studio ? demanda Kay.

Evans déglutit.

— On a fait l'amour.

Sharp fronça les sourcils.

— Il y a un instant, tu as dit l'avoir rencontrée à quatre cents mètres de chez elle.

— J'avais ma camionnette. On est retournés chez moi.

— Est-ce que tu l'as violée ?

— Non !

Le visage d'Evans devint livide.

— Non. Bien sûr que non. Je l'aimais. Elle m'aimait.

— Alors explique le sang.

Le visage d'Evans passa au cramoisi en un instant.

— C'était seulement sa deuxième fois. Je ne lui ai pas fait de mal, je le jure.

— Pourquoi avais-tu son passeport, Peter ? demanda Kay.

Les épaules du jeune homme de dix-neuf ans s'affaissèrent.

— On allait s'enfuir, dit-il. C'est pour ça qu'elle avait une valise pleine de vêtements chez moi. J'ai acheté la valise, et chaque fois que je l'ai retrouvée pendant les cinq semaines précédant la cérémonie, elle me donnait un peu plus de choses à y mettre.

— Où comptiez-vous aller ?

— En France, dit-il. Je parle un peu français, et Sophie aussi, mieux que moi, en fait.

Il soupira.

— C'est grâce à son éducation privée quand elle était plus jeune. On allait chercher du travail pour enseigner l'anglais comme langue étrangère. Voyager un peu. Oh, mon Dieu.

Il se pencha en avant, posa ses coudes sur la table et enfouit sa tête dans ses mains.

— Je n'arrive pas à croire qu'elle soit partie.

Sharp laissa quelques instants au jeune homme, puis ouvrit le dossier posé sur la table devant lui et reprit son interrogatoire.

— Tu n'as indiqué aucun proche parent sur ta fiche de garde à vue, dit-il. Où sont tes parents ?

Evans releva la tête de ses mains.

— Ils sont morts quand j'avais six ans. Mon frère jumeau aussi. Accident de voiture. J'ai été placé en famille d'accueil jusqu'à mes dix-huit ans en janvier dernier.

— Comment était la vie en famille d'accueil ?

Evans parut déconcerté.

— Quel rapport avec l'affaire ?

— Réponds simplement à la question, s'il te plaît.

— C'était bien, je suppose. J'ai été placé chez un

couple d'âge moyen qui ne pouvait pas avoir d'enfants, alors ils m'ont accueilli.

— Nous allons avoir besoin de leurs coordonnées.

— Brendan et Marjorie Chambers.

— Et comment pouvons-nous les contacter ?

La mâchoire d'Evans se crispa, puis il prit une profonde inspiration.

— Bonne chance avec ça. Ils sont enterrés au cimetière de Maidstone. Ils sont morts il y a six mois dans un accident de la route près de Sittingbourne.

— Qu'as-tu fait de l'arme du crime, Peter ?

— Quoi ?

Le brusque changement de direction dans les questions de Sharp déstabilisa le jeune suspect, et Kay attendit sa réponse avec intérêt.

— L'arme du crime que tu as utilisée pour tuer Sophie. Où est-elle ?

Evans repoussa sa chaise et se leva, les mains posées sur la table tandis qu'il se penchait en avant.

— Je ne l'ai pas tuée, cracha-t-il.

Il pointa du doigt Sharp.

— Et pendant que vous êtes assis là à m'interroger, en essayant de me faire avouer, son meurtrier se promène en liberté !

L'avocat commis d'office posa une main sur le

bras d'Evans et le persuada de se rasseoir, les sourcils levés en direction de Sharp.

Sharp l'ignora et se leva de son siège.

— Entretien terminé à minuit vingt-sept.

CHAPITRE 5

Kay arrêta doucement la voiture dans l'allée de sa maison et coupa rapidement le moteur.

Le pub au bout de la rue avait fermé trois heures plus tôt, et la ruelle était silencieuse.

Elle descendit du véhicule et ferma la portière, apercevant furtivement un renard qui traversait l'asphalte criblé de nids-de-poule. Passant son sac à main sur son bras, elle utilisa la lumière de la lune croissante pour trouver sa clé de maison et déverrouilla la porte d'entrée.

Après un cambriolage quelques mois auparavant, une nouvelle serrure avait été installée, et Kay était reconnaissante qu'elle ne grince pas comme l'ancienne. Elle se retourna et ferma la porte derrière elle, prenant soin de ne pas la laisser claquer pour ne pas réveiller son compagnon, Adam.

Il avait laissé la lumière de la cuisine allumée – sa lueur se répandait dans le couloir pour qu'elle puisse voir ce qu'elle faisait.

C'était un changement pour elle de ne pas rentrer et découvrir un animal quelconque. En tant qu'associé dans l'un des cabinets vétérinaires les plus actifs de la ville, Adam ramenait souvent son travail à la maison – au sens littéral. Cependant, ces dernières semaines, son temps avait été occupé à s'occuper de juments qui mettaient bas. Bien que les naissances se soient bien passées, cela signifiait qu'ils se voyaient à peine en ce moment, car il partait souvent aux premières heures du matin ou travaillait tard dans la nuit.

Assoiffée, elle posa son sac à main sur le plan de travail de la cuisine et remplit un verre avec l'eau du filtre à côté de l'évier. Elle le vida en quatre grandes gorgées, le rinça et le posa à l'envers sur l'égouttoir. Même si elle était épuisée, elle savait qu'il lui faudrait une demi-heure environ pour que l'adrénaline retombe suffisamment et qu'elle puisse dormir, alors elle retira ses chaussures et se dirigea vers le salon. Elle alluma une lampe de lecture et tira le journal de la veille sur la table basse avant de commencer à tourner les pages.

Incapable de se concentrer sur les mots devant elle, son esprit retourna sur la scène du meurtre de Sophie Whittaker. Elle n'avait pas vu le corps de la jeune fille in situ car il y avait déjà des enquêteurs de la police scientifique qui s'occupaient de la scène, et il n'y avait aucun sens à piétiner partout et à ajouter à leur travail. Mis à part le fait qu'il y avait des traces de sang dans l'appartement de Peter Evans et une valise pleine de vêtements appartenant à Sophie ainsi que son passeport, ils auraient encore besoin de preuves pour le relier à la scène du crime. Sinon, ils risquaient de ne pas obtenir de condamnation.

Elle fit glisser sa veste de ses épaules et sortit son chemisier de la ceinture de son pantalon avant de s'enfoncer dans les coussins avec un soupir. Le lendemain matin apporterait une montagne de paperasse alors que l'équipe passerait au crible les déclarations que les différents agents avaient recueillies auprès des fêtards, ainsi que des parents de Sophie Whittaker et de Josh Hamilton. Elle n'imaginait pas ce que le jeune homme traversait, après avoir perdu sa fiancée.

La famille américaine semblait aisée, leurs vêtements coûteux. La mère avait l'air d'avoir subi quelques chirurgies esthétiques, et Kay n'arrivait pas à déterminer son âge. Blake, le père, semblait avoir la cinquantaine bien tassée.

Intriguée de savoir comment un riche Américain était lié à une famille de petite noblesse, sans parler du fait que son fils allait s'y marier, elle se leva du canapé et retourna à la cuisine, sortant son téléphone portable de son sac avant de revenir au salon. Elle ouvrit l'application de recherche et tapa son nom.

Il ne fallut pas longtemps pour que le moteur de recherche affiche ses résultats. *Hamilton Enterprises* occupait les trois premières pages de l'écran. Elle cliqua sur le site web de l'entreprise et fit défiler le menu jusqu'à trouver la page qui détaillait l'équipe de direction.

Originaire du Connecticut, Blake Hamilton était arrivé au Royaume-Uni trois ans auparavant, pour y établir une entreprise de conseil qui semblait prospérer en créant des réseaux et des connexions lucratives. L'entreprise avait grandi rapidement, laissant ses concurrents loin derrière.

Kay ouvrit le calendrier sur son téléphone et nota d'enquêter davantage sur le site web quand elle arriverait au travail. Intriguée, elle chercha ensuite le nom de la mère de Sophie.

Lady Griffith générait moins de résultats, et Kay dut lire plusieurs articles de la presse mondaine pour se faire une idée. Les parents de la femme étaient décédés quelques années plus tôt, son père était un comte qui semblait jouir d'une vie sociale bien remplie, si l'on en jugeait par le nombre de photographies. Lady Griffith semblait soutenir des œuvres de bienfaisance locales et de bonnes causes, mais les articles révélaient peu de choses sur sa personnalité – chacun était soigneusement rédigé et plein d'éloges.

Le père de Sophie, Matthew, dirigeait sa propre entreprise de logiciels. En examinant de plus près les informations qu'elle avait trouvées sur le site web du registre des entreprises, Kay en déduisit que son entreprise ne se portait pas aussi bien que celle de Blake Hamilton, mais qu'il était bien respecté dans l'industrie où il travaillait. Il avait écrit plusieurs articles pour des magazines informatiques au fil des ans et avait été photographié lors d'événements mondains avec sa femme.

Elle agrandit l'une des photographies qui montrait Sophie avec ses parents, un grand sourire sur son visage alors que le flash du photographe avait illuminé la pièce, et Kay ressentit une familière sensation de serrement dans la poitrine à l'idée que la vie de la jeune fille lui ait été enlevée de manière si brutale.

Elle bâilla et jeta son téléphone sur la table basse, réalisant que si elle continuait à surfer sur le moteur de recherche, elle ne dormirait jamais. C'était tentant de commencer à prendre des notes, mais par expérience, elle savait qu'elle ferait un meilleur travail le matin. De toute façon, Sharp déléguerait probablement la tâche à l'un des membres du personnel administratif ou à l'un des agents qui serait affecté pour aider l'équipe dans l'enquête.

Elle se leva une fois de plus du canapé, ramassa sa veste et éteignit les lumières du rez-de-chaussée avant de monter les escaliers.

Elle enjamba la cinquième marche – elle avait tendance à grincer, et elle ne voulait pas réveiller Adam. Il y avait de grandes chances qu'il soit parti avant elle le matin, et il avait eu l'air épuisé ces trois derniers jours.

La porte de la chambre était entrouverte, et elle se glissa par l'ouverture. Il avait laissé sa lampe de chevet allumée, et elle régla son réveil avant de se déshabiller rapidement et de se glisser dans le lit à côté de lui.

— Nouvelle enquête pour meurtre ?

— Je croyais que tu dormais, chuchota-t-elle. J'ai

monté ces escaliers comme si j'étais dans les foutues forces spéciales ou je ne sais quoi.

— Tu t'en es plutôt bien sortie.

Elle se retourna et lui donna une tape sur le bras, essayant de ne pas rire.

— Rendors-toi.

CHAPITRE 6

Kay leva les yeux de son travail lorsque Sharp entra dans la pièce, suivi de près par le commandant divisionnaire Angus Larch.

Le détective le plus haut gradé l'ignora en passant rapidement devant son bureau pour se placer à côté du tableau blanc.

Son regard balaya l'équipe d'enquête assemblée qui mit rapidement fin à ses conversations et tourna son attention vers les officiers supérieurs, avant que Sharp ne lui parle à voix basse et que les deux hommes ne commencent à discuter d'un document que Sharp lui tendait.

Le lui arrachant des mains, Larch pinça les lèvres, puis leva les yeux et croisa le regard de Kay, et elle sentit son cœur se serrer. Il ricana, puis rendit brusquement le document à Sharp et lui fit signe de commencer.

Après le succès de ses précédentes enquêtes, elle avait espéré que Larch mettrait enfin derrière eux l'enquête des normes professionnelles à laquelle il l'avait soumise, mais il semblait avoir d'autres projets.

Kay se mordit la lèvre.

Elle avait aussi ses propres projets, et pas de ceux qu'elle était prête à partager avec quiconque dans la pièce.

Des projets qui, elle l'espérait, mettraient définitivement l'injustice de sa suspension derrière elle.

Elle fut tirée de ses pensées par la voix de Sharp qui résonna dans la pièce.

— Bien, tout le monde. Commençons.

Sharp attendit d'avoir l'attention du groupe avant de poursuivre.

— Bon, pour vous mettre au courant des événements d'hier soir. Notre victime est Sophie Whittaker, fille de Lady Griffith de Crossways Hall, dit-il en épinglant une photo récente de l'adolescente sur le tableau blanc à côté d'une photo prise par l'équipe de la police scientifique sur la scène de crime. Seize ans, tuée d'un seul coup au visage avec un objet contondant. Aucune trace de l'arme du crime sur les lieux. Il y avait plusieurs personnes chez les Whittaker hier soir, car une fête avait lieu. Sophie et ses parents font partie d'un groupe religieux exclusif, une branche d'une des congrégations baptistes locales, et la fête était organisée pour célébrer ce qu'ils appellent le « vœu de pureté » de Sophie, ainsi que l'annonce de ses fiançailles avec un certain Josh Hamilton. Hunter, notez ça. Je veux que vous vous renseigniez sur ce qu'est exactement un « vœu de pureté » et ce que ça implique. On y reviendra.

— Oui, chef.

— Nous avons reçu un tuyau pendant que nous étions sur la scène de crime qui a conduit à l'arrestation de Peter Evans, poursuivit Sharp, qui est actuellement notre invité dans la cellule de garde à vue en bas. Quand l'inspectrice Hunter est arrivée à son domicile, Evans avait une valise prête contenant des vêtements de Sophie Whittaker, ainsi que son passeport. Du sang a été trouvé sur sa literie. Il nie tout lien avec le meurtre de Sophie, et je l'ai placé sous surveillance anti-suicide pendant que nous poursuivons notre enquête.

Le silence emplit la pièce, hormis le grattement des stylos dans les carnets.

— Nous allons procéder à un nouvel interrogatoire du suspect après ce briefing.

Sharp consulta sa montre.

— Le commandant divisionnaire Larch a demandé que l'autopsie soit accélérée, mais il faudra quand même au moins quarante-huit heures ou plus avant que nous n'obtenions ces résultats. Donc, dit-il en se tournant vers chaque membre de l'équipe, à moins que nous n'obtenions une prolongation, nous travaillons sur la base que nous avons quatre-vingt-seize heures pour prouver la culpabilité de notre suspect ou le contraire. Larch ?

— Merci, Sharp.

Le commissaire divisionnaire s'avança.

— Je vais suivre cette affaire de près. Le parrain de Sophie Whittaker est le très honorable Richard Fremchurch, et il s'attendra à une enquête bien menée avec un résultat rapide.

Il fusilla l'équipe du regard.

— Aucun détail de cette enquête ne sera transmis aux médias par qui que ce soit dans cette pièce à part moi, c'est bien compris ?

Un murmure emplit la pièce, tandis que l'équipe manifestait sa compréhension.

— Bien, veuillez continuer, dit Larch en faisant un signe de tête à Sharp.

— D'accord, les tâches pour aujourd'hui, dit Sharp. Carys, j'aimerais que vous observiez le premier interrogatoire. Nous discuterons ensuite de vos premières impressions. Faites le point avec Harriet après que nous aurons interrogé Evans et voyez si son équipe a trouvé autre chose à son domicile.

— Entendu, chef.

Kay sourit à l'agente alors qu'elle écrivait dans son carnet.

Elle travaillait avec Carys Miles depuis un moment maintenant, et admirait sa ténacité. Son sens du devoir avait failli lui coûter cher lors de la dernière affaire sur laquelle elles avaient travaillé ensemble et l'incident avait calmé son ambition, mais seulement un peu.

— Gavin, commencez à vous renseigner sur les antécédents de Peter Evans. Je veux être en mesure de corroborer autant que possible ce qu'il nous dira.

Gavin Piper hocha la tête, et Kay remarqua ses yeux injectés de sang. Ses cheveux blonds hérissés semblaient plus ébouriffés que d'habitude, et elle réalisa qu'il avait probablement passé la majeure partie de la nuit à travailler pour recueillir les dépositions des invités de la fête des Whittaker. Elle nota mentalement de demander à l'un des membres du personnel administratif d'aller lui acheter un vrai café dans leur café préféré en haut de la rue une fois le briefing terminé.

Elle reporta son attention sur le devant de la salle alors que Sharp se tournait vers elle.

— Kay, je veux que vous interrogiez les parents de Sophie. Prenez Barnes avec vous.

— Pour l'amour du ciel, Hunter, faites attention quand vous parlerez aux parents, dit Larch en la pointant du doigt. Je le saurai si vous ne suivez pas les règles à la lettre.

Il s'éloigna à grands pas, laissant derrière lui une traînée d'après-rasage fort.

Sharp tapota le marqueur du tableau blanc contre son menton en regardant le détective plus âgé partir, puis le laissa tomber sur le rebord en dessous du tableau.

— Bien, ça suffit pour l'instant. Au travail.

CHAPITRE 7

Kay faisait défiler une accumulation de courriels sur son téléphone tandis que Barnes engageait la voiture dans le virage qui menait à la maison des Whittaker.

Elle baissa son appareil et essaya de ne pas laisser sa mâchoire tomber face à ce qui l'entourait.

À la lumière du jour, l'allée menant à la maison offrait une vue panoramique sur les North Downs, l'autoroute M20 et la voie de l'Eurostar qui traçait deux lignes distinctes à travers le paysage. Alors que Barnes ralentissait le véhicule pour suivre le chemin de gravier dans un virage à droite vers la maison, Kay tendit le cou pour voir les hautes cheminées qui s'élevaient au-dessus du bâtiment. Le lierre grimpait le long des murs, atteignant les fenêtres les plus hautes, tandis qu'une glycine enlaçait le porche orné.

— Belle baraque, si on peut se le permettre, dit-il.

— Comme tu le dis. Je me demande s'ils vont rester ici maintenant, cependant.

— Ouais. Je ne sais pas si je pourrais.

L'allée s'élargissait à l'approche de la maison, et Barnes arrêta la voiture à côté d'un fourgon blanc.

Kay descendit du siège passager, remit son téléphone dans son sac et attendit que Barnes la rejoigne.

— Comment est-ce que tu veux procéder ?

— Je pense que tu serais mieux placé pour parler à Diane, dit Kay.

Elle avala sa salive et se détourna pour qu'il ne puisse pas voir son visage.

— Tu as un enfant, donc tu seras probablement meilleur que moi pour ça. Je vais m'occuper de Matthew.

— D'accord.

Alors qu'ils commençaient à marcher vers la porte d'entrée, celle-ci s'ouvrit brusquement et un homme corpulent avec un ventre digne d'une barrique à bière descendit les marches en se dandinant, le visage marqué par la fureur.

Il bouscula Kay, se précipita vers le fourgon, y monta et repartit à une telle vitesse qu'il envoya du gravier voler contre la voiture de fonction de Barnes, écaillant la peinture.

— Tu as vu la plaque d'immatriculation ? demanda Kay.

— Je l'ai.

— Je suis vraiment désolé pour ça.

Ils se retournèrent tous les deux pour voir Matthew Whittaker debout sur le pas de la porte, le visage décomposé.

— Qui était-ce ? demanda Kay.

— Le responsable de la location du chapiteau. Vos collègues sont toujours là, tout est bouclé, et il refuse d'annuler les frais de location supplémentaires. Il dit que ce n'est pas dans leurs conditions générales. Il a même menacé de facturer plus pour le « dérangement » parce qu'il ne récupérera pas la tente avant demain.

Il leva les doigts pour souligner ses mots, avant de laisser retomber ses bras le long de son corps, les épaules affaissées.

— Si vous me donnez ses coordonnées, j'irai lui parler. Voir ce que je peux faire.

— Merci. Désolé. Vous vouliez me parler ?

— Si nous le pouvons, dit Kay.

— Bonjour, détectives.

Une femme élégamment vêtue jeta un coup d'œil par la porte, puis s'écarta pour les laisser entrer.

— Bonjour, Hazel.

Kay espérait que sa voix ne trahissait pas son soulagement de voir Hazel Aldridge, l'une des agentes de liaison familiale de la division. En tant qu'intermédiaire entre l'enquête policière et la famille de Sophie, le rôle de Hazel était inestimable.

— Mme Whittaker est dans le salon, dit-elle.

— Venez par ici, dit Matthew, et il les conduisit à travers le hall.

Il poussa une porte en bois sombre et se tint sur le côté pour les laisser passer.

Diane Whittaker se leva d'un canapé deux places mauve, les yeux rouges.

— Bonjour, Lady Griffith, dit Kay. Je comprends qu'il s'agit d'un moment très difficile pour vous ; cependant, nous aimerions vous poser quelques questions initiales pour nous aider dans notre enquête.

— Bien sûr. Je vous en prie, asseyez-vous.

Kay attendit que tout le monde soit installé avant de sortir son carnet.

— Quand nous avons appréhendé Peter Evans hier soir, il avait des vêtements emballés dans une valise, et le passeport de Sophie.

Diane hoqueta et s'enfonça dans les coussins, la main sur la bouche.

— Comment... comment a-t-il eu ça ? demanda Matthew.

— Pouvez-vous m'en dire plus sur la relation de Peter avec Sophie ?

— Il n'y avait pas de relation, cracha Diane. Malgré ce qu'ils pensaient.

— Nous avions présenté Sophie à Josh Hamilton par l'intermédiaire de notre groupe d'église il y a six mois, dit Matthew. Environ cinq semaines après, elle a mentionné Peter pour la première fois. Je pense qu'elle l'avait croisé en ville un samedi après-midi alors qu'elle était sortie avec des amis.

Kay ouvrit son carnet et nota les détails.

— Qu'avait-elle dit ?

— Eh bien, elle ne l'a pas exactement mentionné, dit Matthew, et il toussa. Elle et Eva parlaient de lui quand elles sont rentrées ici, et elles n'ont pas réalisé que Diane et moi étions sur la terrasse sous la fenêtre de Sophie. Nous les avons entendues parler de lui.

— Cette satanée fille, marmonna Diane.

— Pouvez-vous être plus précis ?

— Sophie a demandé à Eva ce qu'elle pensait de Peter, dit Matthew. Je pense qu'Eva le connaissait avant leur rencontre, peut-être par l'intermédiaire d'une autre de ses amies. Elle a dit à Sophie que Peter n'était avec personne, et qu'il était rare de le voir en été. Apparemment, il passe beaucoup de temps dans les Cornouailles à faire du surf. Ou à voyager à l'étranger.

— C'est un bon à rien, dit Diane, le menton relevé. Aucun avenir.

— Donc, pour revenir à ma question, comment se fait-il qu'il ait eu le passeport de Sophie en sa possession ?

— Il ne vous l'a pas dit ?

— J'aimerais entendre vos réflexions.

Diane renifla.

— Je pense qu'il l'avait probablement convaincue de s'enfuir avec lui plutôt que d'épouser Josh.

Kay jeta un coup d'œil à Barnes.

— Lady Griffith, pourriez-vous montrer à l'agent Barnes où se trouve la fenêtre de Sophie par rapport à la terrasse ?

Elle se tourna vers Matthew.

— J'aimerais voir sa chambre, si ça ne vous dérange pas de me la montrer ?

Diane se leva du canapé avec un soupir et fit signe à Barnes.

— Par ici.

— Je te retrouve dans le hall, dit Kay alors qu'il passait devant elle.

Elle rattrapa Matthew et le suivit dans l'escalier, jetant un coup d'œil aux photos de famille accrochées au mur en montant les marches.

Sur chacune d'elles, les trois membres de la famille étaient rassemblés formellement, retraçant la vie de Sophie au fil des ans ; Matthew se tenant derrière son épouse assise sur les photos les plus anciennes, ses mains sur ses épaules tandis que Sophie passait de bébé sur les genoux de sa mère à jeune enfant. Au fur et à mesure que Sophie grandissait, elle se tenait à côté de sa mère, tandis que Matthew posait une main protectrice sur l'épaule de chacune d'elles.

Kay s'arrêta près du haut de l'escalier et laissa Matthew continuer sans elle. Elle s'approcha de la dernière photographie et examina l'ensemble. La jeune fille qui la fixait se tenait la tête haute avec un regard presque défiant en posant pour l'appareil photo et, même si elle ne portait pas de talons, elle n'était que quelques centimètres plus petite que son père. Sur cette photo plus récente, sa main n'était plus posée sur son épaule, mais sur la partie supérieure de son bras gauche.

Kay fronça les sourcils en scrutant la photographie, puis jeta un coup d'œil à Matthew.

— La même robe qu'elle portait hier soir ? On dirait une robe de communion.

Un triste sourire se dessina sur les lèvres de l'homme.

— Non, pas de communion. Cette photo a été prise il y a six semaines. Pour sa cérémonie de serment. Nous voulions faire prendre des photos professionnelles avant le jour J, au cas où le temps se gâterait.

— Cérémonie de serment ?

— C'est de plus en plus populaire ici. Sophie était un peu âgée pour ça, mais...

Il haussa les épaules.

— Elle voulait le faire. La plupart des filles prêtent serment à leur treizième anniversaire, ou parfois avant.

— Qu'est-ce que cela signifie ?

— Elle s'est engagée à rester chaste jusqu'à son mariage.

Les sourcils de Kay se haussèrent.

— Est-ce légalement contraignant ?

Il secoua la tête.

— Ce n'est pas la question. C'est contraignant aux yeux de notre Seigneur.

— Oh.

Sa main tremblait lorsqu'il tendit le bras et fit glisser ses doigts sur la vitre, puis il renifla.

— Sa chambre est par ici. Vos collègues ont terminé il y a quelques heures.

Il les guida le long d'un palier moquetté, puis s'arrêta devant la dernière porte à droite.

— C'est la chambre de Sophie.

— Merci, dit Kay.

Elle s'arrêta sur le seuil tandis que Matthew allumait les lumières.

Les spots au plafond diffusaient une lumière tamisée jusqu'à ce qu'il tourne le variateur, illuminant l'espace d'une lumière plus crue.

Elle fronça les sourcils.

— Les rideaux sont tirés, pourquoi ?

La colère traversa son visage.

— Foutus journalistes. Un des traiteurs qui aidait à débarrasser ce matin a vu un flash d'appareil photo venant des bois derrière la maison. Ils essayaient probablement de prendre des photos de vos collègues pendant qu'ils travaillaient ici. Nous avons dû fermer tous les rideaux de ce côté de la maison.

— J'en toucherai un mot une fois de retour au poste. Je verrai si je peux y mettre un terme.

— Merci.

Il resta dans le couloir.

— Écoutez, si ça ne vous dérange pas, je vais peut-être vous attendre en bas. Tout ça...

Il fit un geste vers les affaires de Sophie.

— C'est juste trop dur.

— Je comprends. Je n'en aurai pas pour longtemps.

Whittaker acquiesça et disparut.

Kay se déplaça au centre de la pièce et fit un tour sur elle-même, son regard parcourant le lit simple, les armoires encastrées et la table de nuit.

L'équipe de Harriet avait travaillé méthodiquement mais avec empathie ; la chambre avait été rangée du mieux possible une fois leur fouille systématique terminée, pourtant il était évident que ce n'était plus la chambre d'une adolescente.

Elle avait l'atmosphère d'une vie désormais éteinte ; quelque chose d'intangible qui laissait un murmure dans l'air d'un moment figé dans le temps, à jamais gelé dans les souvenirs.

Kay regarda par-dessus son épaule, puis enfila des gants de protection et commença à fouiller les tiroirs de la table de nuit.

Elle ne doutait pas des capacités de Harriet, ni de celles de son équipe, mais elle voulait mieux comprendre Sophie, se faire une idée de ce qu'avait été la vie de la jeune fille avant qu'elle ne lui soit si violemment arrachée.

Deux livres de poche, tous deux non-romanesques, étaient fourrés dans le tiroir du haut avec une liseuse et un paquet de comprimés contre le mal de tête. Quelques élastiques à cheveux et une lime à ongles étaient poussés au fond.

Sophie avait gardé un assortiment de vieux CD dans le tiroir du bas, et Kay parcourut les titres des yeux avant de les pousser sur le côté. Une boîte de mouchoirs occupait le reste de l'espace, mais elle ne trouva pas de journal intime, pas plus que l'équipe de Harriet.

Sophie avait eu l'habitude de garder des secrets, c'était déjà évident.

Kay tourna son attention vers l'armoire encastrée qui occupait toute la longueur d'un côté de la chambre, mais à part une sélection de vêtements suspendus par ordre de longueur et une variété de chaussures, elle ne trouva rien qui suggérât que Sophie était impliquée avec quelqu'un d'autre que le jeune homme à qui elle venait d'être fiancée, ou Peter Evans.

Un murmure de voix lui parvint du bas de l'escalier et elle réalisa que Barnes était revenu avec Diane et parlait à Matthew.

Elle soupira et sortit de la chambre. En descendant les escaliers, elle rangea ses gants dans sa poche tandis que trois visages se tournaient vers elle.

— Merci pour votre temps ce matin, dit-elle à Diane et Matthew. Nous vous contacterons dès que nous aurons quelque chose à vous rapporter. En attendant, Hazel sera à votre disposition pour tout ce dont vous aurez besoin, alors n'hésitez pas à la solliciter.

— Merci, détective, dit Matthew, et il les raccompagna à la porte.

Il s'essuya les yeux.

— Je n'arrive pas à croire qu'elle soit partie.

Diane frissonna et resserra son gilet autour d'elle.

— Dieu sait comment Josh fait face. Il doit être anéanti.

CHAPITRE 8

— Qu'en penses-tu ?

Ils avaient quitté la maison des Whittaker en silence jusqu'à ce que Barnes accélère sur la rampe d'accès à l'autoroute et dépasse une voiture lente sur la voie de gauche.

— Diane Whittaker ne savait certainement pas que Sophie voyait encore Peter Evans, et encore moins qu'elle prévoyait de s'enfuir avec lui. Je lui ai demandé depuis quand Sophie avait son propre passeport, et elle l'a obtenu il y a seulement six mois pour un voyage scolaire artistique dans la vallée de la Loire en mai. Apparemment sponsorisé, donc les parents n'ont pas eu à payer.

— Ils ne partaient jamais en vacances à l'étranger ?

Barnes secoua la tête et mit son clignotant à gauche, prenant une sortie vers le nord de la ville et se plaçant dans la voie qui les ramènerait au commissariat.

— J'ai eu l'impression qu'ils n'en avaient pas les moyens.

— Avec une maison comme celle-là ?

Kay se frotta l'œil.

— J'imagine que les demeures historiques coûtent cher à entretenir.

— Eh bien, cet endroit a clairement besoin de travaux.

— Oui. Certaines parties semblaient un peu délabrées, n'est-ce pas ?

— Diane Whittaker m'a dit qu'ils attendaient une sorte de subvention ou de paiement d'une fondation qui devrait bientôt arriver, pour aider à lancer des rénovations.

— Espérons qu'ils l'obtiendront. Ça doit coûter une fortune pour maintenir un endroit comme ça. Le temps de faire le tour des travaux, il faudrait recommencer depuis le début.

— Tu as trouvé quelque chose dans la chambre de Sophie ?

— Non, et Harriet et son équipe sont toujours en train de compiler leur rapport. La chambre de Sophie était plutôt spartiate, en fait. Je me souviens que ma chambre était toujours un peu en désordre quand j'étais adolescente.

— Oui, la mienne aussi.

— C'était étrange, il n'y avait même pas de posters aux murs.

— Papier peint ancien, peut-être.

Kay plissa les yeux vers lui.

— D'accord, la maison n'est pas non plus un musée, pas encore, sourit-il. Qu'est-ce que tu pensais trouver ?

— Je pensais qu'il y aurait peut-être un journal intime ou des lettres d'amour cachés quelque part qu'on aurait manqués lors des fouilles officielles, mais il n'y avait rien.

Elle regarda par la fenêtre alors qu'ils s'arrêtaient à un feu rouge et observa une jeune mère en train de pousser un tout-petit sur une voiture jouet surdimensionnée sur le trottoir, tandis que l'enfant riait et rejetait sa tête en arrière de plaisir.

— Des idées sur le mobile pour l'instant ?

— La jalousie, peut-être ?

— Et donc, il la tue.

— Mais pourquoi attendre qu'on vienne le chercher ?

Kay secoua la tête alors que le feu passait au vert et que Barnes appuyait sur l'accélérateur.

— Ça n'a pas de sens. Il avait un passeport sur lui et était prêt à partir, alors, pourquoi ne l'a-t-il pas fait ?

— Le choc ?

Kay fronça le nez.

— C'est tiré par les cheveux.

Elle posa sa main sur l'attache de sa ceinture de sécurité alors que Barnes tournait dans le parking du commissariat.

— Écoute, jette un œil aux affaires de Matthew Whittaker. Vérifie s'il y a quelque chose dont nous devrions être au courant. Pareil pour la maison et le financement des rénovations.

— Quelque chose en particulier que je devrais chercher ?

— Quelque chose qui ne colle pas. Tu sais comment ça peut être. On ne saura peut-être pas ce que c'est avant de le voir.

Il coupa le moteur et tira le frein à main avant de se tourner vers elle.

— Il se pourrait aussi qu'il n'y ait rien.

Sa bouche tressaillit.

— Je suppose qu'il n'y a qu'une façon de le savoir.

— Et que vas-tu faire pendant que je m'occupe de la paperasse ?

— Je vais prendre Carys et aller chez les Hamilton. Découvrir ce que Josh savait de la relation entre Sophie et Peter.

Barnes leva un sourcil en ouvrant sa portière.

— Ça va être une conversation intéressante.

CHAPITRE 9

— Vous avez une belle propriété, monsieur Hamilton.

Kay traversa l'allée en direction d'une berline quatre portes d'apparence coûteuse, Carys à ses côtés.

Blake finit de ranger les valises dans le coffre du véhicule, le ferma et se retourna en posant ses mains sur ses hanches. Il plissa les yeux face au soleil qui se reflétait sur l'eau.

— Oui, c'est un bel endroit. Bien sûr, nous avons dû démolir l'ancienne maison.

Il fronça le nez.

— Tout le bâtiment était pourri. Il nous a fallu environ un an pour faire approuver les plans de celle-ci par le conseil municipal, mais ils ont fini par se montrer raisonnables.

— Depuis combien de temps habitez-vous ici ?

— Environ trois ans. Je voulais un endroit facile pour faire la navette jusqu'au bureau en ville, et Courtney voulait être dans la campagne anglaise.

Il écarta les mains d'un geste ample et désigna la maison.

— C'est parfait.

— C'est certainement une très belle maison.

Blake sourit, puis son regard s'assombrit.

— En temps normal, j'adorerais vous faire visiter, mais comme vous pouvez le voir, nous sommes sur le point de partir.

— Nous ?

— Moi et Josh.

Il pointa du pouce par-dessus son épaule.

— Il n'a repris l'université que depuis quelques semaines, mais étant donné les circonstances, nous avons parlé à ses professeurs et convenu qu'il passerait le reste du semestre à la maison. Il peut étudier en ligne et retourner à l'université après le Nouvel An.

— Quelle université ?

— Brunel.

— Je me demandais si nous pourrions parler à Josh, en fait.

Une expression peinée traversa le visage de l'homme.

— Nous devons vraiment partir, dit-il. La circulation est infernale en ville en fin d'après-midi.

— Je comprends, monsieur Hamilton, mais je suis au milieu d'une enquête pour meurtre.

Il fronça les sourcils.

— Vous avez votre suspect, non ?

— En effet, et nous allons poursuivre cette piste de notre enquête. En attendant, j'aimerais parler à Josh, s'il vous plaît. J'aimerais en apprendre davantage sur Sophie Whittaker.

Blake soupira.

— Écoutez, vous pouvez lui parler rapidement, mais nous ne pouvons pas traîner.

Kay afficha un sourire forcé.

— C'est parfait. Nous allons passer en revue quelques questions préliminaires maintenant, et nous reviendrons demain.

— Bien, euh... d'accord.

Kay et Carys le suivirent à travers la porte d'entrée et dans un vaste hall, un escalier en fer et en marbre montant en spirale à travers un atrium vers l'étage supérieur de la maison, tandis que des portes menaient à différentes pièces au rez-de-chaussée.

Des arômes de pâtisserie flottaient depuis une porte au-delà de l'escalier, et Kay fut frappée par le sentiment de normalité comparé à la maison des Whittaker.

Il était également évident que, par contraste, l'entreprise de Blake Hamilton se portait bien – sa maison conservait un éclat impeccable alors que la demeure ancestrale de Diane Whittaker semblait tomber en ruine.

Crossways Hall n'était certainement pas du chic délabré.

Elle sursauta lorsque Blake cria dans l'escalier.

— Josh, dépêche-toi.

La silhouette dégingandée de l'adolescent apparut en haut des escaliers, un sac de sport sur l'épaule, des lunettes de soleil repoussées sur ses cheveux blonds en épis.

Il traversa le palier d'un pas traînant avant de descendre les escaliers, et s'arrêta net en apercevant Kay et Carys.

— Viens, dit Blake. La police veut te parler rapidement avant qu'on parte.

— Tout va bien ?

Kay se retourna en entendant la voix de Courtney Hamilton.

— Bonjour, madame Hamilton.

— Que se passe-t-il ?

Les yeux de la femme s'écarquillèrent tandis qu'elle s'essuyait les mains avec un torchon.

— Nous voulions poser quelques questions à Josh au sujet de Sophie Whittaker, dit Kay, mais je comprends que Monsieur Hamilton veut l'emmener à l'université le plus tôt possible. Nous ne vous retiendrons pas longtemps ; nous pouvons revenir demain.

— Oh. D'accord. Je vous laisse.

Elle disparut à nouveau dans ce que Kay présumait être la cuisine, en fredonnant doucement.

— Bien, alors, que vouliez-vous demander à Josh ? dit Blake en passant un bras autour des épaules de son fils qui les avait rejoints dans le hall.

Kay réalisa qu'il ne reviendrait pas sur son affirmation qu'il partirait sous peu, et elle décida qu'elle n'avait pas le temps pour la subtilité.

— Josh, pourrais-tu me raconter les événements d'hier soir, avec tes propres mots ?

Blake Hamilton laissa échapper un long soupir.

— Franchement, détective, nous n'avons vraiment pas le temps pour ça. Josh a déjà fait une déposition à l'un des policiers hier soir.

Elle l'ignora et fit un signe de tête à Carys qui avait son carnet et son stylo prêts.

— Josh ?

L'adolescent haussa les épaules.

— Nous sommes arrivés chez les Whittaker vers six heures, je suppose. Les gens de notre groupe d'église étaient les seuls invités ; nous voulions garder la cérémonie privée. Nous avons déambulé un moment et parlé avec tout le monde, puis notre pasteur, Duncan, a rassemblé tout le monde dans le chapiteau pour que Sophie puisse faire son serment. Après ça, je lui ai offert une bague de fiançailles.

Kay acquiesça, mais ne dit rien et attendit qu'il continue.

Nouveau haussement d'épaules.

— Après la fin de la cérémonie, nous nous sommes assis pour le repas officiel, puis le personnel a débarrassé les tables et la musique a commencé.

— À quelle heure ?

— Vers huit heures et demie, je pense.

— Qu'est-ce que tu as fait après le repas ?

— J'ai circulé d'un groupe à l'autre. Bu quelques bières.

Il plissa le nez.

— Une des femmes plus âgées a essayé de me faire danser, mais pas question.

— Quand as-tu vu Sophie pour la dernière fois ?

Il fronça les sourcils.

— Vers neuf heures quinze, je suppose.

Il se gratta la joue.

— Ouais. Vers neuf heures quinze. Elle était sur la terrasse en train de parler à sa mère, et je me suis approché. Je ne sais pas de quoi elles parlaient, mais Diane avait l'air plutôt énervée par quelque chose. Elle a semblé s'en remettre assez vite cependant, et nous a ensuite laissés, Sophie et moi.

— De quoi avez-vous parlé ?

— Oh, de tout et de rien, vous savez.

— Tu pourrais développer, s'il te plaît ?

— Attendez.

Blake leva une main.

— De quel genre de question s'agit-il ?

— J'essaie de déterminer ce dont votre fils et Sophie Whittaker ont parlé, dit Kay. Cela pourrait nous aider à évaluer son état d'esprit à ce moment-là.

— Son état d'esprit ?

Blake rit.

— Je vais vous dire quel était son état d'esprit. Elle était ivre, comme tout le monde.

Il tapota l'épaule de Josh.

— Si c'est tout, détective, je vais emmener Josh à l'université, dit Blake. Comme je l'ai dit, je ne veux pas être coincé dans les embouteillages en chemin.

Kay serra la mâchoire.

— Merci. J'apprécie votre temps. Nous reviendrons demain.

L'Américain hocha la tête, puis dirigea Josh vers la porte d'entrée où les attendait la voiture.

Kay et Carys se tenaient sur le perron alors que la voiture s'éloignait.

— Voulez-vous un café avant de partir ?

Kay se retourna pour voir Courtney dans le couloir, le regard plein d'espoir. Elle jeta un coup d'œil à Carys, puis se retourna.

— Oui, ce serait gentil, merci, tant que ça ne vous dérange pas ?

— Pas du tout. Venez dans la cuisine.

Elles la suivirent le long du couloir et passèrent de larges doubles portes pour entrer dans un espace que Kay estimait être deux fois plus grand que son garage.

Aérée et lumineuse, la pièce révélait des plans de travail scintillants sous l'éclat des spots stratégiquement placés au plafond.

Courtney remarqua son regard.

— C'est du marbre, sourit-elle. Blake l'a fait venir spécialement d'Italie pour moi.

Elle passa sa main sur la surface la plus proche.

— C'est magnifique, n'est-ce pas ?

— Charmant, dit Carys, et elle leva un sourcil vers Kay une fois que l'autre femme eut le dos tourné.

Un arôme frais de vanille et de cannelle emplissait toute la pièce, et Kay espérait que son estomac ne gargouille pas bruyamment comme il le faisait toujours quand elle n'avait pas mangé depuis plus de quatre heures.

— Ça sent vraiment bon ici, dit-elle.

— Oh, nous avons habituellement une gouvernante qui fait toute la cuisine pour moi, dit Courtney, mais, vous savez, la pâtisserie m'aide à me calmer, alors je lui ai juste demandé de me procurer les ingrédients et de me laisser faire.

Elle s'affaira à préparer le café, puis leur tendit le breuvage dans des tasses en porcelaine fine.

— Josh doit être dévasté, dit Kay.

— Ou soulagé.

La femme plaqua sa main sur sa bouche et rougit.

— Soulagé ?

— Eh bien, dit Courtney en agitant la main. Ils sont tous les deux si jeunes, vraiment, n'est-ce pas ? Je veux dire, ils l'étaient, je suppose.

Elle garda le silence un moment, puis secoua la tête comme pour se ressaisir.

— Je préférerais que Josh voie le monde avant de s'installer. Il a tellement de temps avant de devoir s'inquiéter de se marier et de reprendre l'entreprise de Blake.

— De qui est venue l'idée de la cérémonie du vœu de pureté ? demanda Carys.

Les sourcils de Courtney se froncèrent, son front lisse refusant de se plisser.

— De Matthew, je crois.

Elle fit une pause.

— Ou était-ce Sophie ?

Elle haussa les épaules.

— Peu importe. Je sais qu'ils ont tous deux commencé à en parler après que Blake l'avait mentionné lors d'une de nos réunions privées à l'église un soir.

Elle se retourna, enfila des gants thermorésistants et ouvrit la porte du four pour en sortir deux plaques de cookies avant de les retourner et de les remettre à l'intérieur.

— Les rassemblements de culte privés, comment cela a-t-il commencé ? demanda Kay tout en essayant d'ignorer l'arôme des cookies sortant du four.

Courtney ferma la porte et ajusta la minuterie avant de retirer ses gants et de retourner sur son tabouret de bar.

— Blake l'a suggéré il y a quelques années, et Duncan était d'accord.

Elle pinça les lèvres.

— C'est bien de se mêler aux autres du village, je

suppose, mais il y a certaines choses que nous préférons garder pour nous, des choses que les gens ne comprendraient pas, vous voyez ?

Elle croisa le regard de Kay et força un petit sourire.

— Rien d'extraordinaire, je peux vous l'assurer, mais peut-être des choses dont ils n'ont pas besoin de se préoccuper.

Son nez se releva légèrement.

— Nous sommes assez éloignés de leurs petits problèmes et soucis, ajouta-t-elle en faisant un geste autour de la vaste cuisine.

Kay réprima la réplique qui lui montait aux lèvres.

— Donc, ces rassemblements privés ont lieu régulièrement ?

— Oh, oui, tous les mardis soir.

— Où ça ?

— À l'église. Duncan est tellement accommodant, s'extasia Courtney. Il a l'esprit si ouvert quand il s'agit de la façon dont on devrait être autorisé à célébrer sa foi.

Carys s'éclaircit la gorge.

Kay jeta un coup d'œil de l'autre côté du plan de travail, mais la jeune détective avait la tête baissée sur son carnet et refusait de croiser son regard.

Heureusement, car elle ne pensait pas pouvoir garder son sérieux si Carys choisissait de lever les yeux à ce moment-là.

Elle reporta son attention sur Courtney.

— Donc, pour en revenir au vœu de pureté. C'est un truc américain, non ?

La femme plissa les yeux et tordit l'alliance à son doigt.

— Je suppose.

— C'est juste que je n'en avais jamais entendu parler avant. Pouvez-vous m'en dire un peu plus ?

Les yeux de Courtney s'illuminèrent.

— Oh, bien sûr, oui. Eh bien, ça vient du mouvement baptiste du Connecticut il y a des années ; c'est de là que vient la famille de Blake ; mais ça se répand vraiment dans d'autres États aussi. C'est très populaire parmi les adolescentes qui veulent honorer Dieu et rester chastes jusqu'à leur nuit de noces.

— Et elles signent un contrat ?

— Oui, dit Courtney. Les filles sont si magnifiques, vous auriez dû voir la robe que Sophie port—

Kay attendit, satisfaite de laisser la femme se tortiller d'inconfort.

— Je veux dire, je suppose que vous l'avez vue, dit Courtney, le visage cramoisi.

Elle posa ses doigts sur ses joues un moment.

— Bref, dit-elle finalement, les filles s'habillent en blanc, et elles et leurs pères font un vœu : les filles, celui de rester chastes, et les pères, celui de s'engager à protéger la chasteté de leur fille.

— Les pères jurent de protéger leur fille ?

— Oui.

Kay croisa cette fois le regard de Carys alors que la tête de la jeune détective se relevait brusquement, les yeux écarquillés.

— Intéressant, dit-elle.

CHAPITRE 10

— Bien, écoutez-moi.

Le brouhaha s'estompa à la voix de Sharp, et l'équipe tourna son attention vers l'avant de la salle tandis que l'inspecteur arpentait la moquette devant le tableau blanc.

— Nous en sommes à vingt-quatre heures dans cette affaire, et nous devons nous activer. Commençons par Gavin, qu'a rapporté Lucas jusqu'à présent ?

— Ses conclusions préliminaires indiquent une blessure traumatique contondante au visage. Lucas dit que le coup était suffisamment fort pour briser ses dents du haut et fracturer son visage, ce qui a perforé son cerveau. La mort a été instantanée, dit le jeune policier. Lucas a pu faire venir un pathologiste supplémentaire pour aider avec la charge de travail après cet accident d'autoroute du week-end, et il a dit qu'il espérait vous faire parvenir son rapport complet demain.

— Bien. Prévenez-moi dès qu'il arrive. Qui a une mise à jour de Harriet ?

— Moi, chef.

Carys leva son stylo en l'air, puis baissa les yeux sur son carnet.

— Aucune arme du crime n'a été trouvée sur la scène, mais quoi qu'on ait utilisé, ça a fait un sacré carnage ; elle a dit qu'il y avait du sang sur les feuilles de rhododendron à proximité, et sur l'herbe à côté du corps. Malheureusement, Eva Shepparton a piétiné tout ça, et l'a répandu vers la pente qui mène à l'endroit où se trouve le chapiteau. Nous devons évidemment déterminer si elle a vu ou entendu quelque chose. Elle a déclaré ne pas s'en souvenir, mais espérons que la sobriété l'aidera à retrouver la mémoire.

— Bon travail, Carys. Kay, vous et Barnes avez-vous tiré quelque chose des parents de Sophie ?

— Ils ne savaient pas que Sophie voyait encore Peter Evans, et encore moins qu'elle couchait avec lui, dit-elle.

Elle jeta un coup d'œil à Barnes.

— En fait, ils semblaient tous les deux choqués de ne pas être au courant, n'est-ce pas ?

— Ouais, et quand j'ai parlé avec Diane Whittaker, elle n'arrêtait pas de répéter qu'elle ne comprenait pas pourquoi Sophie aurait fait ça, coucher avec Peter alors qu'elle était sur le point d'être fiancée à Josh Hamilton, dit Barnes. Par mesure de vigilance, j'ai commencé à examiner les comptes professionnels de Matthew Whittaker, et Diane a mentionné qu'ils attendaient une sorte de financement ou de subvention pour aider à la rénovation de leur maison, donc je vais continuer à travailler là-dessus.

— Comment était Blake Hamilton ? demanda Sharp.

— Peu coopératif, dit Kay. Plus intéressé d'emmener Josh à son université à Londres pour récupérer ses affaires que d'aider à découvrir pourquoi Sophie avait été assassinée. Sa femme, Courtney, était plus bavarde, mais semble être inconsciente du fait que nous essayons de mener une enquête pour meurtre.

— Dans quel sens ?

— Elle semblait soulagée que Josh ne se marie pas de sitôt. Elle a dit qu'ils étaient tous les deux trop jeunes pour ce genre de chose, elle voulait qu'il voyage une fois ses études terminées, et ne semblait pas du tout enchantée par toute cette histoire de fiançailles.

— Vous allez leur parler à nouveau ?

— Oui, demain.

— Où en sommes-nous pour obtenir des copies des bulletins scolaires de Sophie ?

— Les voici, dit Debbie West. Rien d'extraordinaire. Pas d'absentéisme, pas de retenues ces deux dernières années. Quelques récompenses pour le tennis.

Elle laissa tomber les pages sur son bureau.

— Élève modèle, apparemment.

— Que disent les parents à propos de Peter Evans ?

— Ils ont certainement donné l'impression de penser qu'il n'était pas digne d'avoir une relation avec Sophie, dit Kay. Diane n'avait aucune considération pour lui, et ils ont tous deux été surpris quand je leur ai dit que le passeport de Sophie avait été trouvé dans l'appartement de Peter.

— Très bien. Continuez votre bon boulot, tout le monde. Le commandant Larch et moi allons interroger Evans à nouveau dans une demi-heure. Autre chose ?

— Quand nous avons parlé à Matthew Whittaker plus tôt, il n'a pas mentionné le fait qu'il avait également fait un serment, dit Kay. Apparemment, sa part du marché est de protéger sa fille jusqu'à ce qu'elle se marie.

— Raté, alors, marmonna Barnes. On dirait qu'elle les menait tous en bateau.

— Je me demandais cependant, peut-être que si Matthew avait découvert que Sophie couchait avec Peter, cela aurait-il été un motif suffisant pour lui faire du mal ?

Un silence emplit la salle des opérations, brisé seulement lorsque le stylo de Gavin roula sur son carnet ouvert et tomba au sol.

Sharp se frotta le menton.

— Vous pensez qu'il aurait pris son serment au sérieux à ce point-là ?

— Peut-être. Je pense que ça vaut le coup d'avoir un autre échange avec lui.

— Faites-le, mais avec précaution.

— Compris.

— Ok, les tâches pour demain. Barnes et Piper, organisez un autre entretien avec Eva Shepparton. Quand vous lui parlerez à nouveau, découvrez ce qu'elle savait de la relation de Sophie avec Peter.

— Oui, chef.

— Hunter, première chose demain matin, allez parler au pasteur, Duncan Saddleworth. Essayez de comprendre sa relation avec les parents, et découvrez de qui venait l'idée que Sophie fasse ce « vœu de pureté ». Ensuite, prenez Carys avec vous et parlez à nouveau à Matthew Whittaker. Découvrez à quel point il prenait au sérieux sa part du marché.

— Je m'en occupe.

Elle tapota son stylo contre le côté de son carnet.

— Vous pensez que Sophie avait peut-être des doutes ?

— Ou alors elle était déterminée à aller de l'avant, et soit Peter Evans, soit Matthew Whittaker n'aimait pas l'idée.

CHAPITRE 11

Une odeur de renfermé envahit les sens de Kay le lendemain matin alors qu'elle secouait son parapluie et le plaçait dans un porte-parapluie en fonte sous le porche de l'église, reconnaissante de l'abri contre la brève averse estivale.

En se redressant, elle parcourut du regard les différents messages épinglés sur le tableau d'affichage et tendit la main pour soulever les coins afin de lire les appels à l'action des différents groupes qui utilisaient l'église pour leurs réunions, les répétitions des sonneurs de cloches et leurs compositions florales.

Elle fronça les sourcils en voyant un espace rectangulaire dans le coin inférieur gauche du tableau d'affichage, avec une punaise rouge et une autre bleue, épinglées au milieu.

Son regard se posa sur le tronc placé sur une étagère étroite au-dessus d'un vieux banc d'église, et sur l'anneau métallique sur un côté qui était fixé au mur en bois du porche par une chaîne solide.

Kay posa sa main sur le loquet vieux de plusieurs siècles et ouvrit doucement la porte en bois.

Elle cligna des yeux en repoussant la porte et ses yeux s'adaptèrent à la pénombre.

Des lampes pendaient de longs cordons fixés haut dans le plafond, tandis que des spots éclairaient l'autel et la chaire.

Des voix murmurées traversaient le grand espace et son regard se posa sur deux femmes âgées et un homme de l'autre côté de la pièce. Les deux femmes tenaient des chiffons et des bombes aérosols alors qu'elles se déplaçaient entre les rangées de bancs, l'arôme sucré du produit à polir flottant dans l'air.

Elles se turent à la vue de Kay.

L'homme, vêtu d'une chemise noire unie et d'une veste et d'un pantalon assortis, se tourna vers elle, un col blanc au cou. Il parla aux deux femmes, l'une d'elles gloussa et hocha la tête, puis il se fraya un chemin à travers les bancs.

Il se dirigea d'un pas assuré vers Kay, un sourire

facile se dessinant à travers sa barbe soigneusement taillée.

Elle réalisa qu'il parvenait probablement à charmer toutes les dames de la congrégation, et sourit avant de brandir sa carte de police alors que l'homme d'église la rejoignait, les sourcils froncés.

— Duncan Saddleworth ? demanda-t-elle, sa voix résonnant dans l'espace entre eux.

— Oui ?

— Je suis l'inspectrice Kay Hunter de la police du Kent, dit-elle. Y a-t-il un endroit où nous pourrions parler ?

— À propos de ?

Il passa sa main dans ses cheveux brun clair, l'air méfiant.

— Sophie Whittaker.

Il jeta un coup d'œil par-dessus son épaule aux deux femmes qui essayaient de ne pas les fixer tout en travaillant, puis revint à Kay.

— Euh, d'accord, eh bien je suppose que nous pourrions utiliser la sacristie.

• Je vous suis.

Saddleworth tourna à gauche et se dirigea vers l'arrière de l'église.

Kay leva les yeux vers la tribune, les tuyaux de l'orgue de l'église s'élevant dans l'ombre du plafond, un spot au-dessus du siège de l'organiste projetant une douce lueur jaune sur les rangées de touches et de boutons.

Les rangées de bancs prirent fin et alors que Kay passait devant un grand font baptismal en pierre, les dalles nues laissèrent place à une fine moquette. Un escalier derrière un panneau en bois orné menait à la tribune, puis Saddleworth ouvrit une porte et la tint pour que Kay puisse entrer avant lui.

— Donnez-moi un moment, dit-il en la suivant et en fermant la porte derrière eux, je vais libérer une de ces chaises pour vous.

Pendant qu'il commençait à retirer ce qui ressemblait à des manuels d'école du dimanche d'une chaise près de la porte, Kay parcourut du regard un petit bureau couvert de diverses pages d'un cahier, une grande bible ouverte aux trois quarts, et une petite imprimante. Un vieil ordinateur était posé sur le côté, son clavier recouvert de poussière – soit par manque d'utilisation, soit parce que les femmes de ménage n'avaient pas accès à la pièce, supposa-t-elle.

— Voilà, je vous en prie, asseyez-vous, dit Saddleworth.

— Merci.

Kay s'installa sur la chaise en bois, posa son sac à ses pieds et en sortit son carnet et un stylo.

Elle attendit pendant que Saddleworth s'affairait avec les feuilles sur son bureau avant de les agrafer ensemble, de les jeter sur la bible ouverte et de s'asseoir, les mains jointes devant lui.

— Bien, détective, comment puis-je vous aider ? J'ai fait ma déposition à la police hier soir.

— Je comprends, dit Kay. Cependant, comme je vais cogérer l'enquête, j'aime parler aux gens moi-même quand c'est possible. À quelle heure êtes-vous arrivé chez les Whittaker hier ?

— Juste après dix-sept heures, dit Saddleworth. Sophie avait un sérieux trac, je pense.

Il sourit avec bienveillance.

— Diane m'a téléphoné une heure avant et m'a dit que Sophie voulait réviser ses répliques une dernière fois avant la cérémonie.

Une expression nostalgique traversa son visage.

— Elle n'avait pas à s'inquiéter, elle était parfaite.

— J'y reviendrai dans un instant, dit Kay. Pourriez-vous me parler un peu de vous ?

Elle fit un geste englobant la pièce.

— Comment vous êtes-vous retrouvé ici ? Je peux entendre une trace d'accent américain, n'est-ce pas ?

Saddleworth sourit et s'adossa dans sa chaise.

— J'étais un peu un nomade avant de venir ici, dit-il. Quand j'ai obtenu mon diplôme d'Oxford, je me suis porté volontaire pour travailler à l'étranger avec une association caritative ; j'ai atterri en Amérique du Sud pendant deux ans, puis je me suis retrouvé dans le Connecticut.

— Comment ça se fait ? C'est un choix un peu étrange.

— J'ai rencontré des gens pendant que je servais en Équateur qui venaient de Bridgeport, et leur période de bénévolat s'est terminée en même temps que la mienne, alors ils m'ont invité à retourner aux États-Unis avec eux.

Il soupira.

— Après avoir été absent d'Angleterre pendant si longtemps, je savais que j'aurais à travailler dur une fois de retour ici, alors j'ai pensé qu'un court séjour aux États-Unis en chemin me donnerait une sorte de pause d'abord.

— Combien de temps y êtes-vous resté ?

— Environ un an.

— Ce sont de longues vacances.

— J'ai fini par aider dans une des églises locales. Je ne suis revenu ici que parce que mon visa allait expirer.

— Et c'était quand ?

— Il y a six ans, dit-il. Je suis venu à Maidstone il y a deux ans.

Kay se pencha en avant sur la chaise pour essayer d'empêcher son postérieur de s'engourdir tout en ignorant le grincement menaçant du meuble délabré.

— Ce « vœu de pureté » que Sophie a prononcé hier. De quoi s'agit-il ? Je n'en avais jamais entendu parler auparavant.

— C'est devenu très populaire ces quinze à vingt dernières années parmi les organisations religieuses les plus conservatrices—

— Comme celle avec laquelle vous avez travaillé dans le Connecticut ?

Il hocha la tête.

— Le mouvement de pureté a débuté dans le Connecticut, expliqua-t-il. Et il a gagné en popularité à mesure que de plus en plus de filles choisissaient de prendre cet engagement. En bref, une fille peut le prendre à n'importe quel âge, mais c'est généralement fait entre douze et seize ans.

— À peu près au moment où elles commenceraient à s'intéresser aux garçons, alors ?

— Oui.

— Continuez.

— La fille, Sophie dans le cas présent, s'engage à rester chaste jusqu'à son jour de mariage, et à servir

Dieu. Le père, Matthew dans ce cas, fait le serment d'aider sa fille à maintenir cet engagement.

— Et pour les garçons ?

Saddleworth secoua la tête.

— Non. Les garçons ne sont pas tenus de prêter serment. Lors du mariage, toute femme qui a fait vœu de pureté dans sa jeunesse pardonne à son futur mari toutes les indiscrétions qu'il aurait pu commettre.

Kay baissa les yeux et enfonça la pointe de son stylo dans son carnet. Elle se força à compter jusqu'à dix avant de parler.

— Ce « mouvement de pureté » comme vous l'appelez n'est-il pas simplement basé sur l'hystérie née de l'idée qu'une fille pourrait être damnée par son Dieu si elle ne prête pas serment, ou si elle le rompt ? dit Kay, les sourcils froncés. Ce n'est qu'une façon de contrôler une adolescente potentiellement rebelle, n'est-ce pas ?

Elle résista à l'envie de jeter son stylo sur Saddleworth alors qu'un sourire patient se formait sur ses lèvres.

Ça y est, pensa-t-elle. *Voilà le sermon qui arrive*.

— Pas du tout, dit-il en joignant les doigts devant son menton. Comme je l'ai dit, les filles ne sont jamais forcées ou contraintes à prêter serment. C'est leur choix.

— Comment Sophie en a-t-elle entendu parler alors ?

Il posa ses mains sur la table et baissa les yeux.

— Il se peut que je lui en aie parlé.

— Quand ?

Il haussa les épaules et son regard se porta vers la fenêtre.

— Peut-être il y a environ six mois ? Je ne me souviens pas exactement.

— Combien de fois lui en avez-vous « parlé » avant qu'elle ne choisisse de prêter serment ?

Il soupira et reporta son regard sur elle.

— Je ne l'ai pas forcée, dit-il, sa voix prenant un ton légèrement défensif. Elle m'a demandé quel travail j'avais fait aux États-Unis, alors je lui ai dit. J'ai expliqué que l'église encourageait les adolescentes de la congrégation à faire vœu de pureté. À un moment donné, je ne sais pas, peut-être quelques semaines après cela, Sophie est venue me voir et m'a dit qu'elle avait fait des recherches en ligne à ce sujet et qu'elle voulait prêter serment. J'en ai discuté avec ses parents, et nous avons procédé à partir de là.

— Et cela allait bien au-delà d'un simple engagement à ne pas avoir de relations sexuelles jusqu'au mariage, n'est-ce pas ?

La pomme d'Adam de Saddleworth tressaillit dans sa gorge.

— Je vous demande pardon, que voulez-vous dire ?

Kay feuilleta son carnet.

— L'engagement de Sophie stipulait spécifiquement qu'elle resterait chaste jusqu'à ce qu'elle épouse Josh Hamilton. Ils se sont fiancés immédiatement après qu'elle a prêté serment.

Elle revint à la page ouverte précédemment.

— Est-il normal qu'une fille nomme son futur mari lorsqu'elle prête serment ?

Saddleworth toussa, son visage devenant cramoisi.

— C'est, euh, légèrement inhabituel.

— Qu'est-ce qui a motivé l'inclusion de cette formulation ?

— Il faudrait interroger Matthew et Blake à ce sujet.

— Vous avez mentionné que Diane Whittaker vous avait téléphoné pour vous demander d'arriver plus tôt, et vous avez dit que vous pensiez que Sophie avait peut-être le « trac ». A-t-elle eu la possibilité de changer d'avis ?

— Changer d'avis ?

— Oui. A-t-elle été conseillée d'une quelconque

manière pour qu'elle sache qu'elle pouvait tout annuler ?

Il se rassit dans son fauteuil, le visage choqué.

— Pourquoi diable aurait-elle voulu annuler ? Elle et Josh étaient parfaits ensemble.

Kay plissa les yeux.

— Le diocèse est-il au courant de ces cérémonies ?

Duncan s'éclaircit la gorge.

— Euh, non.

Il s'agita sur son siège, puis recroisa les jambes et ramassa une poussière imaginaire sur son genou.

— Le serment de Sophie était le premier.

— Et le reste de votre congrégation ? Que pensent-ils de l'idée d'un vœu de pureté ?

— Ils ne sont pas au courant, marmonna-t-il.

— Je vous demande pardon ?

— Ils ne sont pas au courant, dit-il, sa voix plus claire. Les Hamilton et les Whittaker faisaient partie d'un groupe de personnes qui préféraient prier séparément de la congrégation principale.

Il retrouva un peu de son assurance, sa voix reprenant un air d'autorité.

— L'idée de la cérémonie du vœu de pureté était limitée à ce groupe.

— Je vois.

Kay ferma son carnet et reboucha son stylo avant de les ranger dans son sac et de se lever. Elle tendit la main.

— Eh bien, monsieur Saddleworth, merci pour votre temps, dit-elle. C'était *instructif*.

Il lui prit la main, et elle remarqua que ses paumes étaient nettement plus chaudes que lorsqu'elle l'avait rencontré pour la première fois dans la nef.

— Je vais vous raccompagner, dit-il, et il se précipita de derrière son bureau.

Alors qu'il ouvrait les portes de l'église et que Kay passait devant lui sous le porche pour récupérer son parapluie, elle pointa du doigt le tableau d'affichage.

— Il manque une annonce. De quoi s'agissait-il ?

Il jeta un coup d'œil là où elle indiquait et fronça les sourcils.

— Oh. Je ne suis pas sûr.

Il lui adressa un sourire d'excuse.

— Nous en avons tellement.

Elle soutint son regard.

— Réfléchissez. S'agissait-il de quelque chose en rapport avec Sophie ?

— Je, euh...

— Dites-moi.

— J'ai affiché une annonce avant de partir pour la maison des Whittaker hier, dit-il, les épaules affaissées. J'ai pensé qu'étant donné l'intérêt parmi nos membres les plus discrets pour le vœu de pureté, notre congrégation principale pourrait être désireuse de s'impliquer, alors j'ai annoncé une réunion pour en discuter la semaine prochaine.

Il tendit la main et redressa un prospectus de travers au-dessus de l'espace vide avant de se retourner vers Kay.

— Après ce qui s'est passé, j'ai pensé qu'il serait judicieux de la reporter.

— Reporter, ou annuler complètement ?

Le pasteur eut la décence de baisser les yeux.

— Je ne sais pas, marmonna-t-il. Ce sera aux Hamilton et aux Whittaker de décider désormais.

CHAPITRE 12

Duncan Saddleworth ferma la porte derrière la détective, puis s'appuya contre le cadre médiéval jusqu'à ce que son front le touche et il ferma les yeux.

— Concentre-toi, murmura-t-il.

Il se redressa, puis se précipita vers la sacristie, tirant sur son col blanc en passant devant les rangées de bancs.

La figure sur le crucifix en laiton posé sur l'autel brûlait ses yeux alors qu'il battait en retraite, et Duncan essuya une goutte de sueur de son front en résistant à l'envie de se retourner et de se prosterner à ses pieds.

Au lieu de cela, il claqua la porte de la sacristie.

Il passa sa main sous son col, déboutonna le bouton du haut de sa chemise noire et arracha le col blanc, le jetant sur le bureau couvert de papiers avec un grognement sourd.

Ensuite, il retira sa veste de ses épaules et traversa la pièce jusqu'à une armoire à côté d'une simple fenêtre dépolie. Il tira les rideaux sur les carreaux, puis suspendit la veste à un cintre et déboutonna son pantalon de costume.

Il se rhabilla rapidement en jean et sweat-shirt gris, passa sa main dans ses cheveux faute de peigne, et ferma la porte de l'armoire. Il jeta un coup d'œil à son reflet dans le miroir et fut surpris de constater à quel point il avait l'air effrayé.

Le soleil filtrait maintenant à travers le vitrail qui surplombait son bureau. Le travail du verre était d'un design moderne comparé au reste de l'église, ajouté avec l'extension de la sacristie à la fin du XVIIIe siècle et laid, à son avis. Cela heurtait sa nostalgie sentimentale pour quelque chose de plus traditionnel, mais ces jours étaient révolus depuis longtemps. Sa propre exploration de la foi pendant ses études universitaires l'avait conduit à travers l'Europe, où il s'était imprégné de l'histoire et de l'architecture avant de s'immerger dans le rôle qui le voyait aujourd'hui ici, dans cette paroisse fracturée.

Une bibliothèque longeait le mur en face de lui, les étagères occupées par des albums photos qu'il n'avait pas ouverts depuis des années, des livres qu'il n'avait pas l'intention de relire, et des photographies encadrées qui lui pinçaient le cœur s'il osait les regarder de trop près.

Il gémit et se pencha en avant, agrippant le bord du bureau, les jointures blanches.

Un bruit traînant et persistant emplissait ses oreilles depuis une semaine, comme si ses souvenirs essayaient de l'entraîner vers le bas avec eux.

— Non, gémit-il en fermant les yeux.

Il avait été si prudent.

Il expira, puis se redressa et carra les épaules. Il avait été testé auparavant, et sa foi avait triomphé.

Il avait agi avec les informations disponibles, ses actions justifiées et vraies aux yeux de son dieu, à son avis.

Il s'affaissa dans le fauteuil en cuir craquelé derrière son bureau, attendit que son rythme cardiaque se calme, puis sortit un téléphone portable de sa poche. Il composa un numéro de mémoire et combattit la panique.

L'appel fut déclenché à la troisième sonnerie.

— Qu'est-ce que tu veux ?

Duncan s'éclaircit la gorge.

— La police était ici.

— Ils soupçonnent quelque chose à notre sujet ?

— Non.

— Tu en es sûr ?

— Oui.

Duncan tamponna à nouveau son front.

— Elle a posé des questions sur Sophie.

— Elle ?

— L'inspectrice Kay Hunter.

— Intéressant.

Duncan retint son souffle pendant que le silence s'étirait, jusqu'à ce qu'il ne puisse plus le supporter.

— Qu'est-ce que je dois faire ?

— Rien, vint la réponse. Continue comme si de rien n'était. N'attire pas l'attention sur toi. Tout ira bien.

— D'accord.

La ligne fut coupée, et Duncan effaça le journal des appels avant de jeter le téléphone sur le bureau.

Il déglutit et vérifia sa montre.

Continue comme si de rien n'était.

— Jésus, jura-t-il, puis il leva rapidement les yeux au plafond et s'excusa.

Ramassant le téléphone et un trousseau de clés de voiture sur son bureau, il verrouilla la porte de la sacristie et se précipita dehors.

Une brise chaude caressa son visage lorsqu'il sortit du porche, l'averse matinale ayant apporté une fraîcheur renouvelée à la journée, avant qu'un tourbillon de feuilles ne tournoie à travers le parking et ne pourchasse ses chevilles alors qu'il se hâtait vers son véhicule. Il jeta un coup d'œil par-dessus son épaule en pointant la clé vers la portière.

Il avait investi trop de sa vie dans l'église, mais maintenant il semblait perdre le contrôle.

Il ne pouvait pas laisser cela arriver.

CHAPITRE 13

Lorsque Kay et Carys entrèrent dans le salon principal, l'agente de liaison familiale était assise sur un canapé face au père de Sophie, une expression sérieuse sur le visage tandis qu'elle lui parlait à voix basse.

Une expression de surprise traversa le visage de Matthew en voyant Kay, avant qu'il ne se reprenne.

— L'avez-vous déjà inculpé ?

— Nous sommes encore en train d'interroger Peter Evans, et nous attendons certains résultats des analyses médico-légales, dit Kay.

Elle fit un geste vers le canapé.

— On peut se joindre à vous ?

Il acquiesça et se déplaça le long des coussins pour faire de la place.

Kay attendit que Carys se soit installée et ait sorti son carnet.

— Je voulais vous en demander un peu plus sur le « vœu de pureté » que Sophie a fait. Je comprends le côté de Sophie dans ce vœu, mais je ne savais pas que vous aviez également pris un engagement. En quoi consistait-il ?

Matthew s'éclaircit la gorge.

— C'est quelque chose que tous les pères font dans le cadre du « vœu de pureté ». Nous nous engageons à protéger la chasteté de notre fille et à lui fournir des conseils spirituels si nécessaire.

— Depuis combien de temps Diane et vous assistez-vous aux rassemblements privés de l'église ?

Le regard de l'homme dériva vers les portes-fenêtres. Au-delà, Kay pouvait voir sa femme parler à ce qui semblait être un jardinier. L'homme devait avoir au moins soixante-dix ans, ses traits ridés par des années passées en extérieur, et sa posture détendue alors qu'il s'appuyait sur une fourche de jardin et écoutait Diane.

Elle portait un chapeau à larges bords et tenait un sécateur à la main, son autre main faisant des gestes vers le parterre de fleurs devant eux. Elle se détourna du jardinier et se mit à tailler un rosier proche tandis qu'il reprenait son travail de bêchage. Après un moment, elle arrêta ce qu'elle faisait et se tint les mains sur les hanches, à le regarder.

Kay réprima un sourire. Il semblait que Lady Griffith préférait faire « comme si » elle jardinait, plutôt que d'y participer activement. Elle s'éclaircit la gorge, et Matthew se retourna pour lui faire face.

— Désolé, quelle était la question ?

— Je voulais en savoir plus à propos des rassemblements privés de l'église. Depuis combien de temps y allez-vous ?

— Environ dix-huit mois.

— J'ai compris de Duncan Saddleworth qu'il y avait pas mal de préparation pour Sophie avant qu'elle ne fasse son vœu de pureté. Était-ce la même chose pour vous ?

— Je suppose. J'ai eu quelques réunions avec Duncan quand Sophie en a parlé pour la première fois.

Son regard tomba sur ses mains posées sur ses genoux.

— Pour être honnête, Diane était plus intéressée par tout ça que moi. Évidemment, j'aurais soutenu Sophie dans n'importe quelle décision qu'elle aurait prise, c'est pourquoi j'ai fait l'effort de lire toutes les brochures que Duncan nous a données. Diane était déterminée à ce que toute la cérémonie se déroule sans accroc, que cela ait été pour le bénéfice de Sophie ou le sien, il faudrait le lui demander.

Kay remarqua la note d'amertume dans sa voix, mais continua.

— Comment avez-vous rencontré votre femme ?

— C'était quand je travaillais à Londres. J'avais lancé ma première entreprise de logiciels et ça marchait vraiment bien, l'argent n'était pas un problème, alors je sortais tous les soirs, j'allais à des fêtes et j'assistais à toutes sortes d'événements. Diane faisait un peu de mannequinat ici et là. Des trucs inoffensifs, rien de louche. Des choses comme ces « histoires vraies posées par des mannequins » dans les magazines, ce genre de choses. Je ne sais pas comment elle a réussi à convaincre ses parents de la laisser faire, mais elle s'est même inscrite à un cours de théâtre à temps partiel dans l'un des théâtres pendant un moment. Elle disait que ça la rendait plus réelle devant les caméras.

Kay résista à l'envie de lever les yeux au ciel.

— À quel point avez-vous pris au sérieux vos responsabilités concernant le vœu de pureté ?

— Que voulez-vous dire ?

— Vous avez dit vous-même que vous aviez ordonné à Peter Evans d'arrêter de traîner autour de chez vous, et que vous ne vouliez pas qu'il voie Sophie. Était-ce à cause du vœu de pureté ?

Il fronça les sourcils.

— Je ne voulais pas qu'il traîne avec ma fille. Diane vous le dira, ce n'est qu'un ouvrier. Sophie aurait pu faire tellement mieux que ça, je veux dire, elle faisait mieux. Elle était fiancée à Josh Hamilton, après tout.

— Compte tenu de la nature du vœu de Sophie, était-elle accompagnée par vous ou votre femme lors de ses rencontres avec Josh ?

— Bien sûr que non, balbutia-t-il. Nous sommes au XXIe siècle. Le vœu de pureté n'est pas une sorte de moyen victorien de contrôler les adolescentes. C'était la décision de Sophie de le prendre. Josh respectait cela, il s'est toujours comporté en parfait gentleman envers ma fille.

— Vous rappelez-vous pourquoi Sophie a décidé de faire ce vœu ?

— Je pense qu'elle avait parlé avec Duncan du groupe d'église avec lequel il avait travaillé dans le Connecticut. Elle passait pas mal de temps avec lui après l'école certains jours. Elle semblait intéressée par le vœu, alors il lui a donné quelques brochures à ce sujet. Quelques semaines plus tard, nous étions en train de dîner et Diane lui a demandé si elle pensait prêter serment. Elle a semblé surprise par la question, puis Diane a mentionné qu'elle avait entendu de Blake que Josh était vraiment très épris de Sophie. À ce moment-là, ils se fréquentaient depuis six mois.

Il sourit au souvenir.

— On pouvait la voir s'épanouir à cette nouvelle ; je pense qu'elle espérait que Josh était sérieux, vous savez comment sont les adolescentes. Peu de confiance en elles. Elle a alors annoncé qu'elle aimerait faire le vœu et que si Josh était sérieux, elle ne voulait personne d'autre.

— Quand Josh lui a-t-il fait sa demande ?

— Environ une semaine plus tard, lors d'une garden-party chez les Hamilton. Sophie était folle d'excitation toute la semaine après avoir entendu ce que Diane avait à dire. Tous les trois, nous nous sommes jurés de garder le secret sur le fait que nous savions qu'il allait faire sa demande parce que nous ne voulions pas gâcher l'occasion pour lui. Au final, c'était parfait, dit-il, les yeux nostalgiques. C'est un bon garçon.

— Je suis surprise qu'elle se soit fiancée à seize ans, dit Kay. Vous n'aviez pas de problème avec ça ?

— Non, pas du tout. Après tout, ils n'allaient pas se marier avant que Sophie ait dix-huit ans. Je pense que dans un monde aussi cynique que le nôtre est devenu, c'est plutôt agréable de penser que certains jeunes sont assez vieux jeu.

Kay remarqua du mouvement du coin de l'œil et vit Diane remonter le jardin vers la maison.

— Merci pour votre temps, monsieur Whittaker. Nous vous tiendrons au courant quand nous aurons du nouveau pour vous.

Elle conduisit Carys hors de la pièce, manquant de percuter la gouvernante dans le couloir.

La femme recula brusquement, se reprenant rapidement avant de faire un geste vers la porte d'entrée.

— Je vais vous raccompagner, détective.

Kay sourit intérieurement en suivant la femme jusqu'à la porte d'entrée. Manifestement, la gouvernante était avide de potins et Kay nota mentalement de lui parler en privé à un moment donné.

Il serait intéressant d'apprendre ce que la femme avait pu entendre à d'autres occasions.

CHAPITRE 14

Kay s'apprêtait à suggérer à Carys d'essayer la porte arrière de la maison des Hamilton lorsque la porte d'entrée s'ouvrit brusquement.

Blake Hamilton les fusilla du regard.

— Détectives ?

Kay afficha son sourire le plus aimable.

— Bonjour, monsieur Hamilton. Nous aimerions parler à Josh, s'il vous plaît.

L'homme soupira.

— Cela frise le harcèlement, inspectrice Hunter.

— J'enquête sur le meurtre de la fiancée de votre fils, monsieur Hamilton.

Le sourire de Kay disparut.

Il leva la main.

— Désolé. Bien sûr. Suivez-moi.

Il les conduisit au salon, laissant Carys fermer la porte d'entrée, et il leur désigna deux fauteuils.

Josh et sa mère étaient assis côte à côte sur un canapé, le jeune homme affichant une mine misérable.

Kay attendit que Carys soit prête, carnet et stylo en main, avant de commencer.

— J'espère que tout s'est passé aussi bien que possible à l'université hier ?

— Ça a été.

Il haussa les épaules.

— Je vais y retourner après le Nouvel An.

— C'est mieux ainsi, dit Blake. Le doyen nous a informés hier qu'il avait déjà reçu deux appels de journaux nationaux.

Il écarta les mains comme pour dire *que voulez-vous y faire ?*

— Malheureusement, quand on est au sommet dans le monde des affaires, la famille doit aussi supporter d'être sous le microscope. Cela n'aurait pas été juste pour Josh de devoir faire face à ce genre d'examen minutieux.

Le regard de Kay passa du père au fils, qui se recroquevilla sous son regard.

— As-tu une idée de la raison pour laquelle Peter Evans aurait voulu faire du mal à Sophie, Josh ?

Elle foudroya Blake du regard en formulant la question, soucieuse de l'empêcher de répondre à la place de son fils.

Il secoua la tête.

— Je ne le connaissais pas. Je ne savais pas que Sophie le connaissait.

Il regarda ses mains, puis porta un doigt à ses lèvres et se rongea un ongle.

— Josh, tes mains, dit Courtney.

Le jeune homme laissa retomber sa main sur ses genoux et soupira.

— Je suis désolé. Je ne peux vraiment pas vous aider.

Il s'essuya les yeux.

— Je n'arrive pas à croire qu'elle soit morte.

Il éclata en sanglots, et Courtney se leva de sa chaise.

— Détectives, si cela ne vous dérange pas, j'aimerais que vous cessiez d'interroger Josh maintenant.

Kay ravala la réplique qui lui venait aux lèvres et hocha simplement la tête.

— Je reviendrai demain, Josh. J'aimerais en savoir plus sur Sophie. Ce sera d'une aide précieuse, d'accord ?

Il acquiesça, puis suivit sa mère hors de la pièce.

Kay attendit d'entendre la voix de Courtney au loin, en train de réconforter son fils, puis elle reporta son attention sur Blake.

— Comment Josh a-t-il rencontré Sophie ?

— Les parents de Sophie ont été invités à rejoindre un groupe restreint de fidèles comprenant Courtney et moi-même par le biais de notre église locale.

— Connaissiez-vous Lady Griffith et son mari avant cela ?

— Seulement de vue. Saviez-vous que la famille de Diane est liée à la royauté anglaise depuis le seizième siècle ?

— Non, je ne le savais pas. Comment l'avez-vous appris ?

— Oh, j'aime étudier l'histoire, alors quand nous avons déménagé dans le coin, je me suis fait un devoir de me renseigner sur les demeures seigneuriales des environs et les terres sur lesquelles elles se trouvent. Il y a beaucoup d'histoire romaine et normande dans le Kent, bien sûr. La maison de Diane est transmise de génération en génération depuis le milieu des années 1700, vous le saviez ?

— Non. Comment les fiançailles entre Josh et Sophie se sont-elles déroulées ?

Blake sourit.

— Comme dans un rêve, dit-il. Ces deux-là, disons simplement que le destin leur a souri. Un riche Américain héritier d'un empire commercial et la fille d'une dame titrée ?

Il baissa les yeux avant de se pincer l'arête du nez.

— Désolé. Je n'arrive toujours pas à croire qu'elle soit partie.

— Prenez votre temps, monsieur Hamilton. Ce n'est pas un problème.

Il hocha la tête, les yeux fermés, puis prit une profonde inspiration avant de parler à nouveau.

— Ils étaient parfaits l'un pour l'autre, dit-il. Vous auriez dû les voir. Hier soir. Avant—

Il déglutit.

— Désolé. Ils formaient un si beau couple.

Kay attendit qu'il se ressaisisse, puis fit un signe de tête à Carys et se leva de son siège.

— Merci pour votre temps aujourd'hui, monsieur Hamilton. Nous vous recontacterons pour parler à nouveau à Josh. Nous allons trouver la sortie par nous-mêmes.

Kay dépassa un cyclomoteur qui roulait lentement et dirigea la voiture vers la voie qui menait au poste de police.

Au dernier moment, elle mit son clignotant et s'engagea dans une rue latérale qui s'élargissait avant de les amener dans le centre-ville.

— Un café ?

— Ouais. J'aurais bien besoin de quelque chose de plus fort après cette conversation, mais le café fera l'affaire.

Kay gara le véhicule en marche arrière, puis sortit et traversa la rue, monta un escalier en béton jusqu'à la galerie marchande, avant de tourner à droite et de suivre la zone piétonne pavée jusqu'à ce qu'un de leurs cafés préférés apparaisse.

— Prends une table. Tu veux quelque chose à manger ?

— Ce serait super, merci. Un sandwich au bacon, s'il te plaît ?

— Je m'en occupe.

Kay laissa Carys à une table baignée de soleil devant la vitrine du café et poussa la porte, l'arôme amer du café fraîchement moulu envahissant ses sens alors qu'elle s'approchait du comptoir pour passer leur commande.

Le propriétaire lui tendit un numéro de table sur

un support métallique avec sa monnaie, et elle se dépêcha de retourner à la table, l'estomac gargouillant.

— Tu as oublié de manger ce matin ? demanda Carys en souriant.

— Je ne prends pas vraiment de petit-déjeuner. Je le fais le week-end si on est tous les deux à la maison, mais ça finit généralement par être un brunch ou quelque chose comme ça.

— Mon Dieu, je ne pourrais pas sortir de la maison sans mon bol de porridge le matin.

Kay examina la silhouette de l'autre femme.

— Honnêtement, je ne sais pas où tu mets tout ça.

Carys rit.

— Je cours. Ça aide.

Elles levèrent les yeux lorsque la porte du café s'ouvrit et qu'une serveuse apparut avec un plateau portant leurs boissons et leur nourriture.

— Merci.

Kay versa du lait d'un petit pot et le poussa vers Carys avant de prendre sa cuillère et de remuer son café.

Carys versa un sachet de sucre dans sa tasse de café et fronça les sourcils.

— Je me demande à quel point Blake Hamilton était désespéré de marier Josh à l'aristocratie anglaise.

Kay s'adossa au banc, plissant les yeux dans la lumière vive du soleil.

— Mais pourquoi tuer Sophie ? Ça irait à l'encontre de ses plans, non ?

La jeune détective haussa les épaules.

— Je ne sais pas, mais toute cette histoire semble liée à un groupe d'église élitiste, dont il est membre fondateur, à une de ses entreprises qui marche très bien en ville, et au fait qu'il voulait marier son fils à l'aristocratie anglaise.

— Tu penses qu'il serait prêt à tout pour un semblant de titre ?

— Peut-être qu'il a découvert quelque chose sur Sophie qui ne lui plaisait pas, et il a décidé qu'il ne voulait plus que son fils soit impliqué avec elle.

Carys mordit dans son sandwich au bacon, une goutte de ketchup éclaboussant ses doigts.

— La seule fois où il a mentionné Sophie, on aurait dit qu'il parlait d'une sorte de jument reproductrice prisée, de toute façon.

Kay posa sa tasse de café sur la table entre elles et arracha un morceau de son croissant avant de le fourrer dans sa bouche. Elle avala, sa main planant au-dessus de la viennoiserie.

— Ça semble extrême, mais ces choses le sont parfois, n'est-ce pas ?

Elle haussa les épaules.

— Je suppose qu'on ne devrait pas exclure cette option.

— Peu importe. C'est quand même un sale type.

Kay sourit et mit un autre morceau de croissant dans sa bouche.

— Tu as bien raison.

CHAPITRE 15

Kay jeta ses notes sur son bureau et fit pivoter sa chaise alors que Sharp entrait dans la pièce pour diriger le débriefing de l'après-midi.

Il fronça les sourcils en passant devant elle.

— Où sont Barnes et Piper ?

— Ils ne sont pas encore revenus de l'interrogatoire d'Eva Shepparton, dit Debbie. Ils devraient bientôt être de retour.

Sharp vérifia sa montre.

— Très bien, commençons et ils nous rattraperont à leur arrivée.

Il se dirigea vers le tableau blanc et lança par-dessus son épaule :

— West, à vous. Qu'avons-nous jusqu'à présent

sur les entreprises dirigées par Blake Hamilton et Matthew Whittaker ?

— Un récit de deux contrastes, dit Debbie. D'un côté, vous avez Blake Hamilton qui dirige une entreprise très prospère, avec des résultats financiers qui montrent un bénéfice annuel bien supérieur à sept chiffres. De l'autre, l'entreprise de Matthew Whittaker est en train de couler, pour être honnête. Je suis surprise qu'il n'ait pas encore abandonné.

— Matthew Whittaker est-il très endetté ?

— Oui, et il semble que ces dettes seront exigibles dans les prochaines semaines. Je ne pense pas qu'il aura d'autre choix que de se déclarer en faillite.

— Gardez un œil là-dessus.

— Je m'en occupe, chef.

— Kay ? Qu'est-ce que le pasteur avait à dire ?

— Il a confirmé que les Hamilton et les Whittaker font partie d'un groupe exclusif de fidèles au sein de sa congrégation, dit-elle. Il y a six autres couples, tous présents à la cérémonie et à la fête qui a suivi, donc après ça, je vais faire le point avec Gavin concernant les déclarations prises par les agents en uniforme. Je vais demander à Carys et Gavin de réinterroger ces personnes au cours des prochains jours.

Elle soupira.

— Il semble que le groupe se considérait comme une élite parmi les autres fidèles, et Duncan Saddleworth était heureux de les satisfaire. Il a admis avoir parlé à Sophie Whittaker de la cérémonie du vœu de pureté après qu'elle lui avait posé des questions sur son travail aux États-Unis il y a six ans, avant son retour ici. J'ai jeté un coup d'œil rapide en ligne, et il semble que cela soit issu du mouvement chrétien conservateur du Connecticut, où Duncan Saddleworth était basé.

— Est-ce qu'elle a été forcée ? demanda Debbie.

— Il dit que c'était son idée. Il l'a orientée vers les informations, et elle est revenue le voir quelques semaines plus tard en disant qu'elle voulait prêter serment.

Elle fronça les sourcils.

— Cependant, ce qui est notable, c'est le fait qu'aucun des modèles de serment en ligne ou fournis par Duncan à Sophie n'incluait quoi que ce soit sur le fait d'être promise à une personne en particulier. Elle a ajouté le libellé selon lequel elle resterait chaste jusqu'à ce qu'elle épouse Josh Hamilton.

— Intéressant, dit Sharp. Nous devrons parler à nouveau aux familles, pour voir d'où lui est venue cette idée.

Kay nota un rappel dans son carnet.

— Je m'en occupe.

— Je trouve que c'est mal qu'ils puissent marier leur fille comme ça, dit Carys en secouant la tête. Ce genre de chose arrive habituellement dans d'autres cultures, bon sang. C'est pour ça que le conseil dépense tant d'argent pour essayer d'arrêter les mariages arrangés et éduquer les communautés par ici.

— Eh bien, c'est un peu différent de ces scénarios, dit Debbie. Tout d'abord, à seize ans, Sophie était déjà assez âgée pour épouser qui elle voulait, tant qu'elle avait le consentement de ses parents.

— D'ailleurs, dit Kay, ça a bien fonctionné pour l'aristocratie anglaise pendant des années. Toutes ces familles de la haute société, qui mariaient leurs enfants pour protéger leur richesse et leur position dans la société. Ça maintient la lignée, non ?

Sharp plissa le nez.

— Vous allez me dire que vous êtes fan de Jane Austen ensuite. Toutes ces conneries de « Oh, Monsieur Darcy ».

Kay éclata de rire.

— Très peu pour moi.

— C'est un peu flippant quand même, non ? dit Debbie.

Kay se retourna sur sa chaise alors que Barnes et Gavin entraient avec précipitation dans la salle des opérations et s'excusaient auprès de Sharp pour leur retard. Elle remarqua l'agitation entre eux.

— Que s'est-il passé ? demanda Sharp.

— Sophie Whittaker était enceinte, dit Gavin.

Un silence stupéfait remplit la pièce.

— Enceinte ? répéta finalement Kay. Eva en est sûre ?

— Apparemment, Sophie s'est confiée à elle le jour de la cérémonie.

— Est-ce que Peter est le père ? demanda Sharp.

— Eva a dit que Sophie ne lui avait pas confié qui était le père, dit Barnes. Elles étaient dehors, à côté du jardin d'hiver quand Sophie lui a annoncé et elle s'est tue quand le jardinier est apparu. Eva n'a pas eu l'occasion de lui en reparler parce que tout le monde était très occupé à se préparer pour la cérémonie.

— Pensez-vous qu'elle dit la vérité en affirmant ne pas savoir qui est le père ? Peut-être pour protéger cette personne ?

— On s'est posé la question, répondit Gavin. Elle semblait nous cacher quelque chose.

— Je vais contacter Lucas et lui demander s'il peut se dépêcher avec le rapport complet de l'autopsie pour que nous puissions le confirmer, dit Kay. Nous demanderons évidemment un test de paternité aussi, dans ces circonstances.

— Bon sang, dit Sharp en se frottant le menton. Quel gâchis. Eva a-t-elle donné une indication sur l'état d'esprit de Sophie quand elle lui a confié cela ?

— Effrayée, dit Gavin.

Il ouvrit son carnet.

— Ses mots exacts à Eva étaient : « Ils me tueront s'ils l'apprennent. Qu'est-ce que je vais faire ? » Eva a dit qu'elle avait réussi à calmer Sophie, et elles avaient convenu de parler à nouveau le lendemain de la cérémonie une fois qu'elles pourraient avoir un moment à elles.

— Sophie l'a-t-elle dit à quelqu'un d'autre ? demanda Carys.

— Elle a dit à Eva qu'elle ne l'avait pas fait, dit Gavin, et Eva affirme qu'elle ne l'avait dit à personne d'autre non plus, elle était encore sous le choc.

— Comment Sophie l'a-t-elle découvert ? dit Kay. Un retard de règles, ou est-ce qu'elle a fait un test de grossesse ?

— Les deux. Elle a eu un retard de règles il y a quatre semaines, dit Barnes. Eva a expliqué que Sophie lui avait dit qu'elle avait fini par acheter un test de grossesse dans une pharmacie du centre commercial Fremlin Walk, et qu'elle avait utilisé les toilettes publiques là-bas pour faire le test. Elle l'a découvert la veille du jour où elle l'a dit à Eva.

Sharp se percha sur le bureau le plus proche du tableau blanc.

— Bon, nous n'aurons pas les résultats de l'autopsie avant un moment, même si vous relancez Lucas cet après-midi, dit-il. Pas après cet accident de bus sur la M20 ce week-end. En attendant, nous allons poursuivre avec Peter Evans. Savoir s'il était au courant que sa petite amie était enceinte.

— Vous pensez qu'il a paniqué, chef ? demanda Barnes.

— Peut-être, répondit Sharp.

— Je vais appeler l'avocat commis d'office et lui demander de venir dès que possible, annonça Kay.

— Merci, dit Sharp. Je vais aussi libérer mon agenda pour le reste de la journée de demain. Voyons ce qui ressortira de cet entretien, et nous aviserons ensuite.

— Je vais continuer à enquêter sur cette histoire de vœu de pureté, ajouta Kay. Et je veux en savoir plus sur le passé de Duncan Saddleworth. J'ai eu l'impression qu'il me cachait quelque chose, alors je vais me renseigner sur l'endroit où il travaillait avant de venir à Maidstone, et voir si quelque chose s'est produit pendant qu'il était à l'université à Oxford.

— Bien.

Sharp reboucha le stylo et le jeta dans le support sous le tableau blanc.

— Nous ferons un autre briefing demain matin à huit heures. Barnes, allons avoir une petite conversation avec Peter Evans et voyons ce qu'il a à dire pour sa défense.

CHAPITRE 16

Kay sirotait son vin pendant qu'Adam, debout devant la cuisinière, remuait un curry vert thaï qui mijotait depuis vingt minutes.

Il semblait fatigué, réticent. D'habitude, à cette heure-ci, il lui aurait déjà demandé comment s'était passée sa journée, même s'il savait qu'elle ne pourrait pas lui en dire beaucoup sur l'enquête en cours. Au lieu de cela, il paraissait préoccupé, perdu dans ses pensées.

— Tout va bien ?

Ses épaules s'affaissèrent et il mit la cuillère de côté avant de baisser le feu et de se diriger vers elle.

— Je suis allé au cimetière cet après-midi. J'ai apporté des fleurs fraîches, la chaleur de ces derniers jours avait fané celles que nous avions laissées la dernière fois.

Elle tendit la main vers la sienne et lui serra les doigts.

— Si tu avais attendu le week-end, j'aurais peut-être pu venir avec toi. Tu n'étais pas obligé d'y aller seul.

— Je sais. Je suis passé devant en allant à une ferme ce matin, alors j'ai pensé y faire un saut sur le chemin du retour. C'était sur un coup de tête. Ça m'a fait du bien de m'asseoir là-bas un moment.

Kay lui pressa la main une fois de plus, puis la lâcha.

Il ne montrait pas souvent ses émotions concernant sa fausse couche de l'année précédente, et la culpabilité l'envahit de ne pas avoir pensé à lui demander plus régulièrement comment il allait.

Comme s'il lisait dans ses pensées, il contourna le plan de travail pour la rejoindre et la prit dans ses bras. Il l'embrassa sur le haut de la tête.

— On peut y retourner ce week-end si tu veux.

Elle se retourna sur son tabouret de bar pour lui faire face et posa sa main sur sa joue.

— Ça va. J'imagine que Sharp va nous demander de faire des heures supplémentaires cette semaine. Je trouve ça bien que tu y sois allé.

— Ça ne te dérange pas ?

— Bien sûr que non.

— J'ai un peu nettoyé pendant que j'y étais, dit-il en retournant à la cuisinière et en reprenant la cuillère en bois. Il y avait des mauvaises herbes qui poussaient tout autour. On ne peut pas laisser ça comme ça.

Kay se leva de son tabouret et saisit la bouteille de vin sur le plan de travail avant de remplir son verre.

— Je pensais qu'on pourrait peut-être donner ces cartons de vêtements à l'étage à l'une des associations caritatives locales un de ces jours.

Il fit tinter son verre contre le sien.

— Je trouve que c'est une excellente idée.

— Je vais quand même garder l'ours bleu.

Il sourit.

— Je m'en doutais. J'ai vu qu'il avait pris une place de choix à côté de ton nouvel ordinateur.

— Il le surveille.

— Ah oui ?

— Histoire vraie. Il t'arrachera la main si tu t'en approches.

— Je vais garder ça à l'esprit.

Kay grogna et s'éloigna pour prendre les assiettes dans le placard.

Pendant qu'Adam lui racontait sa journée en

mangeant, Kay fut frappée, comme toujours, par l'amour qu'elle lui portait.

Il avait l'habitude de raconter des histoires avec ses mains, alors qu'il décrivait la ferme qu'il avait visitée ce matin-là et les animaux dont il s'était occupé, elle se surprit à poser ses couverts et à se couvrir la bouche tandis qu'elle éclatait de rire devant ses imitations du fermier maladroit auquel il avait dû faire face.

Elle ne cessait d'être étonnée par la quantité d'informations qu'il devait se rappeler concernant tous les animaux dont il s'occupait au quotidien. Elle savait que les soirs où elle travaillait, il passait souvent son temps la tête penchée sur un manuel ouvert sur le plan de travail de la cuisine, ou à feuilleter le dernier numéro d'une revue vétérinaire, veillant toujours à ce que ses connaissances soient à jour.

Depuis que leur maison avait été cambriolée, Kay n'avait pas abordé le sujet de sa propre enquête sur ceux qui avaient tenté de mettre fin à sa carrière en l'impliquant dans une affaire où des preuves cruciales avaient disparu, et où une enquête des normes professionnelles avait été ouverte contre elle.

Elle avait survécu à l'épreuve, mais pas indemne. Non seulement la suspension qui avait suivi avait entraîné une fausse couche dévastatrice, mais son ambition de devenir inspectrice principale avait été anéantie par son supérieur, le commandant divisionnaire Larch. Seul l'inspecteur principal Devon Sharp avait pris sa défense et restait l'un des rares de l'étage supérieur en qui elle pensait pouvoir avoir confiance.

Amère et jurant de faire justice à ceux qui lui avaient fait du tort, Adam lui avait suggéré de mener sa propre enquête pour découvrir qui l'avait piégée et pourquoi.

Ni l'un ni l'autre n'aurait pu prévoir les conséquences de ses actes. Le cambriolage avait été assez choquant ; l'attaque contre son collègue, l'enquêteur Gavin Piper – alors simple agent de police – les avait tous deux effrayés, et Adam l'avait suppliée d'arrêter.

Elle avait accepté et avait cessé de passer ses soirées devant son ordinateur dans la chambre d'amis à l'étage, mais sa curiosité naturelle continuait à occuper son esprit tandis qu'elle essayait de comprendre pourquoi elle avait été ciblée. Elle avait été trop occupée au travail ces derniers mois pour avoir le temps de faire des recherches, mais la tentation s'avérait trop forte.

— Je pensais, dit-elle en faisant tourner son vin.

Les choses se sont calmées récemment. Je pourrais peut-être jeter un nouveau coup d'œil à cette affaire.

Adam se figea, son verre de vin à mi-chemin de sa bouche. Il cligna des yeux et le reposa sur le plan de travail avant de parler.

— Tu es sûre ?

Elle hocha la tête.

— J'ai besoin de savoir, Adam. Je ne peux pas les laisser s'en tirer comme ça.

Elle se pencha en avant et tendit la main vers la sienne.

— Depuis qu'ils m'ont passée sur le gril à propos des preuves disparues, c'est comme si plus personne ne s'occupait de Jozef Demiri. C'est presque comme s'ils avaient trop peur. Il ne se passe rien. J'ai vérifié la base de données plus tôt aujourd'hui, et personne n'enquête sur lui.

— Pour une bonne raison, Kay.

Il fronça les sourcils.

— À *ton* avis, qui a cambriolé notre maison ? Ses hommes, ou l'un des tiens ?

Elle se rassit sur son tabouret.

— Je ne suis pas sûre. Mais, ajouta-t-elle en levant la main pour l'empêcher de l'interrompre, si c'est *bien* quelqu'un avec qui je travaille, alors je veux savoir qui, et pourquoi.

Il soupira et lui serra la main.

— Je me demandais combien de temps tu pourrais t'en tenir éloignée.

Elle se mordit la lèvre.

— Désolée. Je serai prudente, je te le promets.

Son téléphone portable vibra à côté de son coude, et elle jeta un coup d'œil au numéro avant de froncer les sourcils.

— Chef ?

Adam commença à débarrasser leurs assiettes pendant qu'elle écoutait la voix de l'inspecteur Sharp, son cœur se serrant à mesure qu'elle réalisait l'impact de ce qu'il disait.

— J'arrive tout de suite.

Adam saisit automatiquement son thermos de café à emporter sur le plan de travail et alluma la bouilloire tandis qu'elle rangeait son téléphone.

— Tu t'en vas ?

— Oui. Sharp est à l'hôpital. Je dois y aller. Peter Evans a tenté de se suicider.

CHAPITRE 17

Kay tira le frein à main de la voiture et bondit du véhicule, balançant son sac sur son épaule tout en visant sa clé par-dessus son épaule et elle entendit le *clic* profond du mécanisme de verrouillage.

Se dépêchant de traverser le parking, elle repoussa ses cheveux de son visage alors qu'une légère brise lui chatouillait la peau, et une lune brillante apparut derrière un nuage, sa lueur atténuée par la couleur orange des lampes au sodium au-dessus de sa tête.

Kay entra dans l'hôpital par l'entrée principale des visiteurs, puis tourna à droite le long d'un couloir familier.

Elle réalisa que sa main était serrée en poing et elle se força à relâcher sa prise sur la bandoulière de son sac à main avant d'appuyer sur le bouton de l'ascenseur.

Alors qu'il montait dans le bâtiment, elle fixa ses pieds et se frotta l'œil droit, refusant de jeter un coup d'œil à son reflet dans les miroirs sur les parois à sa gauche et à sa droite.

En sortant de l'ascenseur, elle poussa les doubles portes de l'accueil du service et montra rapidement son badge à l'infirmière qui se tenait au bureau avec un téléphone à l'oreille.

— Peter Evans ?

La femme hocha la tête et plaça sa main sur le combiné.

— Par là, dit-elle, en pointant un couloir sur sa gauche.

Kay leva la main en guise de remerciement et s'engagea dans le couloir, combattant un sentiment familier de panique qui n'avait rien à voir avec Peter Evans. Sa tête se releva brusquement au son de voix murmurées.

Sharp émergea d'une porte sur la droite, puis regarda par-dessus son épaule et s'arrêta pour parler à quelqu'un qui était encore dans la pièce.

De sa position à l'extérieur, Kay aperçut un policier en uniforme assis sur une chaise poussée contre le mur. Un autre se tenait les mains jointes à côté d'un petit meuble placé sur le côté du lit, et elle réalisa que Sharp aurait organisé une surveillance vingt-quatre heures sur vingt-quatre pour s'assurer que Peter Evans n'essaierait pas à nouveau de mettre fin à ses jours.

Un médecin apparut et fit sortir Sharp de la pièce, puis ferma la porte derrière lui.

— Vos agents comprennent que mon patient a besoin de repos ? demanda-t-il.

— Ils comprennent, répondit Sharp. Nous ne pouvons pas l'interroger sans la présence de son avocat de toute façon, et je suis sûr que ça n'arrivera pas ce soir, n'est-ce pas ?

Le médecin secoua la tête et tendit la main.

— Je dois y aller, dit-il. Je vous ferai savoir s'il se passe quoi que ce soit, mais sinon je vous parlerai demain matin.

— Merci.

Le médecin hocha la tête vers Kay en passant, puis disparut dans le couloir, ses chaussures grinçant sur le sol poli à chaque pas.

— Comment va-t-il ? demanda Kay une fois le médecin hors de portée de voix.

— Il va vivre, dit Sharp, les yeux fatigués.

— Que s'est-il passé ?

Il fit un signe du menton vers la sortie.

— Trouvons un endroit pour prendre un café, et je vais vous mettre au courant.

Kay se mit à marcher à côté de lui alors qu'il les guidait hors du service et le long du couloir principal de l'hôpital. Il ignora les ascenseurs et poussa à la place des doubles portes vitrées qui menaient à un escalier. Alors qu'ils descendaient, il soupira.

— Ça va ?

— Ouais, dit-il. Longue journée.

Il ouvrit la porte au niveau suivant pour la laisser passer, et ils suivirent les panneaux jusqu'à une petite cafétéria.

Leurs pas résonnaient contre les murs, l'espace étant abandonné, et seul un ensemble de lumières brillait au-dessus d'un comptoir vitré et d'une caisse, tous deux inoccupés. Kay sortit son porte-monnaie et se dirigea vers le distributeur automatique, sélectionna deux cafés et rejoignit Sharp à une table qu'il avait choisie vers le fond du café vide, dos au mur, face à la sortie.

Kay posa les deux gobelets en plastique sur la table entre eux et déposa son sac au sol avant de se glisser sur le siège en face de lui.

— Que s'est-il passé ?

Sharp se pencha en arrière sur son siège et balaya des miettes imaginaires de la table.

— Il a réussi à desserrer une vis de la couchette dans la cellule, l'a cachée dans sa manche ou quelque part, et l'a utilisée pour s'entailler les poignets.

— Oh, merde, souffla-t-elle.

— Son avocat l'a rencontré dans une pièce adjacente au quartier de détention. Quand ils ont eu fini, l'avocat est allé chercher le sergent de garde pour lui faire savoir que Peter pouvait être ramené dans sa cellule. Le temps qu'ils reviennent, Peter s'était effondré.

— Bon sang, l'avocat n'a pas pensé à retourner dans la pièce et à attendre avec lui ?

Sharp secoua la tête.

— Il semble qu'il ait pensé qu'il était plus important de réprimander le sergent de garde sur le temps que cela prenait pour traiter d'autres suspects. Il y avait eu une bagarre dans l'un des bars de la ville et les agents avaient ramené trois hommes. Ce n'est qu'une fois qu'ils ont eu terminé avec eux qu'ils sont retournés vers Peter. Ils ont réussi à le bander et à arrêter le saignement en le couchant et en gardant ses bras surélevés avant l'arrivée de l'ambulance, mais il a quand même eu besoin d'une transfusion dès son arrivée ici. Les cicatrices vont être horribles.

Kay prit son café et se força à en boire une gorgée tandis que son esprit passait en revue tous les différents scénarios auxquels ils seraient confrontés dans les jours à venir.

Les implications pour l'affaire seraient importantes. Il y aurait une enquête immédiate, bien sûr. Des accusations voleraient, les politiques et procédures seraient examinées, et au milieu de tout cela, l'équipe serait toujours censée livrer un résultat pour condamner le tueur de Sophie.

— C'est ma faute, dit Sharp. J'ai organisé la surveillance anti-suicide pour quand il était dans sa cellule. J'aurais dû insister pour qu'il soit sous observation constante.

— Vous n'auriez jamais pu prévoir ça, dit Kay. Personne n'aurait pu. S'il était si déterminé à se suicider, alors il nous aurait fallu des yeux derrière la tête pour l'arrêter.

Sharp passa une main sur ses yeux fatigués.

— Peut-être.

Il tendit la main vers le café, puis changea d'avis.

— Vous ne pouviez pas savoir qu'il allait réagir de cette façon.

— Ouais, soupira-t-il.

— Que se passe-t-il maintenant ?

— J'ai parlé à Larch. Nous avons rendez-vous avec la commissaire et le conseiller médias à sept heures demain...

Il s'interrompit et vérifia sa montre.

— *Ce* matin. Nous aurons le briefing habituel de l'équipe à huit heures et je vous mettrai tous au courant à ce moment-là. Vous voulez bien appeler tout le monde à la première heure pour vous assurer qu'ils arrivent au moins vingt minutes à l'avance ? Je ne veux pas de retardataires.

— Je m'en occupe.

Kay sortit son téléphone portable et régla l'alarme pour cinq heures, ce qui lui laisserait le temps de prendre une douche rapide, puis d'appeler l'équipe et de faire passer le mot aux membres du personnel administratif également.

— Peter Evans a déclaré qu'il n'avait pas de famille proche, est-ce qu'il y a quelqu'un que nous pouvons appeler ?

Sharp secoua la tête et but une gorgée de son café avant de répondre :

— Il a dit que non, même quand le médecin le lui a demandé.

— Et son avocat ?

— J'ai appelé son supérieur avant de vous appeler pour l'informer que leur client avait survécu. L'associé du cabinet à qui j'ai parlé va désormais prendre en charge le dossier de Peter. Comme il ne voulait pas passer toutes ses heures de permanence dans la chambre de son client pendant sa convalescence, il a accepté que nous y placions des agents. Ils ont pour instruction stricte de ne pas l'interroger sur l'affaire, et s'il tente de converser avec eux, ils doivent nous appeler immédiatement sans lui donner aucune réponse entre-temps.

Kay repoussa son café, incapable d'avaler une autre gorgée de ce liquide brûlé au goût infect.

— Quand allons-nous informer les parents de Sophie ?

— Avant toute déclaration aux médias, et cela se fera tôt demain matin également, pour éviter que la presse locale n'ait vent de l'affaire et n'en tire ses propres conclusions.

Kay remit son téléphone dans son sac avant de lever les yeux vers Sharp.

— Vous pensez que ses actes sont un aveu de culpabilité ?

Il bâilla et s'étira les bras au-dessus de la tête.

— Peut-être.

— Allons-y. Aucun de nous ne peut réfléchir correctement à cette heure de la nuit.

— Vous avez raison, dit-il en se levant. Sortons d'ici. On se retrouve au commissariat dans quelques heures.

CHAPITRE 18

Kay prit l'une des tasses de café fumant du plateau que Gavin lui tendait et en inhala l'arôme.

— Parfait timing, Gavin, merci.

— Pas de problème. Je me suis dit qu'on en aurait besoin, répondit-il en se dirigeant vers l'endroit où Barnes et Carys étaient assis.

— Tu n'as pas tort, murmura-t-elle.

Elle réprima l'envie de bâiller et se concentra sur la pile de paperasse sur son bureau. Outre le meurtre de Sophie Whittaker, elle jonglait encore avec deux affaires de cambriolage et une suspicion d'incendie criminel dans une épicerie près de la gare de Maidstone West.

Le meurtre de Sophie aurait la priorité, mais elle

passa en revue ses messages vocaux tout en organisant ce qu'elle pourrait caser autour de l'enquête principale.

Elle raccrocha le téléphone et fit pivoter son siège au son des voix qui approchaient de la salle des opérations. Elle prit une gorgée de sa boisson alors que Sharp apparaissait, suivi du commandant divisionnaire Larch.

Elle ne put s'empêcher de se demander si Sharp avait suivi son propre conseil et s'était reposé avant d'arriver au poste ce matin-là, ou s'il avait passé les dernières heures à préparer sa réunion matinale avec le commandant Larch et la commissaire.

Dans tous les cas, il arborait des cernes sombres sous les yeux, et elle soupçonnait qu'il avait utilisé la chemise et la cravate de rechange qu'il gardait accrochées derrière la porte de son bureau.

Elle résolut d'envoyer l'un des membres du personnel administratif lui chercher un sandwich après le briefing ; sinon, il fonctionnerait à vide.

Sa conversation à voix basse avec Larch s'arrêta lorsqu'ils passèrent devant les bureaux, et la pièce tomba dans le silence.

— Merci, Gavin, dit-il en prenant les deux derniers cafés et en en passant un à Larch.

Il but une gorgée puis posa sa tasse.

— Bien, nous avons eu une mise à jour de l'hôpital, et Peter Evans est maintenant dans un état stable et il devrait sortir d'ici quelques jours, dit-il. Nous avons rencontré la commissaire ce matin ainsi que notre conseiller médiatique, et une déclaration sera faite à la presse à neuf heures. En attendant, il vous est demandé de ne donner aucune information aux personnes qui appelleraient à ce sujet, et de fournir à tous les journalistes le numéro du service presse. Les agents de l'accueil ont reçu les mêmes ordres. Chef ?

— Merci, Sharp.

Larch se tourna vers l'équipe.

— Évidemment, une tentative de suicide d'un suspect en garde à vue est un événement inquiétant, et une enquête officielle aura lieu immédiatement. Il va y avoir un examen interne pour comprendre pourquoi Peter Evans a été laissé seul alors qu'il était placé sous surveillance suicide, et pourquoi il n'a pas été considéré comme à risque. Nous interrogerons également son avocat.

Il lança un regard noir à l'équipe.

— L'enquête va se concentrer aussi sur la façon dont cela s'est produit.

Il se tourna vers Sharp.

— Bien, j'ai une autre réunion à l'étage avant le point presse. Je vous laisse.

Kay attendit qu'il ait quitté la pièce, la porte claquant dans son sillage.

— Peu importe *comment* ça s'est produit, dit-elle en fronçant les sourcils. Ne devrions-nous pas plutôt nous demander *pourquoi* ?

— La culpabilité, dit Barnes. Nous avons découvert quel était son mobile.

Kay se mordit la lèvre.

— C'est tout ? Et s'il n'était pas le tueur ? Eva Shepparton n'avait que la parole de Sophie qu'elle n'avait dit à personne d'autre qu'elle était enceinte.

Sharp se leva, passa une main sur ses cheveux coupés court et décapuchonna un marqueur, ajoutant une note au tableau blanc.

— D'accord. Qui d'autre aurait eu une raison de tuer Sophie s'ils avaient découvert qu'elle était enceinte ?

— Josh Hamilton, s'il n'est pas le père, dit Kay. Considérant que le vœu de pureté de Sophie était basé sur le fait qu'elle resterait chaste jusqu'à ce qu'ils se marient dans quelques années.

— Ou ses parents, dit Carys. Il y a plusieurs

déclarations qui mentionnent que Blake Hamilton était assez déterminé à marier son fils à l'aristocratie anglaise, aussi ténu que soit le lien.

Sharp ajouta les noms au tableau.

— Nous devons aussi considérer les parents de Sophie, dit-il avant de se retourner vers l'équipe. Aussi inconfortable que ce soit, nous savons que ce genre de meurtre est souvent commis par quelqu'un proche de la victime.

— Si Sophie l'aimait, elle aurait sûrement dit à Peter qu'elle était enceinte, non ? dit Kay. Ou allait-elle le lui dire une fois qu'ils auraient pris la fuite ?

— Peut-être qu'elle avait peur qu'il change d'avis sur leur fuite si elle était enceinte ? suggéra Gavin.

Sharp finit de mettre à jour les notes sur le tableau.

— Très bien. Les tâches de ce matin. Barnes et Debbie, vous enquêtez sur les Whittaker. Allez-y doucement, mais découvrez si elle voyait quelqu'un d'autre ; peut-être que cela affectait son travail scolaire, ou que ses professeurs savaient quelque chose que ses amis et sa famille ignoraient. Nous savons déjà pour Peter et Josh, y avait-il quelqu'un d'autre d'impliqué ? Carys et Gavin, travaillez sur les antécédents des Hamilton, en vous concentrant davantage sur l'entreprise de Blake. On se retrouve ici à onze heures.

Il termina son café et jeta le gobelet vide dans la poubelle à côté de lui.

— Hunter, allons discuter avec Peter Evans, dit-il. Appelez l'avocat et dites-lui de nous rejoindre là-bas.

CHAPITRE 19

L'avocat commis d'office était arrivé avant Sharp et Kay, et se tenait devant la chambre de Peter avec le médecin de la veille.

Le médecin avait l'air aussi fatigué que Sharp, et Kay se demandait combien de temps duraient ses gardes et quand il pourrait prendre une pause. Elle soupçonnait qu'il faudrait encore un certain temps avant que l'homme ne puisse se reposer.

Les deux hommes se retournèrent au bruit de leurs pas.

L'avocat commis d'office était un homme plus âgé que Kay avait déjà rencontré. Brian Sutherland était associé dans l'un des plus grands cabinets juridiques locaux et portait un costume gris foncé qui accentuait ses cheveux blanc neige qu'il portait légèrement plus longs que la plupart des hommes de son âge. Des yeux bleus perçants croisèrent son regard alors qu'ils se serraient la main, avant que son front ne se plisse.

— Ce n'est pas bon, inspecteurs, dit-il. J'espère qu'une enquête approfondie est en cours.

— C'est le cas, répondit Sharp. Vous avez entendu le communiqué de presse plus tôt ?

— Oui. Merci d'avoir gardé le nom de mon client confidentiel.

Sharp acquiesça d'un petit haussement d'épaules.

— C'est la procédure standard.

Il tourna son attention vers le médecin.

— Comment va-t-il ?

— Mieux que je ne l'espérais, compte tenu du désastre qu'il a fait de ses poignets.

— Pouvons-nous lui parler maintenant ?

Le médecin consulta sa montre.

— J'ai un autre rendez-vous pour la prochaine demi-heure, donc vous pouvez lui parler jusqu'à mon retour. Il est encore très faible, notez bien. S'il montre le moindre signe de fatigue, je veux que vous arrêtiez.

Il examina attentivement Sharp et Kay.

— C'est compris ? Il a perdu beaucoup de sang hier soir et il a besoin de repos.

— Compris, dit Sharp en tendant un sac à Kay

avant de faire signe à l'avocat commis d'office. Montrez-nous le chemin, monsieur Sutherland.

L'avocat ouvrit la porte et la tint ouverte pour Sharp, qui congédia les deux nouveaux agents en uniforme qui avaient pris le relais pour la surveillance de la journée. Kay se tint sur le côté pour les laisser passer, puis entra dans la chambre.

Peter Evans ressemblait à un fantôme.

Alors que Sutherland s'approchait du lit et aidait son client à atteindre la télécommande pour relever le dossier du lit jusqu'à ce que Peter soit en position assise, Kay se mordit la lèvre.

Elle avait remarqué lors de sa première rencontre avec Peter que sa peau était pâle – presque albâtre – mais après avoir perdu tant de sang, il était presque translucide. C'était la première fois qu'elle remarquait aussi à quel point il était mince.

Elle croisa le regard de Sharp et réalisa qu'il était aussi choqué qu'elle.

Si l'équipe de garde à vue n'avait pas donné l'alerte quand elle l'avait fait, la situation aurait été bien pire.

Ils n'auraient certainement pas interrogé leur principal suspect ce matin.

Elle se reconcentra, s'installa sur l'une des chaises

libérées et s'assit avant de fouiller dans le sac que Sharp lui avait tendu pendant que Sutherland parlait à voix basse avec son client. Sharp attendait à proximité jusqu'à ce que Sutherland jette un coup d'œil par-dessus son épaule et hoche la tête.

Sharp s'approcha et enfonça ses mains dans ses poches.

— Comment vas-tu, Peter ?

— Ça va, dit-il.

Il leva ses deux poignets bandés.

— Je suppose.

— Très bien. Voici ce que nous allons faire. Nous devons te parler, mais nous sommes toujours dans l'obligation de te mettre en garde et de traiter cette conversation comme un entretien formel. L'inspectrice Hunter ici présente va utiliser un enregistreur portable, puis l'entretien sera copié sur des CD et conservé comme preuve.

Sharp attendit qu'elle installe l'équipement, puis informa officiellement Evans de ses droits et commença son interrogatoire.

— Que s'est-il passé ?

Peter essuya rageusement ses yeux du revers de la main.

— Je ne vais pas aller en prison pour quelque

chose que je n'ai pas fait, s'étrangla-t-il. Je l'aimais. Je n'avais aucune idée qu'elle était enceinte, je le jure.

Il renifla et leva les yeux vers Sharp.

— Et si je l'avais su, je serais resté avec elle. J'aurais fait n'importe quoi pour Sophie.

Sharp fit le tour du pied du lit, ignora Kay et s'appuya contre le mur opposé.

— Peter, tu n'as pas d'alibi pour la nuit de la fête. Tu nous as dit que tu avais vu Sophie ce matin-là.

Il soupira.

— Si vous étiez si désireux de vous enfuir tous les deux, pourquoi ne pas l'avoir fait à ce moment-là ? Pourquoi attendre ? Est-ce qu'elle avait changé d'avis ? C'est ce qui s'est passé ? Est-ce qu'elle a changé d'avis, alors tu as décidé de l'en empêcher ?

— Inspecteur Sharp !

L'avocat commis d'office lui lança un regard d'avertissement.

— Non !

Peter se redressa brusquement, puis grimaça. Il retomba sur les oreillers.

— C'était l'idée de Sophie. Elle a insisté pour aller jusqu'au bout de toute la cérémonie. Je pense...

Il s'interrompit et renifla à nouveau.

— Je pense qu'elle se sentait coupable que ses

parents aient dépensé tout cet argent pour le chapiteau et les traiteurs et tout le reste, et elle ne voulait pas les décevoir.

— Qu'est-ce que tu as dit quand elle t'a annoncé qu'elle allait procéder à la cérémonie ? Est-ce que ça t'a mis en colère ?

Peter fronça les sourcils.

— Non, dit-il. J'étais frustré, oui. Mais pas en colère.

Sharp se détacha du mur.

— Comment vous êtes-vous rencontrés ?

Un triste sourire se dessina au coin de la bouche de Peter, et son regard tomba sur les bandages à ses poignets. Il tritura distraitement un fil lâche sur la couverture.

— J'aide un réparateur local, dit-il. J'étais plutôt doué en menuiserie à l'école, et je peux aussi faire quelques travaux de plomberie de base. Il y avait une gouttière à remplacer à l'église où elle et sa famille allaient, mais le seul moment où nous pouvions le faire était tard un mardi après-midi. Quand nous avions terminé, il commençait à faire nuit. Des gens ont commencé à arriver à l'église, et je me souviens avoir été surpris parce que je ne savais pas qu'il y avait quelque chose ce jour-là.

Le sourire disparut et un froncement de sourcils plissa ses traits.

— Bien sûr, maintenant je sais que c'était ce groupe bizarre auquel ses parents appartenaient. Ainsi que Josh et sa famille.

— Continue, dit Sharp.

— J'étais en train de porter une échelle vers ma camionnette, dit Peter, le visage nostalgique. Elle m'a souri, et... je ne sais pas. Je ne me souviens pas de la dernière fois que j'ai ressenti ça pour quelqu'un. Ils sont tous entrés dans l'église et environ cinq minutes plus tard, j'étais en train de ranger mes outils, et elle est ressortie. Je pense qu'elle avait dit à ses parents qu'elle avait oublié quelque chose dans la voiture. Elle m'a donné son numéro de téléphone, puis elle est retournée à l'intérieur.

— C'était il y a combien de temps ?

— Cinq mois.

— Savais-tu à ce moment-là qu'elle allait se fiancer à Josh ?

— Non.

Sharp jeta un coup d'œil par-dessus son épaule vers Kay qui était assise. Elle lui fit un petit signe de tête avant de noter un rappel sur une nouvelle page de son carnet. Ils devraient vérifier la chronologie des événements avant la cérémonie du vœu de pureté, pour voir si les souvenirs de Duncan Saddleworth et de Peter concordaient.

— De qui venait l'idée du vœu de pureté ? demanda Sharp. Sophie te l'avait-elle dit ?

— D'elle. C'était son idée.

— Ça me semble étrange, Peter, que d'un côté tu sois catégorique sur le fait que Sophie t'aimait, mais que de l'autre, elle faisait des plans pour rester chaste jusqu'à son mariage avec quelqu'un d'autre.

Le jeune homme haussa les épaules, mais ne dit rien, et il tourna la tête pour ne pas regarder Sharp.

Kay se retourna en entendant frapper à la porte, et le médecin apparut.

Sharp regarda sa montre, puis l'avocat commis d'office.

— Ça suffira pour aujourd'hui. Nous reviendrons demain.

Il mit fin à l'entretien formel, attendit que Kay range l'équipement d'enregistrement, puis ouvrit la marche hors de la pièce, attendant pour remercier Brian Sutherland et le médecin avant de partir.

Kay se mit à marcher à côté de lui, et patienta jusqu'à ce qu'ils soient près de leur voiture avant de parler.

— Qu'en pensez-vous ?

— S'il sortait avec Sophie depuis cinq mois, et s'il

savait qu'elle allait faire ce vœu de pureté et se fiancer à Josh Hamilton, alors il a eu largement le temps de préparer quelque chose, non ? dit Sharp.

— Mais si Sophie aimait Peter, pourquoi cette mascarade ?

Kay regarda la voiture de Brian Sutherland quitter l'enceinte de l'hôpital et s'engager sur la route principale en direction de Maidstone.

— C'est une question que nous allons devoir poser aux parents, dit Sharp. Je commence à avoir l'impression qu'il se passe ici plus de choses que simplement une jeune femme qui change d'avis sur un engagement religieux.

———

— Si Sophie aimait Peter, pourquoi aller jusqu'au bout du vœu de pureté et de l'annonce de ses fiançailles ? dit Kay.

Cette pensée s'était frayé un chemin dans son esprit après l'entretien avec Peter Evans, et la troublait constamment une fois de retour dans la salle des opérations, en réécoutant l'enregistrement qu'elle avait fait.

Barnes fouilla dans le sac de bonbons sur le bureau et en sortit un bonbon au citron.

— Peut-être qu'elle n'était pas sûre pour Peter. Peut-être qu'elle jouait sur les deux tableaux jusqu'à ce qu'elle décide lequel était la meilleure option, dit-il avant de mettre le bonbon dans sa bouche.

— Et peut-être que la grossesse a mis fin à cette idée.

Kay se renversa dans son fauteuil et fixa le plafond.

— Donc, nous avons quelques possibilités à considérer. Peter n'aimait pas l'idée qu'elle soit enceinte, et l'a tuée—

— Ce que nous pensons peu probable, étant donné sa réaction à la nouvelle.

— Exact, alors peut-être que Josh l'a découvert, et l'a tuée.

— Sauf qu'il dit qu'il ne connaissait pas Peter, et ne savait pas non plus que Sophie le connaissait.

— Ses parents étaient avec lui quand tu lui as posé la question, n'est-ce pas ? Peut-être qu'il leur cache quelque chose.

— C'est vrai. Nous devons aussi ajouter Blake Hamilton à la liste. Il semblait plus bouleversé que son fils, mais uniquement parce que Josh n'allait pas avoir la chance d'épouser une aristocrate anglaise. Honnêtement, Ian, tu as vu l'état de la maison des

Whittaker, pourquoi diable voudrait-on prendre ça comme dot ?

Barnes s'étouffa avec son bonbon.

— Déduction fiscale ?

— Très drôle.

CHAPITRE 20

Kay jura entre ses dents lorsqu'un tracteur passa dangereusement près de l'aile droite de la voiture avant de s'éloigner en rugissant sur l'étroite route derrière elle. Elle accéléra pour s'éloigner du bas-côté herbeux et rit lorsque Carys expira bruyamment.

— Ouais, il était un peu trop près.

— J'ai passé du temps en ligne hier soir à me renseigner sur ces vœux de pureté, dit Carys alors que la voiture prenait de la vitesse.

— Quelque chose d'intéressant ?

— Eh bien, il semble que les grossesses non planifiées chez les adolescentes qui ont fait un vœu de pureté soient plus élevées que chez celles qui n'en ont pas fait.

— Vraiment ? Tout ça pour rester chaste, hein ?

— Ça pourrait expliquer en partie comment Sophie s'est retrouvée enceinte, cela dit. Apparemment, ni les parents ni les églises impliquées ne pensent jamais à éduquer leurs filles sur le sexe sans risque. Ils semblent penser qu'une fois que les filles font le vœu, ils peuvent oublier d'avoir cette conversation. Comme si c'était balayé sous le tapis.

Carys regarda par la fenêtre les champs qui défilaient.

— C'est presque comme s'ils se lavaient les mains de cette responsabilité.

— Ça colle certainement avec cette affaire, d'après ce qu'on a vu jusque-là.

— Même si Peter affirme avoir utilisé un préservatif les deux fois.

Kay haussa les épaules.

— Les accidents arrivent, je suppose.

— Je trouve ça révoltant que ce ne soit que les filles qui fassent le vœu, dit Carys, s'échauffant sur le sujet. Apparemment, les garçons ne le font pas et peuvent coucher avec qui ils veulent. On attend des femmes qu'elles pardonnent aux hommes toutes leurs indiscrétions jusqu'au jour de leur mariage. Le taux de divorce est aussi disproportionnellement élevé parmi ces groupes. C'est triste, vraiment.

— C'est vrai, dit Kay. Remarque, je ne peux

m'empêcher de penser que c'est juste une autre façon pour la religion de contrôler les femmes.

Carys se tourna sur son siège.

— Tu n'es pas une personne religieuse, n'est-ce pas ?

Kay secoua la tête.

— Non. Mes parents m'ont fait baptiser quand j'étais enfant mais aucun d'eux n'était particulièrement religieux. Et toi ?

— Je ne sais pas. J'ai aussi été baptisée, mais je n'y ai jamais vraiment réfléchi jusqu'à maintenant. Cette histoire avec Sophie et tous ces gens qui l'ont utilisée pour faire avancer leurs propres agendas me fait penser que je ne veux pas l'être non plus.

Elles tombèrent dans le silence alors que les grilles de Crossways Hall apparaissaient, et Kay ralentit pour tourner dans l'allée recouverte de gravier.

La voiture de l'agente de liaison familiale était garée sur le côté de la maison et avait été bloquée par trois autres véhicules – tous haut de gamme et étincelants.

— Des visiteurs ?

— On dirait bien.

Kay retira les clés du contact.

— Allons voir, d'accord ?

Alors qu'elles s'approchaient de la porte d'entrée,

celle-ci s'ouvrit et la femme que Kay reconnut comme étant la gouvernante passa la tête.

Elle mit un doigt sur ses lèvres, puis leur fit signe de franchir le seuil.

— Bonjour, détectives.

— Bonjour. Nous aimerions parler à M. et Mme Whittaker, s'il vous plaît.

La gouvernante haussa un sourcil.

— *Lady Griffith* et M. Whittaker ne sont pas disponibles pour le moment.

— À qui appartiennent toutes ces voitures dehors ?

— Ils ont actuellement des invités.

— Madame... Jamieson, c'est bien ça ?

La gouvernante acquiesça.

— J'enquête actuellement sur le meurtre de la fille de Lady Griffith. Peut-être que cela vous a échappé.

La femme recula d'un pas.

— Eh bien—

— Dans ces circonstances, j'apprécierais que vous alliez les informer que nous sommes là et que nous souhaitons leur parler.

— Je... je ne peux pas maintenant. Vous devrez attendre.

Elle désigna un banc deux places faiblement rembourré à côté de la porte d'entrée.

— Pourquoi ?

La femme se tordit les mains.

— Vous devez attendre. Jusqu'à ce qu'ils aient fini leurs prières.

— Leurs prières ?

— Le groupe de l'église est là. Pour apporter un soutien spirituel en ces moments difficiles.

Kay la fixa du regard.

— S'il vous plaît, asseyez-vous. Ils n'en auront pas pour longtemps.

Kay jeta un coup d'œil au siège que la gouvernante indiquait et secoua la tête.

— Nous allons rester debout, merci. En fait, pendant que nous attendons, j'aimerais vous poser quelques questions.

— À moi ?

— Oui.

Kay baissa la voix.

— Vous devez entendre beaucoup de conversations qui ont lieu ici.

— Eh bien, je—

— Alors, que pensiez-vous de la relation de Sophie avec Josh Hamilton ?

Les épaules de Jamieson s'affaissèrent.

— C'est tellement triste. Ils étaient parfaits l'un

pour l'autre. C'était un tel gentleman avec tout le monde. Un plaisir de l'avoir ici comme invité.

— Ah bon ? Vous avez passé beaucoup de temps avec lui ?

— Bien sûr. Je suis responsable de la gestion de cette maison, et un jour il aurait été mon employeur. Il montrait un vif intérêt pour l'histoire de l'endroit.

Elle rayonna.

— Comme son père, très intéressé par la famille de Lady Griffith.

— Est-ce que lui et Sophie se disputaient parfois ?

La gouvernante serra son cardigan autour de sa poitrine et croisa les bras.

— Pas que je me souvienne, non. Comme je l'ai dit, c'était un gentleman.

— Et Peter Evans ?

— Un bon à rien, dit Jamieson. M. Whittaker a dû avoir une conversation sérieuse avec lui la dernière fois qu'il s'est montré ici. Je ne suis pas surprise qu'il ait assassiné notre chère fille. J'ai toujours dit qu'il y avait quelque chose qui n'allait pas chez lui.

Une cloche retentit, et Jamieson pencha la tête sur le côté.

— Je dois y aller. C'est Lady Griffith qui signale que ses invités vont bientôt avoir besoin de thé. Attendez ici.

La gouvernante disparut par une autre porte menant hors du hall, et Carys se mit à arpenter le sol, le menton relevé tandis qu'elle contemplait les divers tableaux accrochés aux murs.

Une grande horloge comtoise marquait un rythme régulier depuis sa position contre le mur au bas de l'escalier, et Kay lui lança un regard noir. Elle n'avait jamais pu supporter le son d'une horloge qui faisait tic-tac – pour elle, c'était aussi agaçant qu'un robinet qui goutte.

Elle réprima sa frustration de devoir attendre.

Les parents de Sophie étaient en deuil, après tout, et elle savait qu'avec Larch qui surveillait ses moindres faits et gestes, elle devrait agir avec prudence.

Carys s'approcha.

— À ton avis, combien valent ces tableaux ?

Kay se retourna et recula d'un pas, tendant le cou pour observer les épaisses couches d'huile qui recouvraient chaque toile, les couleurs marbrées par les années.

Elle plissa le nez.

— Certains sont moisis, regarde.

Elle inclina son menton vers le coin inférieur de l'un des cadres.

— Si ce sont des membres de la famille, je

suppose que ça dépendrait de qui les a peints. Je n'imagine pas qu'on puisse en tirer grand-chose autrement.

Elle frissonna et resserra sa veste autour d'elle, croisant les bras.

— Il fait un froid de canard ici. Tu imagines ce que ça doit être en hiver ?

— Je préfère largement mon petit deux-pièces à cet endroit, approuva Carys.

Elles se retournèrent toutes les deux au bruit de la porte en train de s'ouvrir derrière elles, et un petit groupe de personnes émergea, parlant à voix basse.

Matthew Whittaker suivit un homme âgé dans le couloir et lui tapota le bras.

— C'est gentil d'être venu, Richard. Et merci de t'être joint à nos prières. C'était apprécié.

— C'est la moindre des choses.

Kay jura dans sa barbe, tira Carys par la manche et l'entraîna vers le pied de l'escalier pour laisser passer deux femmes âgées qui se dirigeaient vers la cuisine.

— C'est le très honorable Richard Fremchurch, chuchota-t-elle.

— L'ami du commandant Larch ?

Kay hocha la tête et pinça les lèvres.

— Oh, c'est gênant.

Kay ne dit rien, mais ne pouvait qu'être d'accord avec la jeune détective.

La conversation qu'elle avait prévu d'avoir avec Matthew et Diane allait être suffisamment difficile, sans avoir à s'inquiéter des menaces de Larch de garder l'enquête discrète et de préserver l'intimité de la famille.

— Excusez-moi ?

Kay sursauta en entendant la voix derrière elle et se retourna pour voir Mme Jamieson lui faire signe.

— Lady Griffith est dans la véranda, côté terrasse, si vous souhaitez lui parler en privé.

Kay esquissa un petit sourire, reconnaissante de l'ingéniosité de la femme. Dans sa hâte de tenir la police à l'écart des invités, la gouvernante avait également évité à Kay de se retrouver face à face avec le politicien.

— Merci. Nous aurons aussi besoin de M. Whittaker.

— Je vais lui demander de vous rejoindre dès que possible.

Kay la remercia, puis guida Carys le long du couloir. Elles débouchèrent dans le salon qui avait été rempli d'invités choqués il y a seulement trois nuits. Désormais, la pièce semblait abandonnée, comme si elle n'était pas beaucoup utilisée entre les réceptions.

— On peut presque sentir la poussière prête à bondir, chuchota Carys.

Kay se mordit la lèvre inférieure et lui lança un regard noir.

Elle avait raison, cependant – maintenant qu'elle voyait l'endroit pour la première fois sans invités ni enquêteurs de la brigade criminelle en train de fouiller partout, la maison semblait négligée, comme si elle se repliait lentement sur elle-même.

— Grace m'a dit que vous vouliez parler à Diane et moi ?

Elle se retourna au son de la voix de Matthew derrière elle et fut soulagée de voir qu'il avait laissé ses invités ailleurs.

— Bonjour, monsieur Whittaker. Oui, en effet. On nous a dit que votre femme nous attendait dans la véranda.

— Par ici.

Kay s'écarta pour le laisser passer, puis le suivit à travers des doubles portes en chêne et dans une pièce vitrée qui avait été ajoutée sur un côté de la maison il y a plusieurs années. Malgré le soleil éclatant à l'extérieur, cependant, l'angle de l'extension sur le bâtiment la laissait dans l'ombre, et Kay remarqua que des spots avaient été installés au plafond au fil des ans.

— Ajout de la fin du vingtième siècle.

Kay détacha son regard des taches d'humidité et de la peinture qui s'écaillait dans les coins éloignés de la pièce et se dirigea vers l'endroit où Diane était assise dans un fauteuil en osier, un plateau contenant deux tasses en porcelaine et une théière devant elle sur une petite table assortie.

Matthew se tenait près d'une des fenêtres qui donnait sur un jardin clos et croisa les bras sur sa poitrine.

— De quoi vouliez-vous nous parler ?

Kay fit un geste vers le siège à côté de celui de Diane.

— Peut-être voudriez-vous vous asseoir ?

— Je vais rester debout, dit-il en la fusillant du regard. Qu'est-ce qui prend tant de temps dans cette enquête ? Ce salopard devrait sûrement déjà être passé devant un juge, non ?

Très bien, pensa Kay.

— Peter Evans a tenté de se suicider hier soir alors qu'il était en garde à vue.

Diane eut un hoquet de surprise et se renversa dans son fauteuil.

Les yeux de Matthew se plissèrent.

— Tenté ?

— Il est actuellement en convalescence à l'hôpital,

après avoir subi une intervention chirurgicale d'urgence cette nuit.

— C'est bien dommage qu'il ait survécu.

— Monsieur Whittaker—

— Eh bien, c'est ça, n'est-ce pas ? Évidemment, la culpabilité l'a rattrapé et il ne pouvait plus vivre avec lui-même.

— Est-ce que vous connaissiez bien Peter ?

— Pas du tout. Il est venu ici quelques fois, comme je vous l'ai déjà dit. Je lui ai parlé, lui ai dit de rester à l'écart, et nous ne l'avons plus revu depuis.

— Sophie passait-elle parfois la nuit hors de la maison ?

Le front de Matthew se plissa, et il jeta un coup d'œil vers l'endroit où Diane était assise, le visage blême.

— Parfois, dit-il, mais elle nous disait toujours où elle allait, et nous connaissions les parents de ses amis, donc ce n'était jamais un problème.

Kay consulta ses notes.

— Elle étudiait à temps partiel, n'est-ce pas ?

Diane sortit un mouchoir en dentelle et tamponna ses yeux, puis hocha la tête.

— À l'école d'art. Quatre jours par semaine.

— Pas d'école un jour par semaine ?

— Non, c'est exact. C'est pour donner aux étudiants la chance de constituer leurs portfolios. Sophie peignait souvent ici, ou emportait un carnet de croquis en ville et trouvait un endroit pour s'asseoir et dessiner.

— Qu'est-ce que tout cela a à voir avec Peter Evans ? demanda Matthew avec véhémence.

Kay prit une profonde inspiration.

— Nous essayons de reconstituer la vie de Sophie ces dernières semaines. Peter Evans a tenté de se suicider après avoir découvert que Sophie était enceinte lorsqu'elle a été tuée.

— Oh, mon Dieu, gémit Diane.

Matthew chancela et s'agrippa au dossier de la chaise, les jointures blanches.

— Où diable a-t-il eu cette idée ?

— Nous avons reçu l'information hier. À ce moment-là, Peter Evans a été réinterrogé et on lui a demandé s'il avait couché avec Sophie.

Diane poussa un gémissement, et Matthew se précipita à ses côtés, s'accroupissant près d'elle et prenant ses mains dans les siennes.

Il se retourna et fusilla Kay du regard.

— Peter Evans a confirmé avoir eu des rapports sexuels avec Sophie récemment, dit-elle doucement. Il semblerait que leur méthode de contraception n'ait pas fonctionné. Nous attendons toujours les résultats de l'autopsie, après quoi nous demanderons également un test de paternité.

— Je vais être malade.

Diane se leva brusquement de sa chaise et se précipita hors de la pièce.

Matthew se redressa, le visage bouleversé.

— Je suis désolée, monsieur Whittaker. Nous devions vous en informer. Vous n'en aviez aucune idée ?

— Non.

Il passa une main sur son visage, puis pointa la porte du doigt.

— J'aimerais que vous partiez maintenant.

CHAPITRE 21

Un silence s'abattit sur la salle des opérations le lendemain matin lorsque Kay laissa la porte se refermer derrière elle, comme si elle avait interrompu une conversation privée.

Elle vérifia sa montre, mais le briefing du matin n'était prévu que vingt minutes plus tard.

Elle parcourut du regard ses collègues en passant devant eux, mais aucun ne leva les yeux pour croiser son regard.

Au lieu de cela, ils semblaient absorbés par leur écran d'ordinateur ou occupés à passer des appels téléphoniques. Deux membres du personnel administratif apparurent du coin où se trouvait le photocopieur, bavardant joyeusement jusqu'à ce que l'une d'entre elles aperçoive Kay et baisse la voix avant de donner un coup de coude à sa collègue. Rougissantes, elles se précipitèrent à leurs bureaux et s'assirent, l'ignorant ostensiblement.

Avant qu'elle ne puisse s'asseoir à sa place, Sharp passa la tête par la porte de son bureau et lui fit signe.

— Vous avez une minute ?

Perplexe, elle jeta son sac sur son bureau et le suivit.

Il ferma la porte derrière elle et désigna les chaises en face de son bureau.

— Asseyez-vous, dit-il en baissant les stores.

— Je préfère rester debout, merci. Que se passe-t-il ?

Il passa devant elle, puis s'assit sur le coin du bureau et croisa les bras sur sa poitrine.

Kay haussa un sourcil. Sharp ne lui avait jamais semblé être du genre nerveux, surtout avec son passé militaire, mais à cet instant, il avait l'air de préférer être n'importe où ailleurs plutôt qu'en train de lui parler.

En Afghanistan, peut-être.

— Chef ?

— Il y a... euh... une rumeur qui circule selon laquelle votre santé n'aurait pas été très bonne ces derniers mois, Kay.

Elle plissa les yeux.

— C'est-à-dire ?

Il baissa les yeux et passa une main dans ses cheveux.

— Est-il vrai que vous avez fait une fausse couche ?

L'air quitta ses poumons si rapidement que Kay chancela et s'agrippa au dossier d'une des chaises pour se stabiliser.

Sa vision se troubla, les coins de ses yeux s'assombrissant avant de se remplir de points lumineux, et son estomac se souleva.

— Qui—

— Je ne sais pas comment la rumeur a commencé. Personne ne semble savoir qui l'a entendue en premier, mais vous savez comment c'est, un moment tout est normal là-bas, et l'instant d'après tout le monde en parle.

— Tout le monde ?

Il se leva du bureau et posa une main sur son épaule.

— Je suis désolé. Asseyez-vous.

— Je ne veux pas—

— Asseyez-vous.

Il la poussa doucement dans l'un des sièges puis s'assit dans l'autre et se pencha en avant, les coudes sur les genoux.

— Je suppose à votre réaction que c'est vrai ?

Elle hocha la tête, incapable de parler, ses pensées se bousculant alors qu'elle essayait de ne pas paniquer.

— Devriez-vous être ici ?

— Quoi ?

— Devriez-vous être au travail ? Vous savez, si vous êtes—

— C'est arrivé il y a dix mois, chef.

Il se redressa, la confusion se répandant sur ses traits.

— Mais c'est quand—

— Larch m'a lancé l'enquête des normes professionnelles. Ouais, je sais. Les médecins pensent que le stress de tout ça a provoqué ma fausse couche.

Il passa une main sur sa bouche, la douleur dans ses yeux.

— Vous auriez dû me le dire, Kay.

Elle renifla.

— Pourquoi ? Vous aviez assez à gérer, à essayer de ne pas croire que l'une de vos officiers était corrompue.

— Ce n'est pas juste, Kay. Je vous ai soutenue. Le moins que vous puissiez faire est de me faire confiance.

Elle cligna des yeux et se leva de son siège,

essayant d'ignorer la sensation de picotement aux coins de ses yeux.

Au-delà des limites fermées du bureau, la salle des opérations restait silencieuse comme si tout le monde retenait son souffle, en attente.

— Ça ne vous regardait pas, dit-elle, dos à lui. J'étais déjà suspendue de mes fonctions. Personne n'avait besoin de le savoir.

— Quand même, Kay. Depuis combien de temps je vous connais ? Et Adam ? Vous en avez parlé à quelqu'un d'autre ?

Elle secoua la tête.

— Les parents d'Adam vivent au Canada, et je ne suis pas proche de ma famille. Nous avons décidé qu'il valait mieux garder ça pour nous.

Sauf, pensa-t-elle, qu'il y avait une seule autre personne qui le savait, qui l'avait découvert par accident, et à qui on avait fait jurer le secret.

Quelqu'un en qui elle pensait pouvoir avoir confiance.

— Je suis désolé que ça se soit su comme ça, dit Sharp. Vous savez ce que je pense des commérages de bureau.

Elle hocha la tête et se mordit la lèvre avant de jeter un coup d'œil par-dessus son épaule vers la porte.

— Je suppose que je ferais mieux de retourner là-bas, hein ? Je ne peux pas rester cachée ici pour toujours, n'est-ce pas ?

— Ça va aller ?

Il se leva et posa sa main sur la poignée de la porte, ses yeux ne quittant pas les siens.

— Ça va probablement être la journée la plus merdique que j'ai eue depuis un moment, mais je vais survivre.

Il soupira et lui ouvrit la porte.

— La prochaine fois, essayez de me parler, d'accord ?

Elle ne répondit pas et se concentra plutôt sur sa sortie du bureau, la tête haute, et elle se dirigea vers la place où elle avait laissé son sac.

Jetant la bandoulière sur son épaule, elle vérifia que son badge de sécurité était accroché à la ceinture de son pantalon et sortit de la pièce à grands pas, ignorant les regards gênés de ses collègues.

— Kay, attends !

Elle s'arrêta à mi-chemin dans le couloir et fixa la moquette bleue délavée pendant que des pas approchaient, avant de se retourner au dernier moment.

Carys leva les mains et baissa la voix, le visage défait.

— Ce n'était pas moi, Kay. Tu dois me croire. Qui que ce soit qui ait lancé cette rumeur, ce n'était pas moi.

Kay pinça les lèvres.

— Personne d'autre n'était au courant, Carys. Personne.

Elle pivota sur ses talons et se précipita dans la cage d'escalier, ignorant le cri étranglé que sa collègue émit dans son sillage.

CHAPITRE 22

Kay baissa le volume de la radio et mit son clignotant à gauche pour entrer dans le parking derrière le bâtiment de trois étages qui abritait les services de la police scientifique du comté.

Elle avait passé la majeure partie du trajet à jurer dans sa barbe, maudissant Carys et tous ceux qui avaient colporté des ragots sur sa fausse couche.

Son horreur initiale de voir sa vie privée étalée au grand jour avait cédé la place à l'embarras, puis à la colère. Elle avait gardé le pied enfoncé sur l'accélérateur tout le long de l'autoroute, slalomant entre les voitures et pestant contre les conducteurs plus lents qui monopolisaient la voie de dépassement.

Elle laissa échapper un soupir en dirigeant la voiture dans l'une des rares places de stationnement encore disponibles et laissa retomber ses mains du volant.

Ce n'était pas une bonne idée d'entrer dans le bureau de Harriet dans l'état d'esprit où elle se trouvait. Elle devait se calmer, être objective, si elle voulait comprendre pourquoi Sophie avait été assassinée, et se laisser emporter par ses émotions n'aiderait personne.

Elle s'occuperait de la trahison de sa collègue à son retour dans la salle des opérations.

Elle descendit de la voiture et claqua la portière avant de se diriger vers l'entrée du bâtiment et de monter les escaliers jusqu'à l'étage où se trouvait le bureau de Harriet.

Le temps d'arriver au bureau de la femme, elle avait retrouvé son calme et elle réussit à sourire en saluant l'enquêteuse de la brigade criminelle.

— Contente de te voir, Kay. Assieds-toi.

Kay laissa tomber son sac à côté d'une des chaises pour visiteurs face au bureau de Harriet et s'y affala.

— Comment ça avance ?

— Lentement.

Harriet rangea des papiers dans un dossier à son coude avant de le mettre de côté et d'en choisir un autre dans un bac au coin de son bureau. Elle l'ouvrit, puis le fit pivoter pour que Kay puisse en voir le contenu.

— Lucas Anderson a effectué l'autopsie tard hier et l'a envoyée par e-mail à Sharp et à moi, donc je suppose que tu n'as pas entendu dire que Sophie Whittaker *était* enceinte quand elle a été assassinée.

Kay ne dit pas à l'enquêteuse qu'elle n'était pas restée pour le briefing du matin. Au lieu de cela, elle s'éclaircit la gorge.

— Donc, son amie Eva disait la vérité.

— En effet. Lucas m'a donné quelques échantillons, que nous avons traités en priorité ce matin, vu les circonstances. Les résultats de paternité sont revenus non concluants. J'ai demandé qu'ils les refassent.

— C'est normal ?

— Ça peut arriver. Rien d'inquiétant. Nous aurons une réponse pour toi dès que possible.

— Mais pour le moment, on ne peut pas affirmer avec certitude que Peter Evans est le père ?

— Pas encore. Pas de façon définitive, non.

Kay ouvrit son carnet et nota un rappel pour elle-même avant de continuer.

— Qu'en est-il des autres découvertes sur la scène de crime ? Y a-t-il quelque chose qui lie le meurtre de Sophie à Evans ?

Harriet feuilleta les documents jusqu'à ce qu'elle trouve celui qu'elle cherchait.

— On a eu du mal, pour être honnête. Au moment où les premiers intervenants ont été appelés, plusieurs personnes avaient déjà piétiné la scène de crime ; nous avons des traces des deux parents de Sophie, de deux hommes de la même congrégation de l'église, et de son amie bien sûr.

Kay grimaça. Essayer d'établir une scène de crime et de la préserver était difficile dans le meilleur des cas ; quand cela impliquait une fête et plusieurs personnes qui auraient toutes été en panique et ivres, le résultat était désastreux pour Harriet et son équipe.

— Nous avons prélevé des échantillons de cheveux, de vêtements, moulé des empreintes de pas, tout, poursuivit Harriet. Ça va nous prendre un moment pour tout analyser.

Kay savait qu'il ne servait à rien de se plaindre – le département de Harriet avait été affecté par les coupes budgétaires gouvernementales en cours, et la femme ne pouvait exiger qu'un certain rendement de son équipe. S'ils se précipitaient, il y avait plus de chances qu'ils ratent quelque chose.

Au lieu de cela, elle tourna les pages jusqu'à ce qu'elle arrive à la copie du rapport d'autopsie de Harriet. Une série de photographies montrant le coup au visage de Sophie avait été incluse, et ses lèvres se pincèrent.

— D'autres réflexions à ce sujet ?

Harriet soupira et s'adossa à sa chaise.

— Nous sommes encore en train d'examiner les preuves que Lucas nous a transmises. Il semble que l'arme était en bois ; du moins, la partie qui a heurté le crâne de Sophie l'était. Tu as vu qu'il a trouvé des éclats dans la blessure ?

— Oui.

— Nous examinons actuellement le contenu de ce qui restait dans les braseros, au cas où notre meurtrier aurait essayé de brûler les preuves. Nous avons le problème supplémentaire que certains fêtards ont utilisé les feux comme poubelles, donc chaque brasero est traité séparément pour s'assurer que nous ne ratons rien. C'est un vrai bazar, Kay, sans parler des problèmes causés par la boue au bas de cette pente.

Kay fit pivoter les photos vers Harriet, qui se pencha en avant et passa ses doigts sur les images.

— C'était motivé par la haine, n'est-ce pas ? dit-elle.

Kay se pencha et ramassa son sac.

— Je pense que oui.

— C'était un seul coup au visage. Cette pauvre gamine n'avait aucune chance.

Harriet leva les yeux pour rencontrer ceux de Kay.

— Je manque de personnel, Kay, mais je ferai tout ce que je peux pour t'aider à traduire son meurtrier en justice.

— Merci, Harriet. Je sais que tu le feras.

CHAPITRE 23

— Quel angle d'attaque allons-nous adopter ici ?

Kay leva les yeux de son carnet alors que Barnes ralentissait la voiture jusqu'à l'immobiliser dans l'allée devant la vaste propriété des Hamilton et se tournait vers elle.

Ils n'avaient pas parlé pendant le trajet depuis Maidstone. Kay était revenue du bureau de Harriet en milieu de matinée et avait soigneusement ignoré l'atmosphère qui régnait autour d'elle dans la salle des opérations tout en vérifiant ses e-mails et ses messages téléphoniques.

Carys était passée plusieurs fois devant son bureau sans lever la tête et s'était enfuie, le visage rouge.

Finalement, Kay était satisfaite d'avoir

suffisamment rattrapé sa charge de travail pour éviter toute urgence imminente et elle avait demandé à Barnes de l'accompagner chez les Hamilton. Elle avait quitté la pièce d'un pas décidé, ignorant l'expression blessée sur le visage de Carys.

— Les résultats du test de paternité sont revenus non concluants, dit-elle maintenant. Donc, nous ne savons pas encore avec certitude si Peter Evans était le père du bébé de Sophie.

— Eh bien, il pense évidemment l'être, c'est pour ça qu'il a essayé de se suicider, non ?

— Peut-être. Ou peut-être qu'il a réalisé qu'il ne l'était pas et que quelqu'un d'autre l'était.

Elle suivit Barnes jusqu'à la porte d'entrée et resta sur le seuil pendant qu'il sonnait, le carillon résonnant dans la maison.

Elle se frotta l'œil droit. Elle n'avait pas dit à Barnes ou à Sharp ce qu'elle avait l'intention de discuter avec les Hamilton. Barnes, à son crédit, n'avait pas demandé.

Au moins un membre de l'équipe lui faisait encore confiance.

Elle l'espérait.

Blake Hamilton ouvrit la porte, ses yeux ne parvenant pas à masquer son mécontentement de les revoir.

— Détectives. Que voulez-vous ?

— Un bref entretien avec Josh, s'il vous plaît, dit Kay en franchissant le seuil avant qu'il n'ait le temps de réagir.

— Il est en train d'étudier.

— Ça ne prendra pas longtemps.

Blake soupira, claqua la porte derrière Barnes, puis les conduisit au salon.

— Je vais le chercher.

L'adolescent apparut quelques instants plus tard, suivi de près par Blake et sa femme.

Kay attendit que Courtney ait fini de s'agiter pour savoir qui devait s'asseoir où, puis elle se pencha en avant. Elle n'était pas d'humeur à perdre du temps en politesses.

— Josh, je dois te poser une question très personnelle. Est-ce que Sophie et toi aviez des relations sexuelles ?

— Qu'est-ce que c'est que ça ?

Blake bondit de son fauteuil.

— Quel genre de question êtes-vous en train de poser ? Comment osez-vous !

Kay l'ignora et garda les yeux fixés sur Josh.

— Réponds à la question, s'il te plaît.

— Je... euh, non. Je n'ai pas... Je veux dire... nous n'en avions pas, non.

L'adolescent rougit.

Kay attendit un battement.

— S'il y a quelque chose que tu dois me dire, nous pouvons en discuter en privé, dit-elle.

— Non, vous n'allez certainement pas faire ça.

Hamilton traversa la moquette à grands pas vers elle, et Barnes se leva du canapé, interposant sa carrure entre Hamilton et Kay.

— Monsieur Hamilton, asseyez-vous s'il vous plaît. Cela n'aide pas.

— Écartez-vous de mon chemin.

— Asseyez-vous, monsieur Hamilton.

La voix de Barnes était basse, mais Kay pouvait entendre la menace sous-jacente.

— Si vous continuez à agir de manière déraisonnable, nous n'aurons pas d'autre choix que d'interroger Josh au commissariat. Sans vous. Est-ce que c'est ce que vous voulez ?

Du coin de l'œil, Kay pouvait voir Hamilton serrer les poings, et elle retint son souffle, attendant l'explosion.

Cela n'arriva pas.

Il jura dans sa barbe et s'éloigna de Barnes tout en marmonnant.

Elle attendit qu'il atteigne la fenêtre, puis reporta son attention sur Josh.

— Est-ce qu'il y a quelque chose que tu voudrais me dire ?

L'adolescent cligna des yeux, puis baissa le regard sur ses mains.

— Non. Non, il n'y a rien, dit-il. Je n'ai jamais eu de relations sexuelles avec Sophie.

— Que se passe-t-il ? demanda Courtney. De quoi s'agit-il ?

Kay se leva, lissa un pli imaginaire sur sa veste et baissa les yeux vers Josh, assis, les yeux écarquillés.

— Sophie Whittaker était enceinte quand elle a été assassinée, dit-elle.

Josh pâlit.

Courtney hoqueta et plaqua une main sur sa bouche.

— Comme je l'ai dit, Josh, s'il y a quelque chose que tu dois me dire en privé, tu peux m'appeler à tout moment.

Kay tendit une de ses cartes de visite, et ne fut pas surprise quand Blake la lui arracha des mains avant que Josh n'ait eu la chance de la prendre.

Elle lui lança un regard noir, puis se leva.

— Allons-y, Barnes. Je pense que nous en avons terminé ici.

— Ça c'est sûr.

Blake traversa la pièce à grands pas et ouvrit la

porte qui menait au couloir, ne faisant aucun effort pour cacher son impatience alors qu'ils se dirigeaient vers la porte d'entrée.

— Sortez de ma maison, grogna-t-il. Je vais parler à vos supérieurs de ceci.

Kay se mordit la lèvre alors que la porte claquait derrière eux.

— Tu as vu le visage de Josh quand tu lui as dit que Sophie était enceinte ? dit Barnes, avant de diriger la voiture hors de la propriété.

— Oui. Il n'en avait vraiment aucune idée, n'est-ce pas ? Je pense qu'il ment aussi sur le fait de ne pas avoir eu de relations sexuelles avec elle.

— Intéressant. Je me demande pourquoi Blake Hamilton ne voulait pas que nous parlions à Josh en privé ?

— Il se passe peut-être autre chose là-dedans, tu crois ?

— Peut-être. Je voudrais retourner parler à Courtney Hamilton quand Josh et Blake ne seront pas là. J'ai eu l'impression qu'elle s'ennuyait à mourir la dernière fois que Carys et moi lui avons parlé. Elle pourrait être un peu plus ouverte à une conversation.

— Je ne pense pas que nous parlerons aux Hamilton de sitôt, si Blake met sa menace à exécution et nous dénonce.

— Pourquoi ?

Quand Barnes ne répondit pas, Kay se mordit la lèvre, puis gémit.

— Tu veux dire que Blake Hamilton est aussi ami avec le très honorable Richard Fremchurch ?

— Oui. J'ai fait des recherches en ligne à son sujet avant que nous ne venions ici, pour voir s'il avait fait l'actualité récemment. Il semble qu'il soit un important donateur pour la fondation caritative de Fremchurch.

— Larch va nous botter le cul.

CHAPITRE 24

— Fermez la porte, Hunter.

Kay poussa la porte dans son encadrement, ferma les yeux une fraction de seconde et prit une profonde inspiration.

Sharp était présent, au moins.

Elle avait le sentiment qu'elle allait avoir besoin de quelqu'un pour la soutenir.

Elle se retourna vers le commandant divisionnaire, qui se pencha en arrière dans son fauteuil, ajusta sa cravate, puis joignit ses mains sur le bureau.

Il ne proposa ni à elle ni à Sharp de s'asseoir.

Au moins, il avait attendu après le débriefing de l'après-midi.

Au moins, personne d'autre n'entendrait ce qui

allait être dit.

— Quelle partie de « discret » n'avez-vous pas comprise, Hunter ?

— Pardon ?

— Quand nous avons ouvert cette enquête, je vous ai spécifiquement ordonné de mener vos investigations avec respect et discrétion. Il y a beaucoup en jeu ici, Hunter.

— Oui, monsieur. Je comprends. Nous avons une jeune fille de seize ans morte, un suspect en garde à vue qui a tenté de se suicider, et plusieurs autres pistes que nous devons maintenant suivre.

Le poing de Larch frappa le bureau si fort que son écran d'ordinateur vacilla.

— Ce n'est pas ce que je voulais dire, Hunter, alors ne vous foutez pas de moi.

— Monsieur.

Il pointa un doigt accusateur vers elle.

— Vous vous êtes peut-être rachetée aux yeux de vos collègues, détective, mais vous avez encore un long chemin à parcourir avant de me convaincre que vous prenez votre carrière au sérieux. Si vous pensiez honnêtement avoir la moindre chance de devenir inspectrice principale, vous le comprendriez.

Kay déglutit, mais refusa de baisser le regard. Sa gorge se serra, ses yeux piquaient, mais elle ne laisserait pas transparaître sa réaction. Elle ne pouvait pas lui laisser voir à quel point ses paroles la frustraient. Elle serra le poing si fort que ses ongles s'enfoncèrent dans ses paumes.

Sharp passa son poids d'un pied à l'autre à côté d'elle, les bras derrière le dos, mais il resta silencieux.

Elle se rappela soudain qu'il avait un passé militaire ; toute sa posture reflétait celle d'un soldat au repos, mais dans le bureau de Larch, cela prenait presque un air de défi.

Elle y puisa de la force, sachant que lui aussi devait faire attention. S'il tentait de réfuter les accusations de Larch, cela pourrait également lui causer des problèmes. Et elle ne se le pardonnerait jamais si cela arrivait.

Larch se pencha en avant et ouvrit un dossier devant lui, il saisit ses lunettes de lecture sur le bureau et les percha sur l'arête de son nez.

Il prit une page et la parcourut des yeux avant de la jeter de côté.

— Blake Hamilton a déposé une plainte officielle concernant votre ligne de questionnement à propos de son fils et de Sophie Whittaker, dit-il.

Il la regarda par-dessus ses lunettes.

— Voulez-vous développer ?

— Nous sommes au vingt-et-unième siècle, monsieur.

— Ces gens ont des principes, Hunter ! Vous devez apprendre à être plus diplomatique !

— Monsieur, mon seul objectif est de découvrir qui a tué Sophie Whittaker. Si c'est Peter Evans, soit. Mais je ne peux pas me reposer tant que je n'ai pas épuisé tous les angles de cette enquête. Ce serait peu professionnel de ma part.

— Tenez-vous à l'écart des Hamilton, Hunter. C'est un ordre.

Il se tourna vers Sharp.

— À l'avenir, vous gérerez toutes les interactions avec cette famille, c'est compris ?

— Oui, monsieur.

— En attendant, contactez le ministère public pour inculper Peter Evans du meurtre de Sophie Whittaker.

— Monsieur, avec tout le respect que je vous dois, et étant donné les autres pistes que nous continuons à suivre, cela pourrait être précipité.

— Faites-le, Sharp.

Larch fit claquer le dossier.

— Sortez.

Kay pivota et ouvrit brusquement la porte du bureau, furieuse. Elle parcourut le couloir en direction de la salle des opérations en marmonnant entre ses dents, maudissant Larch pour son étroitesse d'esprit.

— Kay ? Kay !

Elle s'arrêta et se retourna.

— Ne le laissez pas vous atteindre, Hunter.

Sharp s'approcha.

— Tenez bon.

Elle cligna des yeux, serra sa veste contre ses flancs et leva le menton jusqu'à ce qu'elle regarde les dalles du plafond. Elle cligna à nouveau des yeux et essaya de combattre l'envie de perdre complètement le contrôle de ses émotions avant de prendre une inspiration tremblante.

— J'essaie juste de faire mon travail, dit-elle entre ses dents serrées.

— Je sais. Nous le savons tous.

— Alors pourquoi—

— Je ne sais pas. Je fais ce que je peux. Vous devez me faire confiance.

— Merci, chef.

Il hocha la tête et fit quelques pas devant elle avant de s'arrêter et de se retourner.

— Vous êtes une bonne détective, Kay. N'oubliez jamais ça.

CHAPITRE 25

Matthew Whittaker suivait la souris à travers l'écran et commença à taper les chiffres dans les cases du tableur, sa main tremblante.

C'était pire que ce qu'il pensait.

Surtout maintenant, après avoir dû payer les traiteurs, la location du chapiteau et tout le reste pour une cérémonie qui s'était avérée inutile.

Et, bientôt, des funérailles.

Il jeta un coup d'œil aux bouteilles d'alcool dans le meuble en acajou, puis se reconcentra sur l'écran.

Il n'osait pas commencer à boire maintenant. Il ne savait pas s'il serait capable de s'arrêter.

Sa vision se troubla alors que les larmes lui piquaient les paupières, et il serra le poing.

J'aurais été grand-père.

Il poussa la pile de reçus sur le côté et posa ses coudes sur le bureau, la tête entre les mains. Il n'arrivait pas à comprendre comment tout avait pu si mal tourner.

Il avait convenu avec Diane que le groupe d'église privé serait une bonne chose à faire en famille. Après tout, cela leur assurait de pouvoir pratiquer leur culte avec leurs pairs, et non avec la populace habituelle qui remplissait les bancs le dimanche matin par devoir plutôt que par besoin de prouver leur dévotion. Ces autres personnes semblaient traiter toute l'affaire du culte comme une excuse pour se retrouver et bavarder, et non pour célébrer leur foi.

De plus, cela permettait à Sophie de se mêler à d'autres jeunes de son âge qui lui offraient le soutien et l'amitié que sa position dans la société exigeait. Lui et Diane étaient d'accord sur le fait que cela compensait le fait qu'elle devait aller à l'école avec des gens comme Eva Shepparton. Ni l'un ni l'autre ne voulait admettre que les frais d'école privée étaient au-delà de leurs moyens.

Pas même l'un envers l'autre.

Non, le groupe privé était bien meilleur, et Diane avait été ravie quand les Hamilton le leur avaient suggéré après un service du dimanche matin particulièrement bruyant. Cela signifiait que Diane et lui étaient considérés comme des membres importants de leur communauté, ce qu'ils étaient, bien évidemment.

La famille de Diane vivait dans la région depuis des centaines d'années – cette maison était en leur possession depuis le XVIIIe siècle, et avant cela, le nom de sa famille réapparaissait maintes et maintes fois dans les archives historiques du comté.

Quelques semaines après avoir rencontré Diane pour la première fois, il avait été présenté à ses parents lors d'un événement de la Chambre de commerce, le comte s'étant détaché du reste de la foule pour prendre Matthew à part et l'interroger sur ses intentions envers sa fille. Matthew avait expliqué qu'il possédait une entreprise de logiciels dont la valeur montait en flèche, et le vieil homme s'était immédiatement réchauffé à son égard.

Le mariage avait eu lieu douze mois plus tard.

Douze mois après, la bulle Internet avait éclaté.

Il avait réussi à trouver du travail – enfin. Il avait peut-être perdu son entreprise, mais ses compétences en informatique étaient toujours demandées dans le sillage du krach boursier. Il n'avait guère le choix –

Sophie était née deux mois avant qu'il n'admette finalement que son entreprise n'existait plus, et Diane commençait à s'inquiéter de l'état de la maison.

Le comte et sa femme étaient morts une semaine après avoir vu leur première petite-fille – le comte d'une grave attaque cérébrale, et sa femme de ce que leur médecin ne pouvait décrire que comme « un cœur brisé ». Matthew n'aurait pas cru cela possible, mais lorsque le testament avait été lu – dans cette même pièce – il s'était avéré que les dettes de jeu du comte avaient fait en sorte que Diane ne reçoive qu'une pitance d'héritage, et une maison familiale qui pouvait, au mieux, être décrite comme délabrée.

L'expert qui avait visité la propriété en l'absence de Diane un matin où elle était à l'hôpital pour un contrôle pour elle et Sophie, s'était tourné vers Matthew et avait secoué la tête.

— C'est le problème avec ces vieilles propriétés, avait-il dit. Une fois qu'on les laisse tomber en ruine, il faut dépenser une fortune pour les restaurer.

D'une manière ou d'une autre, Matthew avait réussi à trouver un poste à quelques kilomètres de Londres, un trajet facile qui signifiait qu'il pouvait économiser l'argent dont ils avaient besoin au fil des ans pour régler les problèmes majeurs – un nouveau toit, l'humidité ascendante dans les chambres du fond, une cuisine réaménagée – mais ce n'était pas suffisant, même quand il s'était lancé à son compte avec une nouvelle entreprise de conseil.

Il avait été ravi quand Sophie s'était liée d'amitié avec Josh Hamilton dans leur groupe d'église quelques mois plus tôt.

Les Hamilton étaient influents dans certains cercles de la communauté, et Blake Hamilton jouissait d'une formidable réputation d'homme d'affaires.

Matthew ne se souvenait plus quand l'affaire des fiançailles de Sophie et Josh avait été mentionnée pour la première fois, mais il se rappelait le soulagement de savoir que l'avenir de sa fille serait assuré.

Mais maintenant…

Il ressentait encore le choc qui avait parcouru son corps en apprenant que Peter Evans avait été arrêté pour le meurtre présumé de Sophie.

Il avait dû menacer le garçon pour qu'il laisse Sophie tranquille, qu'il arrête de se présenter chez eux, qu'il cesse de l'appeler.

Quand il avait questionné sa fille, elle avait admis avoir rencontré Peter par l'intermédiaire d'amis de l'école – il avait le même âge que Josh, mais venait d'un milieu totalement différent.

— Classe ouvrière, avait dit Diane, le nez plissé.

Et Sophie – enceinte ?

Il leva la tête lorsque la porte du bureau s'ouvrit et

que Diane apparut, un plateau dans les mains.

— J'ai demandé à Grace de faire du thé, dit-elle. J'ai pensé que tu en voudrais peut-être.

Elle posa le plateau sur le bureau devant lui et commença à verser le liquide brun et fumant dans deux tasses ornées, puis ajouta du lait et lui tendit une des tasses.

Elle fronça les sourcils quand il renversa du thé sur le côté et dans la soucoupe, sa main tremblante. Son regard croisa le sien, ses yeux interrogateurs.

Il fit un geste vers l'écran.

— Nous allons devoir nous séparer de George, dit-il.

Le visage de Diane s'affaissa.

— Mais il est là depuis que Mère et Père étaient vivants ! Comment vais-je gérer le jardin toute seule ?

— Je suis désolé. J'organiserai la venue de quelqu'un une fois par mois pour s'occuper des gros travaux pour toi, mais nous devons commencer à économiser de l'argent là où nous le pouvons.

Il leva la main pour l'empêcher de l'interrompre.

— C'est ça, ou—

Diane s'effondra dans le velours du canapé deux places au milieu de la pièce, le visage pâle.

— Nous allons perdre la maison, n'est-ce pas ? Après tout ça, nous allons perdre la maison.

CHAPITRE 26

Le lendemain matin, Duncan Saddleworth versa les restes de son thé tiède dans l'évier de la cuisine avant de s'appuyer contre le plan de travail et de scruter l'extérieur.

Au-delà de la fenêtre de la cuisine, une étroite terrasse cédait la place à une pelouse bien entretenue bordée de parterres de fleurs, avec un petit abri en bois contre la clôture du fond.

De grands arbustes et des arbres offraient de l'intimité au jardin et, ce n'était pas la première fois qu'il se demandait si un voisin qui verrait son visage scrutant l'extérieur le trouverait aussi malade qu'il se sentait.

Quatre moineaux domestiques dodus sautillaient et voletaient autour du mobilier de jardin bon marché qu'il avait acheté dans la jardinerie locale deux ans auparavant, leurs pépiements et leurs chamailleries filtrant à travers la vitre alors qu'ils se disputaient les graines qu'il avait mises dehors une heure plus tôt.

Quand il était arrivé dans la paroisse deux ans auparavant, il avait trouvé la maison parfaite. Plutôt que les grands presbytères anciens favorisés par l'Église anglicane, ses supérieurs croyaient en un logement plus frugal – un qui reflétait mieux les maisons des paroissiens.

Il avait passé plusieurs week-ends entre ses devoirs ecclésiastiques à faire des allers-retours entre la quincaillerie et la pépinière, redonnant progressivement vie à cette maison de bout de rangée. Son amour pour la décoration d'intérieur avait porté ses fruits – la maison était désormais lumineuse et accueillante, et il n'aimait rien de plus que de rentrer chez lui le soir et de se blottir avec un livre dans le salon, ses longues jambes dépassant du canapé tandis qu'il sirotait du vin rouge et écoutait sa collection de disques vinyles.

Il avait adoré l'emplacement – c'était calme et paisible, et il s'entendait bien avec les voisins. Entre les invitations à dîner ou à prendre le thé l'après-midi, il était aussi devenu la personne de référence pour garder occasionnellement les chats et il appréciait secrètement cette responsabilité.

Il y a seulement quatre mois, lui et ses voisins s'étaient réunis un samedi après-midi chez les Smith, quatre portes plus haut, pour discuter de l'idée de se cotiser pour acheter des poules afin d'avoir tous des œufs frais.

Il essuya rageusement ses yeux.

Il avait été heureux ici, autrefois.

Il cligna des yeux, et son attention passa du jardin à son reflet.

Il hoqueta et se pencha un peu plus près.

Il avait du mal à dormir depuis des semaines et avait réussi à éviter les miroirs sauf pour se raser, gardant les yeux fixés sur le passage du rasoir et non sur le regard hanté qu'il savait le fixer en retour.

Maintenant, même dans le reflet piqueté, il pouvait voir à quel point il avait l'air *vieux*.

Était-ce ce visage qui avait accueilli l'inspectrice de police trois jours plus tôt ?

Penserait-elle simplement que son apparence était due au chagrin ?

Ou soupçonnerait-elle autre chose ?

Il se recula et se demanda s'il devrait partir.

L'église ne soupçonnerait rien, il en était sûr – en fait, il avait du mal à se rappeler la dernière fois qu'il avait eu des nouvelles de quelqu'un au siège du diocèse.

Avec l'adolescente hors du chemin, pouvait-il se détendre ? Faire comme si rien ne s'était passé ?

Il expira et ignora un raté dans son rythme cardiaque.

Il serait cruel de sa part de se réjouir de la mort d'un autre, et cela allait certainement à l'encontre de tout ce en quoi il croyait. Pourtant, il y avait un sentiment pervers d'espoir. Tout au fond. Enfoui et se frayant un chemin vers la surface peu à peu.

Un bruit dans le couloir le tira de ses pensées, et un frisson lui parcourut l'échine alors que la trappe de la boîte aux lettres retombait en place.

Il regarda sa montre. Le courrier était généralement livré en milieu de matinée, pas à sept heures.

Il s'arracha à la fenêtre et se précipita dans le couloir.

Il se figea en voyant la porte d'entrée.

Une seule enveloppe blanche reposait sur le paillasson.

Il se jeta sur la porte, fit basculer le verrou en laiton et l'ouvrit brusquement avant de courir pieds nus dans l'allée.

Le bruit d'une voiture accélérant dans la ruelle

parvint à ses oreilles, et il se précipita à travers le portail du jardin et sur le bas-côté herbeux.

Il était trop tard.

La ruelle était déserte, avec seulement une légère odeur de gaz d'échappement flottant dans l'air.

Duncan retourna à la maison d'un pas traînant, ramassa l'enveloppe sur le paillasson et ferma la porte.

Il se dirigea vers l'escalier et s'assit sur la deuxième marche, les jambes tremblantes. Passant une main tremblante sur sa bouche, il expira et essaya de contrôler son rythme cardiaque affolé.

Il retourna l'enveloppe dans ses mains et passa son pouce sous le rabat, déchirant le papier.

Une seule feuille avait été glissée à l'intérieur, une feuille de papier blanc ligné de quinze centimètres sur dix qui avait été arrachée d'un cahier et découpée pour s'adapter, les minuscules perforations d'une spirale métallique encore attachées sur le côté gauche.

— Non, je vous en prie, murmura-t-il.

Il déglutit puis sortit la page de son fragile logement et lut les mots qui avaient été découpés dans une impression d'ordinateur puis collés sur le papier.

Sept mots.

— Non !

Il bondit sur ses pieds, la page voltigeant sur la

moquette alors qu'il arpentait le couloir en se passant la main dans les cheveux.

La sueur coulait de ses aisselles, imprégnant le coton doux de sa chemise, et il gémit alors que son ventre se contractait.

Dans la fraction de seconde avant qu'il ne se précipite à l'étage vers les toilettes, ses yeux captèrent une fois de plus les mots étalés sur la page.

Je sais ce que vous avez fait.

CHAPITRE 27

— Tu penses qu'elle a quel âge ?

Barnes enfourna une autre poignée de cacahuètes dans sa bouche et fixa le pare-brise du regard.

— Difficile à dire avec tout ce plastique.

Un fort bruit d'étouffement retentit du siège à côté d'elle, et Kay sourit en voyant Barnes tousser et lutter pour garder la nourriture dans sa bouche avant de se frapper la poitrine.

— Pas juste, haleta-t-il, les yeux larmoyants.

— Tu l'as bien cherché.

Ils retombèrent dans un silence complice, le moteur émettant un tic-tac régulier en refroidissant.

— Tu te rends compte que Larch peut nous rétrograder en un clin d'œil si on se trompe ? dit

Barnes, exprimant la pensée qui tournait dans l'esprit de Kay depuis vingt minutes.

— Ouais, murmura-t-elle. Tu veux te désister ?

— Non.

— Tu peux, tu sais.

— Ouais, je sais.

— Je ne le prendrais pas personnellement.

— Si, tu le ferais.

— Pas du tout. Ça fait un moment que j'imagine à quoi tu ressemblerais de retour en uniforme.

— C'est ce que disent toutes les filles.

Kay ricana.

Ils avaient quitté la salle des opérations séparément une heure plus tôt, après que Kay avait envoyé un SMS à Barnes pour qu'il la rejoigne sur le parking.

Il s'était levé de son bureau, l'avait ignorée en passant devant le sien, et cinq minutes plus tard, elle l'avait rejoint en faisant danser les clés de sa petite voiture à son index.

Barnes avait haussé un sourcil.

— Comme ça, hein ?

Elle avait acquiescé, et il était resté silencieux jusqu'à ce qu'ils soient en route, se frayant un chemin à travers la circulation de la sortie des classes.

— On va où je pense qu'on va ?

— Ouais.

Elle s'était garée dans une aire de repos surplombant la clôture de la propriété des Hamilton, à l'écart de la route principale, quarante minutes plus tard, et elle avait coupé le moteur avant de pousser les genoux de Barnes de côté et d'extraire une paire de jumelles de la boîte à gants.

— Opération secrète ! avait dit Barnes, feignant un air excité.

— Grandis un peu.

Elle avait levé les yeux au ciel, puis était sortie de la voiture et s'était dirigée vers la clôture. En se baissant, elle avait braqué les jumelles sur le devant de la maison.

— Sa voiture est toujours là. On attend.

Maintenant, elle se penchait en avant sur son siège alors qu'un éclat argenté apparaissait devant eux.

— Baisse-toi !

Elle savait que les chances que Hamilton se retourne pour regarder la petite route en passant étaient minces, mais elle n'était pas prête à prendre le risque.

Le bruit des pneus sur l'asphalte passa, et elle jeta un coup d'œil par le pare-brise.

— Attends une minute.

— D'accord.

Les soixante secondes suivantes passèrent trop lentement à son goût, et dès que la trotteuse de sa montre passa le zénith, elle démarra le moteur et manœuvra la voiture hors de l'aire de repos.

Elle pila net lorsqu'une deuxième voiture passa à l'intersection au bout de la route, se dirigeant dans la même direction que celle de Blake Hamilton.

— Ce n'était pas Diane Whittaker ?

— Si, dit Kay.

— On la suit, ou on parle à Courtney Hamilton ?

Kay se mordit la lèvre. Après un moment, elle passa une vitesse et tourna à droite.

— On s'en tient au plan. On parle à Courtney.

En moins de quatre-vingt-dix secondes, elle freinait devant la porte d'entrée des Hamilton.

Courtney ouvrit la porte au moment où Kay sonnait.

— J'ai vu une voiture monter l'allée, dit-elle en remettant une mèche de cheveux derrière son oreille. Je me demandais qui c'était.

— On peut entrer ?

Les yeux de Courtney passèrent de Kay à Barnes, puis revinrent. Elle se mordit la lèvre.

— Il sera de retour dans quelques heures. Il a dit qu'il devait déposer quelque chose à l'église et discuter avec Duncan.

— Ce n'est pas grave. Je voulais vous parler seule. Nous serons partis avant son retour.

— Vous avez intérêt.

Elle se mit de côté pour les laisser passer, et Kay remarqua qu'elle regardait par l'entrebâillement de la porte en la fermant, comme pour vérifier que la voiture de son mari n'était pas revenue pendant qu'ils parlaient.

— Venez dans la cuisine.

Kay suivit, Barnes sur ses talons, et se dirigea vers l'îlot central.

Un magazine était ouvert sur la surface, une tasse vide à côté, ainsi qu'un téléphone portable et un ordinateur portable.

Courtney se pencha et ferma l'ordinateur portable, une expression d'excuse fugace traversant ses traits.

— Du shopping. Je pensais redécorer la chambre de Josh.

— Courtney, je ne vais pas perdre votre temps ni le nôtre. Après tout, vous avez dit vous-même que Blake serait bientôt de retour. Que nous cache Josh à propos de lui et Sophie Whittaker ?

La bouche de l'autre femme s'ouvrit.

— Je n'ai aucune idée de ce dont vous voulez parlez.

— Je ne vous crois pas. Vous et Josh nous cachiez

quelque chose quand nous avons parlé hier. Blake n'est pas au courant, n'est-ce pas ?

Courtney s'assit sur le tabouret et posa ses coudes sur le plan de travail, le visage dans les mains.

— Il le tuerait s'il l'apprenait.

Elle se redressa brusquement.

— Je veux dire... bien sûr, il ne le fera pas. Je veux dire, il ne l'a pas fait.

Kay retint son souffle et attendit.

— Josh est venu me voir il y a environ trois mois. Il... il m'a demandé de lui acheter des préservatifs.

— Il ne pouvait pas les acheter lui-même ?

Courtney secoua la tête.

— Vous ne comprenez pas. Blake le surveille constamment. Si Blake ne peut pas le faire lui-même, il soudoie les autres. Il pense que l'argent résout tout.

— Que s'est-il passé ?

— J'ai acheté les préservatifs.

— Donc, il couchait avec Sophie ?

— Oui. Je suppose.

— Et Blake ne se doute de rien ?

— Non. Et il ne doit pas l'apprendre.

— Que faisait Diane Whittaker ici ?

— Elle voulait savoir s'ils pouvaient organiser la veillée funèbre de Sophie ici après le service commémoratif. Je ne pense pas qu'elle puisse supporter de le faire chez elle, pas après...

— Josh connaissait-il Peter Evans ?

— Non, nous vous l'avons déjà dit.

— Oui, mais vous avez aussi omis de mentionner que Josh couchait avec Sophie. Alors, est-ce que Josh connaissait Peter Evans ?

— Je ne crois pas, non. À vrai dire, j'ai un peu pitié de Peter.

— Dans quel sens ?

— Oh, vous savez. Je pense qu'il aimait vraiment Sophie. Ça a dû être un sacré choc d'apprendre qu'elle était enceinte, cela dit.

Courtney croisa les bras sur sa poitrine et soupira.

— Remarquez, si elle était du genre à coucher à droite et à gauche comme ça, je suis bien contente que Josh ne l'ait pas épousée, c'est sûr.

Barnes s'éclaircit la gorge.

— Excusez-moi, madame Hamilton. Puis-je utiliser vos toilettes ?

— Bien sûr. C'est par là, au bout du couloir. Deuxième porte à droite.

— Merci.

Kay attendit d'avoir à nouveau l'attention de Courtney.

— D'après notre première conversation, j'ai cru

comprendre que Josh aurait pu utiliser les connexions aristocratiques de Sophie pour favoriser les intérêts commerciaux de son père. Comment cela aurait-il fonctionné ?

— Oh, je n'en ai aucune idée. Blake est toujours en train de conclure des accords pour différentes personnes. Ce n'est pas comme s'il fabriquait quoi que ce soit. Il fait du réseautage, met en contact des gens qui ont des intérêts ou des objectifs communs, et il prend une commission.

— Il semble très bien réussir dans ce domaine.

— Il a de bons contacts.

Courtney s'étira et regarda sa montre.

— Ne vous inquiétez pas. Nous allons partir dans une minute—

— Chef ?

Kay se retourna brusquement.

— Qu'est-ce qui ne va pas ?

Les yeux de Barnes passèrent de Courtney à Kay, son agitation était palpable.

— Je pense que vous feriez bien d'appeler Harriet. Et l'inspecteur Sharp.

CHAPITRE 28

Diane fit marche arrière pour garer sa voiture dans la dernière place disponible devant le restaurant, coupa le moteur et s'accorda un moment pour rassembler ses pensées.

Elle avait été surprise que Blake Hamilton accepte si facilement de la rencontrer à si brève échéance. Le soulagement avait aussi envahi son corps. Le traumatisme des derniers jours l'avait épuisée, et ce n'est qu'une fois loin de la maison qu'elle réalisa qu'elle avait passé la plupart du temps à retenir sa respiration, comme si elle attendait quelque chose.

Elle sortit de la voiture et lissa la jupe courte dans laquelle elle avait réussi à se glisser. Elle essaya de ne pas penser à l'état des toilettes de la station-service où elle s'était changée pour mettre sa nouvelle tenue, et ajusta son chemisier. Elle ne pouvait pas laisser Matthew savoir qu'elle avait dépensé de l'argent dans son dos, du moins pas les sommes qui lui étaient passées entre les mains ces derniers temps.

Claquant la portière, elle prit une profonde inspiration et se dirigea vers le portique d'entrée du restaurant.

Faisant partie d'une chaîne d'hôtels qui avait acheté puis rénové d'anciens bâtiments à travers le pays selon un standard exquis, le restaurant était populaire les week-ends et en soirée. En entrant dans le hall d'accueil et en tournant à droite dans un salon, elle fut heureuse de constater qu'à l'heure du déjeuner, c'était calme. En fait, à part deux vieux messieurs – d'après leur conversation, probablement deux associés d'un des cabinets d'avocats qui parsemaient High Street – le bar était vide.

— Gin tonic, dit-elle au barman, puis elle se dirigea vers une table et deux chaises près de la fenêtre, la lumière du soleil mouchetant le velours vert de la tapisserie.

Elle vérifia sa montre tandis que le barman lui apportait son verre, le remercia d'un signe de tête et prit une gorgée.

Elle se rappela de ne pas avaler d'un trait ; elle aurait besoin de toute sa lucidité pour cette rencontre.

L'espace d'un instant, elle se demanda si elle n'aurait pas dû attendre une semaine de plus avant de l'approcher – après tout, certains pourraient la trouver insensible étant donné que sa fille avait été retrouvée assassinée quelques heures auparavant. Elle chassa cette pensée. À présent, sa propre survie devait être prioritaire, d'autant plus qu'il était évident que les finances de Matthew étaient pires qu'elle ne l'avait d'abord pensé.

Elle entendit Blake avant de le voir, sa voix sonore portant depuis le salon, son téléphone portable collé à l'oreille.

Il entra dans le bar à la hâte, lui fit un signe de tête avant de se détourner pour terminer son appel tout en commandant un grand verre de vin blanc, puis il rangea son téléphone dans la poche de sa veste.

— Diane, dit-il en s'approchant de la table.

Elle se leva à moitié vers lui, offrant sa joue.

Ses lèvres effleurèrent sa mâchoire, puis il se redressa, leva son verre pour porter un toast et prit une gorgée.

— Tu as déjà commandé ?

— Non. Tiens.

Il prit l'un des menus qu'elle lui tendait et posa son verre de vin sur la table pendant qu'il parcourait des yeux les plats proposés.

— Merci de me recevoir en privé.

— Pas de problème. Tu es prête à commander ?

— Oui. Je vais prendre le steak, s'il te plaît. Saignant.

Elle croisa les jambes, laissant sa jupe courte remonter sur sa cuisse.

Blake l'ignora, se retourna et leva le menu vers le barman.

— Une sole de Douvres, et le filet de bœuf, saignant.

— Bien, monsieur.

Il resta debout à côté d'elle, puis tira l'une des chaises moelleuses et y installa sa corpulence.

— Je n'ai pas pu te le demander chez vous, parce que Courtney parlait tellement. Comment tiens-tu le coup ?

Diane prit une autre gorgée de son verre et réalisa que ses mains tremblaient. Elle se concentra pour poser le verre sur la table avant de répondre.

— C'est un cauchemar. Matthew a revu les chiffres, mais c'est impossible ; surtout maintenant que ce détaillant allemand s'est retiré après le fiasco du Brexit. L'entreprise ne s'en est tout simplement pas remise.

— Je parlais du meurtre de Sophie.

— Oh.

Elle rougit.

— Oh, oui. Je n'ai pas encore réalisé qu'elle n'est plus là, pour être honnête.

— Bon sang, Diane.

Il secoua la tête et jeta un coup d'œil par-dessus son épaule alors qu'un serveur en pantalon noir et chemise blanche impeccable s'approchait d'eux.

— Si vous voulez bien me suivre dans la salle à manger, je vais vous montrer votre table.

Diane vida son verre, prit son sac et laissa Blake la conduire à travers la salle à manger.

Ils tournèrent à droite au niveau du bureau de réception, puis passèrent sous une grande arche pour entrer dans une vaste pièce qui donnait sur des jardins paysagers à travers des portes-fenêtres.

Le serveur s'affaira autour d'eux, plaçant les serviettes sur leurs genoux, versant de l'eau dans leurs verres, puis il s'éclipsa en promettant que leur repas arriverait bientôt.

— Je suis vraiment désolé pour ce qui est arrivé à Sophie, dit Blake.

Il posa ses bras sur la table.

— La police l'a-t-elle déjà inculpé ?

— Je ne crois pas, non. Ils sont venus vous voir ?

Il hocha la tête.

— Hier. Ils ont accusé Josh d'avoir couché avec elle.

Diane eut le souffle coupé.

— Qu'est-ce qu'il a dit ?

— Non, bien sûr.

Il fronça les sourcils.

— Que diable pensais-tu qu'il allait dire ?

— Désolée. Je pensais juste—

Elle s'interrompit alors que le serveur réapparaissait, deux assiettes fumantes entre les mains.

Le temps qu'il s'éloigne à nouveau, elle s'était remise de l'éclat de Blake.

Il poussa son couteau sur le côté, utilisa la fourchette pour découper un morceau de poisson et l'enfourna dans sa bouche.

— Tu savais qu'elle était enceinte ?

Elle déglutit.

— Non.

— Bon sang, quel gâchis.

— Je n'en avais aucune idée, Blake. En ce qui nous concernait, elle était fiancée à Josh.

— Ouais, eh bien, dans ces circonstances, tu peux oublier notre arrangement commercial.

— Tu ne peux pas faire ça !

Ses yeux flamboyèrent.

— Baisse d'un ton, siffla-t-il.

Elle jeta un coup d'œil par-dessus son épaule.

Il n'y avait qu'un seul autre groupe dans le restaurant, un couple et une femme âgée qui semblaient ignorants de tout ce qui les entourait alors qu'ils trinquaient et riaient avec le serveur qui se déplaçait autour de leur table, réarrangeant les assiettes et échangeant une conversation légère.

Elle se retourna vers l'Américain.

— S'il te plaît, Blake, tu dois nous aider !

Il pointa sa fourchette vers elle.

— Vous auriez dû avoir un plan de secours, Diane. Toute entreprise en a besoin. C'est là que l'aristocratie anglaise s'est toujours trompée. Pas de plan B. Vous êtes tous en train de disparaître...

Diane le fusilla du regard, les yeux piquants.

— Désolé. Ce n'est pas sorti comme je le voulais.

Elle le regarda vider son verre et faire signe au serveur.

— Apportez-m'en un autre comme celui-ci. Tu veux un autre gin tonic ?

Elle secoua la tête.

— Bien, juste le vin alors.

Diane picora dans son assiette alors que le serveur s'éloignait, son appétit ayant disparu.

— Je ne serai pas responsable de la vente de la

maison, dit-elle. Elle fait partie de ma famille depuis près de trois cents ans.

— Eh bien, que crois-tu qu'il va se passer quand tu mourras ? Il ne reste plus personne, Diane. Vends cette foutue maison et commence à vivre, bon sang. Donne un peu de répit à ton pauvre mari.

— Tu ne peux pas jeter un autre coup d'œil aux chiffres ? Suggérer à Matthew que tu deviennes actionnaire ?

— Devenir actionnaire de quoi ? L'entreprise ne vaut rien.

Il haussa les épaules, posa sa fourchette et prit son verre d'eau. Il finit de mâcher.

— Non. De toute façon, je n'allais utiliser la maison que comme perte fiscale.

— Nous avions un accord.

— Pas de belle-fille, pas d'accord, Diane.

Il but une gorgée d'eau avant de reposer le verre sur la table.

— Je suis sûr que tu comprends.

Elle lâcha ses couverts, l'argenterie heurtant l'assiette devant elle avec fracas, puis elle attrapa son sac posé par terre à côté d'elle et se leva.

— Profite bien de ton poisson, Blake. Fais attention à ne pas t'étouffer avec une arête.

CHAPITRE 29

— Qu'est-ce qu'il y a ? Que se passe-t-il ?

Kay ferma la porte du salon après avoir assuré à Courtney Hamilton qu'ils ne la feraient pas attendre longtemps, et elle remarqua que Barnes semblait agité.

— J'ai utilisé les toilettes du rez-de-chaussée, d'accord ?

— Oui ?

Pendant un bref instant, Kay se demanda si le détective plus âgé allait les embarrasser tous les deux, mais il secoua la tête.

— En fermant la porte, j'ai remarqué qu'une autre était ouverte en face de moi. Une sorte de buanderie ; tu sais, pour quand tu rentres du jardin ou autre. Ils ont une machine à laver et un sèche-linge là-dedans, et il y a un sac de clubs de golf posé à côté d'une autre porte qui mène à l'extérieur.

Il baissa la voix.

— L'un des clubs de golf est couvert de sang.

Kay serra la mâchoire, vérifia que la porte du salon était bien fermée avant de se retourner vers lui.

— Montre-moi.

Il la guida à travers le hall, vers l'arrière de la maison.

— Les toilettes du rez-de-chaussée sont là, dit-il en pointant du doigt. Et voici la buanderie.

— Tu es entré ?

— Oui. Je n'ai rien touché. Je n'ai pas de gants sur moi. Tu en as ?

— Non, ils sont dans la voiture.

Il resta sur le seuil pendant que Kay entrait dans la pièce, jetant un coup d'œil autour d'elle.

Un plan de travail occupait toute la longueur du mur à sa droite, et elle réalisa que le mur était mitoyen avec la cuisine, l'évier et les robinets reflétant la disposition de la plomberie de l'autre pièce. Devant elle, la porte de derrière ressemblait à une porte d'étable traditionnelle – séparée en deux, avec des serrures et des verrous pour chaque section.

À sa droite, une rangée de crochets avait été fixée au mur, tous surchargés de vestes cirées, de chapeaux, d'écharpes, et une rangée de bottes de styles et de tailles variés était alignée sur le sol en dessous.

Le sol carrelé semblait usé et moins poli que le reste du rez-de-chaussée. Manifestement, c'était une pièce qui voyait beaucoup de passage et qui était utilisée conformément à sa conception initiale.

Le sac de clubs de golf auquel Barnes avait fait référence se tenait à côté de la porte de derrière, dans un espace formé entre le cadre de la porte et le plan de travail.

Kay s'approcha et croisa les bras pour éviter la tentation de toucher quoi que ce soit.

En s'approchant des clubs, elle remarqua que l'un d'eux, un « bois » se rappela-t-elle, était taché de rouge foncé, et alors que la plupart des clubs modernes étaient en métal, celui-ci semblait ancien – et l'extrémité était déformée.

Elle déglutit.

— Barnes ? Appelle pour signaler ça. Boucle cette pièce et le reste de la maison. Appelle Sharp et dis-lui qu'on a une scène de crime.

Elle sortit son téléphone et se dirigea vers le salon.

— En attendant, je vais essayer de savoir où diable Blake et Josh Hamilton ont disparu.

— Bon travail, Barnes, dit Sharp alors qu'ils entraient dans la salle des opérations. Harriet est toujours sur place ?

— Oui, dit Kay. Elle a une équipe de quatre personnes qui travaillent avec elle. Elle dit qu'ils ont fait une recherche préliminaire de la maison, en se concentrant sur la buanderie où Barnes a trouvé le club de golf, et qu'ils commenceront une recherche plus approfondie une fois qu'ils auront fini le rez-de-chaussée.

— Bien. Josh et son père sont-ils tous les deux en garde à vue ?

— Nous avons dû attendre qu'ils rentrent chez eux car Courtney ne savait pas où ils étaient. Blake a dit qu'il était allé à un déjeuner d'affaires pendant qu'il avait laissé Josh à la bibliothèque pour étudier.

— Nous les avons séparés, ajouta Barnes. Josh est dans la salle d'interrogatoire numéro un. Blake est dans la salle trois.

— Bien, nous allons commencer par Blake alors, dit Sharp. Comment ont-ils l'air ?

— Josh a l'air malade, très pâle. Le Hamilton senior a l'air arrogant.

Kay haussa les épaules.

— Comme d'habitude.

— Que faisiez-vous chez les Hamilton après les instructions spécifiques de Larch de ne pas y aller ?

— Je voulais avoir l'occasion de parler à Courtney Hamilton sans que son mari ne soit présent. C'est le seul qui a un problème avec moi. Jusqu'à présent, Courtney nous a parlé librement et avec franchise. Je voulais évaluer ce qu'elle pensait de la relation de Josh avec Sophie, dit Kay. Elle nous a dit qu'il couchait avec elle ; elle lui avait même acheté des préservatifs et l'avait caché à son mari. Tout se passait bien, et puis Barnes a trouvé le club de golf.

— En parlant de ça, où est-il maintenant ?

— Nous l'avons déposé à l'un des assistants techniques de Harriet en venant ici ; Harriet était trop occupée pour quitter la scène. Je lui ai demandé d'accélérer l'analyse du sang pour voir s'il correspond à celui de Sophie.

Indépendamment de la découverte, l'équipe n'aurait que vingt-quatre heures pour interroger Blake et Josh Hamilton. Sans preuve concluante reliant le club de golf à l'un d'eux, et trouvant par la même occasion une réponse quant à la raison pour laquelle il était couvert de sang, ils ne pourraient pas porter plainte – ni espérer une prolongation du processus d'interrogatoire étant donné que Larch leur avait déjà demandé de solliciter le ministère public pour inculper Peter Evans du meurtre de la jeune fille.

Ils devraient attendre que Harriet et son équipe fassent leur rapport.

— Harriet a dit qu'il y avait des cheveux et de la peau mélangés au sang sur l'extrémité, dit Kay. Certainement cohérent avec son utilisation comme arme.

— Vous avez mis à jour le registre des preuves ?

Kay soutint son regard.

— Oui, je l'ai fait. Barnes a tout observé.

— C'est vrai, confirma Barnes. Tout est en règle.

— Bien.

Sharp avala sa salive, puis fit un haussement d'épaules d'excuse à Kay.

— Je devais demander.

Gavin Piper se précipita depuis son bureau.

— Je viens d'avoir le commandant Larch au téléphone. Il aimerait vous voir tous les deux. Il a dit « immédiatement ».

— Bon, eh bien ce n'est pas une surprise. Barnes, contactez le bureau de Harriet et demandez-leur de vous contacter dès qu'elle aura quelque chose pour nous. Kay, vous venez avec moi.

Barnes s'éloigna en fredonnant le thème bien connu du méchant d'un film de science-fiction.

— Très drôle, dit Kay, et elle foudroya du regard sa silhouette qui s'éloignait.

— Je vous suis, Hunter.

Sharp attendit qu'ils soient sortis de la salle des opérations et qu'ils se dépêchent le long du couloir vers le bureau de leur supérieur.

— Ne vous inquiétez pas. Je vous couvre.

— Je suis contente que quelqu'un le fasse, marmonna-t-elle.

———

Larch fusilla Kay du regard pendant que Sharp lui donnait un résumé des événements de l'après-midi.

— Je ne suis pas sûr de bien comprendre, Hunter. Que faisiez-vous chez les Hamilton après que je vous ai spécifiquement demandé de vous tenir à l'écart d'eux ?

— Je passais devant la maison, monsieur, et il m'est venu à l'esprit que nous n'avions pas interrogé Courtney Hamilton au sujet de Peter Evans. Mon intention était uniquement de poser cette question, mais elle nous a invités à entrer. Cela semblait une bonne occasion d'en apprendre davantage sur les relations entre les Hamilton et les Whittaker en l'absence de M. Hamilton. Pendant l'interrogatoire, l'agent Barnes a demandé à utiliser les toilettes ; Mme Hamilton lui a indiqué où les trouver, et quelques instants plus tard, il m'a signalé avoir découvert un club de golf ensanglanté. L'état du club de golf nous a amenés tous les deux à penser que la meilleure chose à faire était de déclarer qu'il s'agissait d'une scène de crime.

Les yeux de Larch lançaient des éclairs, mais au grand soulagement de Kay, il tourna son attention vers Sharp.

— Sharp ? Dites-moi que la situation est sous contrôle et que les médias n'en ont pas eu vent.

— Tout a été géré très discrètement, chef, répondit Sharp d'une voix toujours aussi posée malgré la tension dans la pièce. Aucun média ne nous a contactés.

— Où sont Blake et Josh Hamilton maintenant ?

— Dans les salles d'interrogatoire un et trois, respectivement.

Sharp jeta un coup d'œil à Kay.

— Hunter et moi étions sur le point de commencer les interrogatoires officiels.

— Pas question, trancha Larch. Étant donné les implications politiques que cette affaire pourrait avoir, je mènerai les interrogatoires avec vous.

Le cœur de Kay se serra.

Larch tira sur sa cravate, la desserra, puis la jeta sur son bureau avant de se hisser hors de sa chaise.

— Bien. Nous allons commencer par le père. Qui est l'avocat sur cette affaire ?

— Ils ont leur propre avocat de famille, dit Kay. Giles Fordingham.

Le commandant s'arrêta à mi-chemin de la porte et pivota sur ses talons.

— Vous avez bien dit Fordingham ?

— Oui, monsieur.

— Il y a un problème, chef ?

Larch fusilla Kay du regard, puis Sharp.

— Seulement qu'il est le beau-frère du très honorable Richard Fremchurch, détectives. Aucun de vous deux n'a fait ses devoirs ?

CHAPITRE 30

Kay se cala dans une position à peu près confortable en posant ses pieds sur le bureau qui soutenait les écrans et en s'affalant dans son fauteuil.

Elle tritura un bout de peluche sur son pantalon et réprima l'envie de bâiller. À cet instant, elle n'avait qu'une envie : se pelotonner et observer l'interrogatoire, mais elle savait d'expérience qu'elle devait s'attendre à un flux constant d'interruptions, étant donné que l'équipe d'enquête de Harriet était encore en train d'examiner la maison des Hamilton à la recherche de preuves supplémentaires.

Blake Hamilton n'avait fourni aucune explication concernant le club de golf ensanglanté lorsque sa voiture avait été interceptée par des agents de police à moins d'un kilomètre de la maison.

Au contraire, les agents avaient rapporté qu'il avait semblé docile, et certainement surpris que lui et son fils soient désormais considérés comme les principaux suspects dans le meurtre de Sophie Whittaker.

Elle aurait voulu mener les interrogatoires elle-même, surtout après qu'une seconde patrouille avait amené Josh Hamilton au poste, le visage crispé.

Au lieu de cela, après que Larch avait insisté pour prendre sa place, Sharp avait lancé à Kay par-dessus son épaule alors que ses deux supérieurs quittaient la salle des opérations :

— Hunter, allez dans la salle d'observation. J'aimerais avoir votre avis sur ce que les Hamilton ont à dire.

Elle avait attrapé son carnet et son téléphone et s'était dépêchée de les suivre, remerciant silencieusement Sharp lorsqu'il s'était retourné pour lui faire un clin d'œil avant d'ouvrir la porte de la pièce où se trouvaient Blake Hamilton et son avocat.

Malgré les tentatives de Hamilton d'insister pour être présent pendant l'interrogatoire de son fils, Larch avait fermement déclaré que Josh étant majeur, la police n'était nullement obligée de le laisser assister, d'autant plus que chacun était interrogé en tant que suspect potentiel.

Kay ricana en voyant Blake se tortiller après avoir été remis à sa place par le commandant divisionnaire, mais son cœur se serra en réalisant que cela donnerait à Larch une raison de plus de lui compliquer la vie, étant donné les ambitions politiques de l'homme.

— Monsieur Hamilton, pouvez-vous commencer par expliquer pourquoi vous êtes en possession d'un club de golf ensanglanté ?

— Je n'en ai aucune idée.

Le soupir de Sharp était audible.

— Pouvez-vous confirmer que le club de golf vous appartient ?

— En effet.

— Et pourquoi y a-t-il du sang dessus ?

— Je n'en ai aucune idée. Écoutez, je n'ai pas tué Sophie Whittaker. Josh non plus. Pourquoi l'aurions-nous fait ?

L'interrogatoire se poursuivit pendant encore quarante minutes, Larch laissant Sharp mener le questionnement, intervenant occasionnellement, et paraissant mal à l'aise tout au long du processus.

Finalement, ils mirent fin à l'interrogatoire et informèrent Blake Hamilton qu'il serait transféré en cellule.

— Quoi ?

Il repoussa sa chaise, dominant les deux inspecteurs.

— Vous avez perdu la tête ?

Son avocat posa une main d'avertissement sur son avant-bras et le repoussa dans son siège avant de lancer un regard noir à Sharp.

— Est-ce vraiment nécessaire ?

— Nous menons une enquête pour meurtre, dit Sharp. Je dirais que c'est nécessaire, pas vous ?

Kay expira, baissa les pieds du bureau et fit craquer son cou pendant que les caméras de vidéosurveillance montraient Larch et Sharp en train de quitter la salle d'interrogatoire et d'entrer dans celle d'à côté où se trouvait Josh Hamilton.

L'adolescent était avachi sur sa chaise, ignorant l'avocat à côté de lui, mais il releva la tête lorsque Sharp et Larch entrèrent dans la pièce et se pencha en avant.

— Je n'ai pas tué Sophie, lâcha-t-il.

Sharp leva une main, attendit que Larch se soit assis, puis commença officiellement l'interrogatoire une fois l'enregistrement lancé.

— Parle-moi du club de golf que nous avons trouvé chez toi, dit-il. Est-ce que tu l'as utilisé pour tuer Sophie ?

— Non ! Vous devez me croire, je ne lui ai jamais fait de mal. Je l'aimais.

— Alors pourquoi y a-t-il du sang dessus ?

Josh passa une main dans ses cheveux.

— Écoutez, il y a deux jours, j'ai trouvé un lapin devant la porte de derrière. Il avait cette maladie, la myxomatose. Il était affamé, aveugle. Je voulais abréger ses souffrances, alors je l'ai frappé à la tête avec le club de golf.

Son regard se posa sur ses mains.

— Je ne voulais pas le tuer, mais je ne supportais pas de le voir souffrir autant.

— Et tu t'attends à ce que nous croyions ça ?

— C'est la vérité.

— Qu'as-tu fait du corps du lapin ?

— Je l'ai mis à la poubelle.

— Pratique, Josh. Les poubelles sont ramassées le lundi dans votre quartier, n'est-ce pas ? Donc nous ne pouvons pas corroborer ton histoire.

— Je ne mens pas.

— Nous verrons bien.

Sharp mit fin à l'interrogatoire, fit un signe de tête à Larch, et les deux hommes quittèrent la pièce.

Kay éteignit les écrans d'ordinateur et se précipita hors de son siège, ouvrant brusquement la porte au moment où les deux officiers supérieurs passaient.

— Demandez à Harriet d'analyser ce club de golf dès que possible, dit Sharp. Je veux savoir d'ici demain matin si nous avons le meurtrier de Sophie Whittaker en garde à vue, ou un adolescent qui a le don de tuer des lapins malades.

CHAPITRE 31

Matthew leva les yeux de son ordinateur lorsque
Diane poussa la porte du bureau, tenant deux verres
de vin rouge dans ses mains.

— J'ai pensé que tu aimerais boire un coup, dit-
elle, ses pas silencieux sur le parquet comme elle
marchait en chaussettes.

— Où étais-tu toute la journée ?

— Je suis allée voir Blake et Courtney.

— Mais tu n'es pas restée là-bas, n'est-ce pas ?

Elle secoua la tête, puis fronça les sourcils.

— Comment as-tu—

— Courtney a appelé ici, elle te cherchait. Elle a
dit qu'elle n'arrivait pas à te joindre sur ton portable.

— Oh. J'étais en train de faire du shopping à
Tunbridge Wells. La batterie était morte.

Elle posa le verre de vin sur le bureau avant de se diriger vers un fauteuil en cuir, elle recroquevilla ses pieds sous elle, et prit une gorgée de sa propre boisson.

Matthew se pencha en arrière dans sa chaise et tendit la main vers son vin.

— Je ne t'ai pas entendue rentrer.

Il se frotta les yeux avant de faire un geste vers les papiers éparpillés sur le bureau.

— Je devais être perdu dans mon propre monde avec tout ça.

— Combien de temps nous reste-t-il ?

— Deux mois, maximum. Je suis vraiment désolé, Diane. J'ai tout essayé. Je ne sais plus quoi faire.

Elle fit tourner son verre de vin dans ses mains, puis leva les yeux vers lui.

— Je pensais avoir tout réglé. Comment sauver la maison.

Il ricana et leva une page.

— Tu as vu ces chiffres ?

Il jeta le document sur le côté.

— À moins que tu ne puisses accomplir des miracles.

Elle soupira.

— Presque.

— Vraiment ? Comment avais-tu exactement « tout réglé » ?

— Josh et Sophie, dit-elle en haussant les épaules. Le vœu de pureté et leurs fiançailles.

— Diane ? De quoi est-ce que tu parles ? Quel rapport avec la maison ?

Elle se mordit la lèvre, ses yeux se détournant sur le côté, évitant son regard.

— J'avais passé un accord avec Blake Hamilton. Si je convainquais Sophie d'épouser Josh, il nous paierait une dot. Plus que suffisante pour couvrir tout ça.

Elle agita sa main vers les comptes.

— Josh épouserait une aristocrate anglaise, ce qui convenait aux intérêts commerciaux de Blake, et je ne perdrais pas la maison.

Le verre de vin de Matthew heurta la surface du bureau avec un bruit sourd, sa main serrant le pied, les jointures blanches.

— Tu as fait quoi ?

— C'était pour le mieux, Matthew.

— Ne prends pas ce ton geignard avec moi. Ça ne marchera pas.

Il repoussa sa chaise et commença à faire les cent pas.

— Qu'est-ce que Blake Hamilton a proposé exactement ?

— D'effacer toutes tes dettes professionnelles avec la première moitié du paiement, que nous aurions reçue un mois après la fête de fiançailles, puis une allocation annuelle une fois Sophie et Josh mariés.

Elle s'essuya les yeux.

— Il y avait même un bonus une fois qu'ils auraient produit un petit-enfant.

— Produit ? Est-ce que tu t'entends, Diane ? Tu parles de notre fille comme si elle était une foutue marchandise à acheter et à vendre, bon sang !

Elle porta une main tremblante à sa gorge.

— Je ne voulais pas—

— Si, tu le voulais.

Il s'arrêta de marcher et essaya de réprimer la fureur qui bouillonnait dans son corps. La colère se nouait dans sa poitrine, son cœur battait douloureusement.

— Qui d'autre était au courant de cet arrangement ?

— Je... je ne sais pas. Il n'y avait que Blake et moi—

— Tu en es sûre ?

Ses yeux se plissèrent.

— À bien y réfléchir, non.

Elle tapota ses ongles contre son verre de vin, avant de relever brusquement le menton vers lui.

— Peter Evans a dû le découvrir, c'est pour ça qu'il l'a tuée !

Matthew serra la mâchoire et combattit l'envie de la saisir par les épaules et de la secouer.

— Tu ne sais pas, n'est-ce pas ?

La confusion se répandit sur ses traits.

— Je ne sais pas quoi ?

Il secoua la tête.

— La police enquête sur les Hamilton. Que se passe-t-il vraiment, Diane ?

Sa bouche s'ouvrit et se ferma, ses yeux s'écarquillèrent, puis elle retrouva sa voix.

— Ils enquêtent sur les Hamilton ?

— C'est pour ça que Courtney essayait de t'appeler tout à l'heure. Pour te dire que Blake et Josh ont été emmenés pour être interrogés par la police cet après-midi.

— Pour quelle raison ?

Il leva les yeux jusqu'à rencontrer les siens, et essaya de se rappeler pourquoi il l'avait trouvée si attirante toutes ces années auparavant. Il savait qu'elle était rusée et calculatrice, des qualités qui l'avaient autrefois séduit alors que l'entreprise grandissait grâce à son apport, mais cela avait été entaché par son obsession de conserver un titre qui n'avait guère le pouvoir qu'elle prétendait avoir, et une maison qui tombait en ruine autour d'elle.

— Courtney a dit que la police avait trouvé l'arme du crime présumée en possession de Blake.

Diane laissa échapper un hoquet et pâlit.

— Quoi ?

Il se tourna vers l'ordinateur, tendit la main pour l'éteindre, puis rassembla la documentation qui couvrait son bureau. Il tira la corbeille à papier, avant de commencer à déchirer les pages.

— Je pense que tu devrais appeler ton avocat demain, Diane.

— Pour quoi faire ?

— Je vais demander le divorce.

— Matthew, non, s'il te plaît !

— Il est tout à fait évident pour moi que tu m'as utilisé, moi et mes entreprises, simplement pour soutenir ce bâtiment délabré, dit-il, la voix brisée. Et après avoir épuisé mes ressources, tu t'es tournée vers ta fille.

— Ce n'était pas comme ça.

— Tu as essayé de vendre ta fille pour garder ta fichue maison.

— S'il te plaît, Matthew, ce n'était pas ce que je

voulais dire. Je vais trouver une solution, je te le promets.

— Oublie ça. Je savais que tu étais sans cœur, Diane, mais là, c'était bas, même pour toi.

— J'essayais de sauver ma maison !

— Sors de ma vue.

CHAPITRE 32

Kay était assise à l'îlot central, en train de faire tourner le pied de son verre de vin dans une flaque de condensation, le menton dans la main.

La porte de derrière était ouverte, laissant entrer une chaude brise d'été qui apportait l'odeur de l'herbe fraîchement coupée du jardin des voisins. Adam apparut, les mains pleines de petites tomates qu'il venait de cueillir sur les plants qu'ils faisaient pousser au fond du jardin.

Il jeta un coup d'œil à son visage, déposa les tomates sur l'égouttoir et s'essuya les mains sur son short, avant de prendre une bière fraîche dans le frigo et de s'asseoir en face d'elle.

— Tu fais une tête d'enterrement. Que s'est-il passé au travail ?

— Je n'ai pas eu le temps de te le dire. Ils sont au courant pour ma fausse couche. Je ne sais pas comment, même si j'ai mes soupçons, mais il semble que mon secret soit éventé.

Adam se balança sur son tabouret de bar, le visage bouleversé.

— Qui d'autre était au courant ?

Kay but une gorgée de vin avant de répondre.

— La seule personne qui savait était Carys. Quand on a été cambriolés, elle a vu les vêtements de bébé. Elle m'avait promis de ne rien dire à personne.

— Et tu penses que c'était elle ?

— Qui d'autre est-ce que ça pourrait être ?

— Je croyais que tu avais dit que Carys n'était pas le genre de personne à colporter des ragots.

— C'est ce que je pensais.

— Alors peut-être que ce n'était pas elle. Tu as essayé de lui en parler ?

— Pas vraiment. C'était horrible. Tout le monde dans la salle des opérations me dévisageait quand je suis arrivée au travail, et puis Sharp m'a convoquée dans son bureau. Il m'a demandé si je devais être là, comme si c'était arrivé tout récemment. Il semblait assez surpris que cela se soit passé il y a des mois. Je pense qu'il était agacé que je ne lui aie pas dit à l'époque, mais je lui ai fait remarquer qu'il était encore en train de gérer les conséquences de l'enquête des normes professionnelles sur ma conduite, ce n'était pas vraiment le bon moment pour en parler.

Adam grogna en réponse et but une gorgée de sa bière avant de reposer la bouteille sur le comptoir.

— Si Carys n'a pas l'habitude de colporter des ragots, je serais surpris qu'elle ait commencé maintenant.

Kay ne dit rien, mais elle était encline à être d'accord avec lui. La jeune agente de police était trop ambitieuse pour laisser les rumeurs et les ragots de bureau ruiner sa réputation, et elle était devenue une amie proche de Kay et Adam au cours des derniers mois. Ils avaient organisé quelques barbecues dans le jardin depuis le début de l'été, et le reste de l'équipe y avait souvent participé. Carys n'avait jamais abordé le sujet de la fausse couche de Kay à ces occasions, donc cela n'avait pas de sens qu'elle commence maintenant.

— Si ce n'est pas Carys, alors je ne vois pas qui ça pourrait être.

— Tu devrais peut-être avoir une discussion avec Carys, arranger les choses avec elle, et voir si elle a une idée de comment ça a commencé.

— Ouais.

Il se pencha en avant et enveloppa ses doigts autour de son avant-bras.

— Ça va aller ? Je ne sais pas pour toi, mais quand les ragots commencent chez nous, ça s'arrête généralement après quelques jours quand les gens trouvent autre chose dont parler.

— Je pense que oui. C'est plus le choc qu'autre chose.

Son téléphone portable commença à vibrer sur le comptoir et Adam retira sa main après avoir donné une rapide pression sur son bras.

— Tu ferais mieux de répondre. Je vais préparer la salade.

Elle sourit et tendit la main vers son téléphone, un nom familier s'affichant à l'écran.

— Salut. Qu'est-ce qui se passe ?

— J'ai trouvé des informations intéressantes sur Blake Hamilton, dit Barnes. Selon les informations initiales que nous avons reçues de sa banque, il a effectué un retrait en espèces important au cours des quatre dernières semaines.

— Pourquoi Blake Hamilton ferait-il des transactions en espèces ? Son entreprise n'en a pas besoin. Ce ne sont que des fusions et acquisitions, et j'ai eu l'impression qu'il gagnait son argent en acquérant des actions dans des entreprises.

— Exactement, et je vais en parler à Sharp demain matin pour attirer son attention là-dessus. Ça vaudrait le coup de questionner Hamilton à ce sujet, parce que c'est tellement inhabituel. Toutes les autres transactions sur les relevés semblent assez normales.

— J'aurais pensé que quelqu'un dans son domaine d'activité ne pourrait pas retirer de grosses sommes d'argent sans avoir à déclarer à quoi elles étaient destinées. De combien parle-t-on ?

— Six mille livres.

Kay émit un long sifflement.

— Y a-t-il un moyen de savoir où cet argent est allé ?

— Pas à partir des relevés.

— D'accord. Eh bien, comme tu dis, parles-en à Sharp dès demain matin pour qu'il puisse interroger Hamilton à ce sujet. Peu importe que cela ait un rapport ou non avec le meurtre de Sophie, nous devrions quand même enquêter là-dessus.

— Je m'en occupe. À demain matin.

Kay mit fin à l'appel et fit glisser le téléphone sur le comptoir.

— Tout va bien ?

Kay soupira et vida son verre.

— L'intrigue s'épaissit, dit-elle. Et rien n'est simple dans cette affaire.

CHAPITRE 33

Quand Kay arriva au travail le lendemain matin, la circulation était embouteillée le long de College Road et, réalisant qu'elle allait être en retard pour le briefing, elle abandonna tout espoir d'atteindre le poste de police à temps et se gara plutôt près du Palais épiscopal avant de parcourir le reste du chemin à pied.

Les gaz d'échappement flottaient dans l'air tandis que des conducteurs impatients klaxonnaient et essayaient de changer de voie dans une tentative de manœuvrer autour du périphérique.

En traversant la route, les briques sombres du poste de police apparurent et sa mâchoire se décrocha lorsqu'elle vit la cause des retards.

Deux camionnettes de télévision étaient garées en

face du commissariat, les caméras des équipes pointées vers les marches d'entrée du bâtiment tout en capturant les reportages excités des journalistes debout devant elles. À côté, un groupe de reporters se tenait avec des smartphones prêts à prendre des photos et à enregistrer les allées et venues du personnel en uniforme.

Perplexe, elle essaya de se rappeler si elle avait vu un avis ou un e-mail indiquant que la commissaire devait faire une déclaration aux médias, car il était rare de voir un si grand rassemblement de journalistes au poste de police. Normalement, on pouvait les trouver en train de traîner autour du quartier général de la police à la recherche d'un scoop, mais pas ici.

Elle garda la tête baissée et se dépêcha de contourner le bâtiment, passant sa carte contre le panneau de sécurité et se précipitant à travers le portail de sécurité lorsqu'il s'ouvrit plutôt que d'essayer de se frayer un chemin parmi les journalistes sur les marches d'entrée.

Elle passa de nouveau sa carte pour entrer dans le bâtiment par la porte latérale et se dirigea vers une salle des opérations morose. Les visages se tournèrent à son entrée, et son cœur s'emballa alors qu'elle sentait le changement d'ambiance.

Elle retint son souffle et glissa son sac à main

sous son bureau, se demandant ce qui s'était passé, mais ayant peur de demander.

Elle n'eut pas à attendre longtemps.

Le commandant divisionnaire Larch apparut depuis le bureau de Sharp.

— Venez ici, Hunter. Immédiatement.

Elle croisa le regard de Barnes en passant devant son bureau, mais il secoua la tête.

— Je te retrouve dehors après, murmura-t-il. On doit parler.

Alors qu'elle entrait dans le bureau de Sharp, Larch claqua la porte.

Sharp était adossé au mur, les mains dans les poches, le visage gris.

— Que se passe-t-il ?

Larch pointa l'une des chaises visiteurs à côté du bureau.

— Asseyez-vous.

Larch passa devant elle, saisit un journal sur le bureau de Sharp et le lui mit sous le nez.

Son cœur se serra en lisant le gros titre.

Un éminent homme d'affaires local lié à un meurtre dans la haute société.

— Pourriez-vous vous expliquer, Hunter ?

— Rien à expliquer, monsieur. Cela ne vient pas de moi.

Il la regarda avec mépris.

— Lisez le quatrième paragraphe.

Elle déglutit, ses yeux survolant les mots.

L'inspectrice Kay Hunter a confirmé que la police enquêtait sur un important retrait d'espèces effectué par Blake Hamilton dans les semaines précédant la mort de Sophie Whittaker.

— Je n'ai jamais parlé à la presse, dit-elle, essayant d'empêcher sa voix de trembler. Nous avons des politiques et des procédures qui définissent très clairement comment les médias seront tenus informés pendant l'enquête sur le meurtre. Et vous, monsieur, avez clairement indiqué à quel point il est important que cette affaire reste en dehors de la presse étant donné les parties impliquées.

— Alors comment expliquez-vous cela, Hunter ?

— Je ne peux pas l'expliquer. Il y a évidemment une fuite ici, mais ce n'est pas moi. Quelqu'un essaie de me piéger.

Larch jeta le journal sur le bureau et pivota sur ses talons pour lui faire face à nouveau.

— J'ai une réunion avec la commissaire dans cinq minutes. Je serais très surpris si vous ne vous retrouviez pas face à une nouvelle enquête des normes professionnelles à cause de cela.

Il se dirigea vers la porte et l'ouvrit brusquement,

la claquant derrière lui, le panneau de verre dépoli au milieu tremblant sous la force.

Sharp finit par s'écarter du mur et traversa la pièce jusqu'au bureau avant de s'affaisser dans la chaise à côté de Kay.

— Je ne suis pas la source de la fuite.

— Je vous crois, mais quelqu'un l'est et il est déterminé à faire croire que c'était vous. Avez-vous une idée de qui cela pourrait être ?

Kay réprima sa panique, ses pensées se tournant vers les paroles cryptiques de Barnes avant qu'elle n'entre dans le bureau.

Était-il la source de la fuite ?

Ou quelqu'un essayait-il de déchirer l'équipe, la forçant à se demander à qui elle pouvait faire confiance ?

Et pourquoi ?

— Non, je n'en ai pas, dit-elle finalement. Je n'arrive pas à croire que quelqu'un dans cette salle des opérations nous ferait ça, me ferait ça.

— Je vais passer quelques coups de fil. Je vais parler à la journaliste qui a écrit cet article, et voir si je peux découvrir à qui elle a parlé. Si ce n'était pas vous, et si quelqu'un a contacté le journal en se faisant passer pour un officier de police, je veux que cela soit enquêté.

CHAPITRE 34

Le téléphone portable de Kay vibra alors qu'elle fermait la porte du bureau de Sharp.

Elle jeta un coup d'œil et vit que c'était le numéro de Barnes, puis elle ouvrit le message qu'il lui avait envoyé.

On est dans le café un peu plus loin. Viens dès que tu peux. Café commandé.

Kay attrapa son sac et se précipita hors de la salle des opérations avant qu'un membre de l'équipe administrative ne puisse l'arrêter. Elle quitta le bâtiment par la porte de derrière et longea le côté avant de traverser la route pendant une accalmie dans la circulation, puis elle se dirigea vers Gabriel's Hill.

Il lui fallut cinq minutes pour atteindre le café que l'équipe fréquentait, et lorsqu'elle poussa la porte, elle aperçut Barnes assis avec Gavin et Carys à une table près du fond. Gavin se retourna lorsqu'elle ferma la porte derrière elle et pointa du doigt une tasse de café devant le siège vide à côté de lui.

— Merci, dit Kay en posant son sac par terre et en s'asseyant. Qu'est-ce qui se passe ?

— On allait te poser la même question.

Barnes fit un signe de tête vers la porte.

— On sait tous que tu n'es pas responsable de la présence des vautours dehors ce matin, et ce n'était certainement pas moi.

Kay esquissa un petit sourire. Elle se tourna vers Carys.

— Je dois te présenter mes excuses. Je me rends compte que ce n'était pas toi qui as propagé les rumeurs sur ma fausse couche. J'aurais dû m'en douter.

Le soulagement se lut sur le visage de Carys avant qu'elle ne fronce les sourcils.

— Mais qui donc répand ces rumeurs sur toi, alors ? Qui a divulgué l'histoire des Hamilton aux médias ?

— Je ne sais pas. Mais qui que ce soit, cette personne semble déterminée à me rendre la vie difficile, n'est-ce pas ?

Elle but une gorgée de son café pendant que

l'équipe digérait ses paroles.

— Je parie que c'est Larch, dit Gavin. Depuis que j'ai rejoint cette équipe, il t'en veut. Bien sûr, j'ai entendu parler de l'enquête des normes professionnelles te concernant, mais tu as été blanchie de tout acte répréhensible. Je ne t'ai jamais vue agir autrement que de manière professionnelle.

Il secoua la tête.

— Je ne comprends vraiment pas quel est son problème.

— Je suppose que la question est : qu'allons-nous faire à ce sujet ? dit Carys.

— On reste soudés, dit Barnes. Pour une raison quelconque, quelqu'un ne veut pas que cette équipe travaille ensemble. Quelqu'un a une idée de la raison ?

Kay prit une autre gorgée de son café pour ne pas avoir à répondre.

Elle ne pouvait s'empêcher de se rappeler sa conversation avec Adam quelques soirs auparavant, quand elle lui avait dit qu'elle avait l'intention de reprendre ses propres enquêtes sur Demiri. Était-il possible qu'elle ait d'une manière ou d'une autre déclenché les événements qui avaient affecté l'équipe depuis ?

Et si c'était le cas, comment ses ennemis le

savaient-ils ? Comment obtenaient-ils ces informations pour les transmettre à la salle des opérations et aux médias ?

— Je n'en ai aucune idée, finit-elle par dire.

———————

Kay leva les yeux de son bureau lorsque la porte de la salle des opérations s'ouvrit et que Harriet Baker entra à grands pas.

— Qu'est-ce que tu fais ici ? Je croyais que tu allais envoyer ton rapport par e-mail.

En guise de réponse, Harriet brandit une mallette dans sa main droite, puis pointa du doigt le bureau de Sharp.

— Je voulais le livrer personnellement. Tu voudras peut-être écouter.

Kay repoussa sa chaise et la suivit à travers la pièce.

Sharp ouvrait déjà la porte de son bureau quand elles approchèrent.

— Que se passe-t-il ?

— J'ai les résultats des tests de l'échantillon de sang sur le club de golf, dit Harriet. Ce n'est pas celui de Sophie.

Sharp les fit entrer toutes les deux dans son

bureau et ferma la porte. Il leur fit signe de s'asseoir sur les deux chaises devant son bureau et attendit pendant que Harriet posait sa mallette sur le bureau, l'ouvrait et en sortait un dossier.

Elle en sortit trois jeux de documents et en passa un à Sharp et un à Kay.

— Vous pourrez lire le rapport complet à votre guise. Allez à la page trois, et je vais vous expliquer.

Elle attendit qu'ils la rattrapent.

— Nous avons prélevé des échantillons sur la tête du club de golf et effectué une comparaison avec un échantillon de sang prélevé sur le corps de Sophie. Les résultats sont revenus et ont confirmé qu'il n'y a pas de correspondance ADN.

— Alors, à qui appartient ce sang ? demanda Kay.

— Il est de nature mammifère. Je suggérerais un petit animal, peut-être un rat ou un lapin.

— Merde, dit Sharp. Josh disait la vérité. On est revenus à la case départ.

— Pas tout à fait, dit Harriet.

Elle prit un rapport différent et pointa du doigt un paragraphe vers la fin.

— Ces braseros que les premiers intervenants ont eu le bon sens d'étouffer ? Nous avons trouvé les restes d'un rouleau à pâtisserie enfoncé sur le côté de l'un d'eux. Il a dû être placé là quelques instants avant qu'Eva Shepparton ne soit tombée sur le corps de Sophie car il n'était que partiellement détruit.

— L'arme du crime ?

— Oui. Il n'y avait pas grand-chose à exploiter, mais nous avons trouvé une trace du sang de Sophie sur l'extrémité qui n'était pas dans les flammes, causée par des éclaboussures de l'impact sur son visage.

Kay plissa le nez en feuilletant le rapport.

— Des empreintes digitales ?

— Non, désolée. Nous avons trouvé des matériaux brûlés dans le même brasero ; les tests ont révélé qu'il s'agissait de laine.

— Des vêtements ? Donc, le meurtrier a effectivement eu du sang sur lui mais a essayé de se débarrasser des preuves.

— C'est ce que je pense.

Sharp se pinça l'arête du nez et ferma les yeux.

— Une chose à la fois. Hunter, préparez les documents pour libérer Blake et Josh Hamilton de leur garde à vue. Je vais aller annoncer à Larch que nous les relâchons compte tenu des nouvelles preuves concernant le club de golf. Nous allons poursuivre nos recherches avec ce que Harriet et son équipe ont trouvé dans le brasero.

— Il y a encore une chose, Devon, dit Harriet.

Nous avons trouvé une empreinte de pas partielle sous l'un des buissons de rhododendrons. Elle est trop petite pour placer Peter Evans sur la scène, et ce n'est pas celle d'Eva Shepparton.

— Ça pourrait être l'un des invités ou des parents qui se sont précipités là-bas avant l'arrivée des agents.

— Larch ne va pas aimer ça, dit Kay. Peter était son principal suspect.

— Mais nous avons toujours le sang de Sophie et ses vêtements dans son appartement, dit Sharp, alors ne l'écartons pas encore.

— Il y a autre chose, dit Harriet. Nous avons effectué d'autres tests et simulations en utilisant les traces de sang trouvées sur le rouleau à pâtisserie, et nous sommes certains que, qui que soit votre suspect, il est gaucher. C'est la façon dont l'arme a été utilisée pour frapper Sophie.

Sharp fronça les sourcils.

— Blake et Josh Hamilton sont tous les deux droitiers. Je l'ai remarqué quand ils ont signé avec le sergent de garde hier.

— Le tueur aurait-il pu masquer son identité en utilisant une main différente ? demanda Kay.

Harriet secoua la tête.

— J'y ai pensé, mais je n'en suis pas convaincue. Lucas confirme dans son rapport d'autopsie qu'un seul coup au visage a suffi pour tuer Sophie. Le tueur aurait dû agir vite. Je ne pense pas qu'il aurait eu le temps de songer à changer de main pour masquer son identité.

Sharp se gratta le menton.

— J'ai demandé à Barnes et Carys d'examiner les déclarations des témoins de la soirée ce matin. Personne ne se souvient avoir vu quelqu'un se promener avec une arme quelconque.

— Et si le tueur avait caché le rouleau à pâtisserie dans les buissons de rhododendrons à l'avance ? Et qu'il avait ensuite attiré Sophie là-bas d'une manière ou d'une autre, pour la tuer ? suggéra Kay.

— Ça aurait du sens, acquiesça Harriet en repoussant ses cheveux de ses yeux et en clignant des paupières. Nous n'avons trouvé aucune fibre de vêtement sur les buissons autour de l'endroit où Sophie a été découverte. Il avait plu la veille, ce qui aurait pu rendre les branches plus souples.

— Je n'ai remarqué aucune égratignure sur les bras de Blake ou de Josh Hamilton non plus, ajouta Sharp.

Il nota quelque chose dans son carnet, puis jeta son stylo sur le côté.

— Je ferais mieux d'aller annoncer la nouvelle à Larch.

CHAPITRE 35

Kay mordillait le bout de son ongle en fixant l'écran de l'ordinateur.

Dans la salle d'interrogatoire, Sharp avait placé un bloc-notes et un stylo sur la table devant lui.

En face, Blake Hamilton était assis avec son avocat, une expression de pur mépris sur ses traits.

Il avait protesté, avait rapporté Sharp la veille, à l'annonce qu'il serait gardé en cellule pour la nuit et il avait tenté d'utiliser la menace des relations personnelles de son avocat pour persuader la police de les mettre, lui et son fils, dans une chambre d'hôtel pour la nuit.

La suggestion avait été accueillie avec dédain, et maintenant l'Américain semblait bouder après une nuit sur une couchette de cellule.

Larch n'attendit pas que Sharp s'installe dans son siège avant d'annoncer à Hamilton qu'il était libéré.

Blake cligna des yeux.

— Pardon ?

— Vous êtes libre de partir, sous réserve d'enquêtes complémentaires, dit Sharp. Nous demanderons cependant que vous soyez accompagné chez vous par des agents de police et que vous leur remettiez vos passeports ainsi que celui de Josh.

— Quoi ? Vous voulez dire que j'ai passé une nuit en cellule pour rien ?

Il fusilla Larch du regard.

— Eh bien ?

— Nous avons reçu de nouvelles informations ce matin qui ont modifié le cours de notre enquête, dit le commandant divisionnaire.

Il tourna son attention vers Giles Fordingham.

— Je suis sûr que vous comprenez ?

— Hé, ne le regardez pas. Ce n'est pas lui qui a passé la nuit ici, dit Blake. Et pourquoi diable avez-vous besoin de nos...

La compréhension traversa son visage.

— Oh, bon sang. Vous pensez vraiment qu'on va prendre la fuite ? Je dirige une entreprise prospère, et comme je vous l'ai répété à maintes reprises, je ne suis pas coupable. Pas plus que mon fils.

Il pivota sur sa chaise pour faire face à Fordingham.

— C'est ridicule.

Fordingham secoua légèrement la tête, puis s'éclaircit la gorge.

— Inspecteur, êtes-vous sûr que cela soit nécessaire ? Mon client est un pilier de son église locale, n'a jamais eu de problèmes avec la loi auparavant, et comme il le dit, il dirige une entreprise prospère qui l'oblige à se rendre régulièrement sur le continent.

Kay retint son souffle.

— Je suis désolé, monsieur Fordingham, dit Larch. Monsieur Hamilton, nous aurons besoin de vos passeports jusqu'à la conclusion de cette enquête.

— Et combien de temps cela va-t-il prendre ?

— Je crains de ne pas pouvoir répondre à cette question.

Blake leva les bras et renifla avec dédain.

— C'est vraiment parfait. Comment diable suis-je censé gérer mon entreprise si je ne peux pas rencontrer mes clients internationaux ?

— Il existe des installations de vidéoconférence dans la plupart des bureaux, dit Sharp. Ou Skype.

Dans la salle d'observation, Kay renifla du café par le nez et, suffoquant, tendit la main vers une boîte de mouchoirs sur le bureau, les yeux larmoyants.

— Avons-nous terminé ici ?

— Nous avons terminé.

Blake éloigna sa chaise de la table et attendit que Sharp lui ouvre la porte.

— Vous n'avez pas fini d'entendre parler de moi, inspecteur.

Larch serra la main de Giles Fordingham, chacun d'eux laissant retomber sa main le long de son corps aussi vite que possible, puis ils suivirent Blake hors de la pièce.

Kay se pencha en avant et éteignit le moniteur.

Dans le couloir, la voix de Blake Hamilton résonnait contre les murs alors qu'il se plaignait bruyamment à son avocat de la façon dont lui et son fils avaient été traités.

Finalement, les voix s'estompèrent, et elle jeta un coup d'œil par la porte.

Sharp s'appuyait contre le mur opposé, les mains dans les poches.

— On n'a pas fini d'en entendre parler, n'est-ce pas ? dit-elle.

— Je ne m'en inquiéterais pas. Je ne pense pas que Blake Hamilton risquera sa réputation professionnelle pour téléphoner au très honorable

Richard Fremchurch et lui dire qu'il a passé la nuit en garde à vue. Et son avocat est tenu par le secret professionnel, donc même s'il est le beau-frère des contacts estimés de Larch, il ne dira rien.

Kay relâcha ses épaules et sortit dans le couloir, ferma la porte derrière elle et le suivit alors qu'il commençait à retourner vers la salle des opérations.

— Quelle est la suite ?

— Harriet et Lucas ont confirmé que tous leurs tests étaient terminés ; ils attendent maintenant les résultats.

Il s'arrêta à la porte.

— Je vais appeler Lucas pour lui demander de remettre le corps de Sophie à sa famille.

— Vous voulez que j'organise une rencontre avec eux là-bas ?

— Oui, il vaut probablement mieux que vous y alliez une fois que Debbie aura tout réglé de ce côté-ci.

— D'accord.

— Vous devriez peut-être rentrer chez vous pour vous changer d'abord, cependant.

— Pardon ?

Il haussa un sourcil vers elle et tapota du doigt un endroit sur sa poitrine.

— Vous avez du café sur votre chemisier.

— Vous avez dit à Hamilton d'utiliser Skype.

CHAPITRE 36

Kay s'appuya contre le mur de la salle d'attente et déglutit, luttant contre l'envie de fuir.

Elle était arrivée depuis seulement cinq minutes, empruntant un itinéraire détourné qui lui garantissait de ne pas être en retard, ni trop en avance.

Debbie West avait reçu un appel d'un entrepreneur de pompes funèbres local de Maidstone ce matin-là après le briefing. L'homme l'avait informée que les Whittaker avaient été prévenus que le médecin légiste avait terminé ses rapports sur la mort de Sophie, et ses parents souhaitaient organiser la libération du corps de leur unique enfant de la morgue pour l'enterrement.

Maintenant, Kay regrettait de ne pas avoir délégué cette tâche à quelqu'un comme Gavin.

Elle ne savait que trop bien à quel point ce serait difficile pour les Whittaker de dire adieu à leur fille.

Après avoir garé sa voiture aussi loin que possible des bâtiments de l'hôpital, Kay prit son temps pour se diriger vers les portes d'entrée. Elle avait choisi de prendre les escaliers plutôt que l'ascenseur pour monter au deuxième étage où se trouvait la morgue.

Tout pour retarder le moment où elle devrait franchir les portes et entrer dans le petit bureau où travaillaient les associés du médecin légiste.

Elle se présenta, déclina l'offre d'un siège et promena son regard autour de la pièce tandis que les deux femmes répondaient au téléphone et traitaient la myriade de paperasserie impliquée dans la gestion administrative du service médico-légal de Sa Majesté pour le comté de Kent.

En plus d'avoir une charge de travail provenant de la police du Kent, l'équipe médico-légale était également tenue de fournir ses services à l'hôpital chaque fois que la cause d'un décès était inconnue, ou lorsqu'un décès survenait subitement sans raison apparente.

Par expérience, Kay savait que la salle de la morgue elle-même était exiguë et limitée en espace, surtout pendant les mois d'hiver. Elle espérait pour le bien du médecin légiste et de ses assistants qu'ils traversaient actuellement une période plus calme. Il y avait eu des occasions où elle avait assisté à des autopsies sur le site alors même que les réfrigérateurs temporaires étaient bondés.

Elle leva les yeux en entendant des voix dans le couloir.

La porte vitrée à sa gauche s'ouvrit et Matthew Whittaker se mit de côté pour laisser passer sa femme en premier.

Le visage de la femme était vidé de toute couleur, et alors que Kay rajustait sa veste et traversait la zone de réception pour aller vers elle, elle remarqua que les traits de Matthew étaient tout aussi pâles.

— Merci d'être venue, détective, dit-il en lui serrant la main. Nous apprécions.

Ils se retournèrent lorsque la porte s'ouvrit à nouveau, et un homme en costume gris foncé apparut, son crâne chauve brillant sous les spots encastrés dans le plafond.

— Lady Griffith, monsieur Whittaker, dit-il en leur serrant la main à tous les deux, je suis désolé si je vous ai fait attendre.

— Pas du tout, Henry, nous venons d'arriver, dit Diane.

Elle fit un geste vers Kay.

— Détective Hunter, voici Henry Alderley, d'*Alderley and Sons*.

Kay serra la main du directeur des pompes funèbres et résista à l'envie de laisser échapper un soupir de soulagement. Jusqu'à son apparition, elle n'avait même pas pensé que cela aurait pu être le même entrepreneur de pompes funèbres auquel elle et Adam s'étaient adressés pour obtenir des conseils il y avait près d'un an.

Cependant, l'homme âgé devant elle était un parfait inconnu, et elle laissa les voix la submerger tandis qu'il expliquait aux Whittaker les étapes nécessaires pour libérer le corps de Sophie.

Elle sursauta d'attention lorsque le directeur des pompes funèbres se tourna vers elle.

— Tous les documents sont ici, dit-il. Nous avons l'autorisation de retrait de la défunte, et l'ordre d'inhumation du médecin légiste a été signé.

Il prit un document de la main tendue d'une des employées administratives et le montra.

Kay hocha la tête. Elle savait que Debbie avait essayé de persuader les Whittaker de laisser le directeur des pompes funèbres rencontrer Kay à l'hôpital, les assurant qu'il n'était pas nécessaire qu'ils soient présents.

Cependant, Diane Whittaker avait été catégorique

sur le fait qu'elle serait là pour récupérer sa fille, ce que Kay pouvait comprendre. Elle se tourna vers la femme, qui s'accrochait au bras de son mari, les yeux écarquillés.

— Je crois qu'il y a quelques papiers à signer, et ensuite M. Alderley s'occupera de Sophie à partir de là, dit-elle.

Matthew Whittaker fit un pas en avant.

— Que dois-je signer ? dit-il, la voix tremblante.

— Tout a été pris en charge, dit Alderley, les mains jointes devant lui. J'ai signé toute la documentation pour libérer le corps de Sophie sous ma responsabilité. Vous n'avez plus rien à faire.

— Je veux la voir.

Le cœur de Kay se serra. Les paroles de Diane Whittaker étaient ce qu'elle craignait d'entendre.

— Lady Griffith, je comprends que vous souhaitiez voir Sophie une dernière fois, dit Alderley avant que Kay ne puisse parler. Cependant, si je peux me permettre de suggérer respectueusement, il serait probablement préférable que vous ne le fassiez pas.

Son visage s'adoucit.

— Comprenez, s'il vous plaît, que cela vous aidera à faire votre deuil si vous vous souvenez d'elle telle qu'elle était toujours, pas comme maintenant.

Diane gémit.

— Il a raison, dit Matthew. Je veux me souvenir de ma jolie fille telle qu'elle était cet après-midi-là. Je ne pourrais pas le supporter. Je ne veux pas me rappeler ce que ce monstre lui a fait.

Diane murmura son accord, et Kay poussa un soupir de soulagement. Ses yeux croisèrent ceux d'Alderley, et il lui fit un léger signe de tête.

— Ferez-vous les arrangements nécessaires ? demanda-t-elle.

— Bien sûr, dit-il. Si vous voulez bien escorter les Whittaker à l'extérieur, je vais m'occuper de tout à partir d'ici.

Tandis que Kay guidait les parents de Sophie le long du couloir en s'éloignant de la morgue, Diane tamponnait ses yeux avec un mouchoir, la main de Matthew serrée autour de la sienne.

Ils quittèrent le bâtiment en silence, ne parlant pas jusqu'à ce qu'ils atteignent le parking.

— Détective, votre supérieur nous a téléphoné ce matin.

— L'inspecteur Sharp ?

— Non, dit Matthew. Le commandant divisionnaire Larch. Il a dit qu'il voulait que nous invitions certains de ses officiers aux funérailles de Sophie.

— Oh ?

— Oui, il a dit qu'il pensait que ce serait prudent, au cas où quelqu'un là-bas voudrait vous parler, au cas où quelqu'un se serait souvenu de quelque chose.

Diane soupira bruyamment et agita la main.

— Bien sûr, nous lui avons dit que ce n'était pas nécessaire. Ce sera déjà assez difficile comme ça avec les médias locaux présents, mais quand il a entendu ça, il a insisté, il a dit qu'au moins vous pourriez les empêcher de nous approcher.

— Les médias locaux ?

— D'une manière ou d'une autre, ils ont découvert les dispositions pour les funérailles, dit Matthew.

Son visage rougit de colère.

— Je ne sais pas comment, mais ils l'ont fait.

— Eh bien, je suppose que lorsqu'une famille est présente dans la région depuis des siècles, c'est un peu un choc à digérer pour les habitants, dit Diane. J'imagine que comme ils ne peuvent pas tous assister aux funérailles de Sophie, ils pourront au moins les voir à la télévision.

Kay se mordit la lèvre. Elle ne se faisait pas confiance pour parler, malgré les mots qui s'étaient immédiatement formés dans sa tête. Sans aucun doute, Diane Whittaker avait prévenu les médias – dans le seul but d'attirer l'attention sur elle-même.

— Nous ferions mieux d'y aller, dit Matthew.

Kay regarda le couple traverser le parking en s'éloignant d'elle, puis elle attendit que la voiture quitte l'enceinte de l'hôpital avant de se diriger vers son propre véhicule.

La dernière chose qu'elle voulait faire était d'assister à un autre enterrement, mais il semblait que Larch avait ses propres plans pour elle et l'équipe.

Des plans qu'il n'avait pas jugé bon de partager avec elle ce matin-là.

Elle soupira et tourna la clé dans le contact.

La semaine allait être longue.

CHAPITRE 37

Lorsque Kay revint dans la salle des opérations, une atmosphère maussade régnait et la porte du bureau de Sharp était fermée.

— Que se passe-t-il ? demanda-t-elle à Barnes en tapant son mot de passe sur son ordinateur.

— Jude Martin du ministère public est passé, dit-il. Ils ont recommandé qu'on abandonne toutes les charges contre Peter Evans. Larch était furieux.

— Je m'en doute.

Kay pouvait bien imaginer la colère du commandant divisionnaire face au tournant qu'avait pris l'enquête. Elle n'avait que peu de sympathie pour ses motivations cependant – tout ce qui préoccupait Larch, c'étaient ses objectifs de performance et sa position politique au sein de la communauté. Il ne montrait généralement aucun dévouement envers l'équipe d'enquête, malgré la frustration causée par les rebondissements de l'affaire.

— Et maintenant ? demanda-t-elle.

— Sharp nous a demandé de réexaminer les finances de l'entreprise de Matthew Whittaker, pour voir si ça nous éclaire.

Barnes soupira.

— Même si personne ne comprend pourquoi un type tuerait sa fille juste parce que son entreprise part en vrille. On tourne en rond, Kay.

— Hm. Tu as raison. Tu sais, pour quelqu'un qui avait fait un vœu de pureté, Sophie ne semblait pas être l'adolescente la plus chaste, n'est-ce pas ?

— Tu penses qu'elle menait quelqu'un d'autre en bateau ?

— En plus de Peter Evans et Josh Hamilton ?

Elle haussa les épaules.

— Qui sait ? Gavin et Carys ont passé deux jours à l'école à interroger ses camarades de classe ; ils n'étaient même pas au courant pour Peter, donc j'imagine que s'il y avait quelqu'un d'autre, elle n'en parlait à personne.

— Qu'est-ce qui rendait Eva Shepparton si différente, alors ? dit Barnes. Pourquoi lui dire à elle ?

— Le désespoir ? Eva a dit à Carys que Sophie

n'avait appris qu'elle était enceinte que la veille de la fête ; peut-être que Sophie l'a laissé échapper sans le vouloir.

— Et son meurtrier l'a entendue et a agi sur un coup de tête ?

Kay se frotta l'œil.

— On va devoir repasser toutes les déclarations des invités de la fête, n'est-ce pas ?

— Je vais chercher le café.

— Merci.

Kay leva les yeux vers Gavin qui s'approchait de son bureau.

— Qu'est-ce qu'il y a ?

L'enquêteur en période d'essai brandit une impression de la base de données HOLMES2.

— J'ai passé en revue la liste des objets que les enquêteurs de la Crim' ont répertoriés lors de la perquisition de la maison des Whittaker. Il y avait une petite clé trouvée dans la table de chevet de la chambre de Sophie.

Kay fronça les sourcils et prit les pages.

— Une idée de ce à quoi elle sert ?

— Non. Je pense que tout le monde a été tellement occupé par d'autres aspects de cette affaire que ça n'a pas encore été examiné correctement.

— D'accord, envoie des descriptions et des

photos à toutes les banques locales, vérifie auprès de l'école si ça correspond à son casier là-bas, et appelle aussi les bureaux de poste locaux. Ça pourrait être pour une boîte postale ou quelque chose comme ça.

— J'espère. On aurait vraiment besoin d'une avancée.

———

— Duncan ? Que fais-tu ici ?

Courtney Hamilton s'accrochait à la porte d'entrée, clignant des yeux dans la lumière vive du soleil.

— Blake est là ?

Il essaya de regarder derrière la porte, mais elle resta plantée sur le seuil.

— Qu'est-ce que tu veux ?

— Je dois parler à Blake. C'est urgent.

— Il vient juste de rentrer, dit-elle. Ça ne peut pas attendre ?

— Non.

— Qui est-ce ?

Elle jeta un coup d'œil par-dessus son épaule, puis la porte s'ouvrit complètement.

— Duncan.

Blake se tenait au bas de l'escalier, les cheveux en désordre et sa chemise sortie de son pantalon.

— On ne devait pas se voir avant la semaine prochaine, non ?

L'Américain fronça les sourcils et passa sa main dans ses cheveux, essayant d'aplatir une mèche qui dépassait derrière son oreille, puis abandonna.

— Je m'en occupe, chérie, va t'occuper dans la cuisine.

— Tu es sûr ? Je—

— Vas-y.

Duncan attendit qu'elle ait disparu de vue, puis se retourna vers Blake.

— Où diable étais-tu ?

— La police m'a emmené avec Josh pour nous interroger.

— Vous interroger ? Pourquoi ?

— Ils ont trouvé quelque chose. Ici. Ils pensaient que c'était l'arme du crime.

— Est-ce que... est-ce que tu—

— Bien sûr que non.

Blake examina un de ses ongles.

— Il a simplement fallu du temps pour les en convaincre.

Ses yeux croisèrent ceux de Duncan tandis qu'il baissait la main.

— Qu'est-ce que tu fais ici, d'ailleurs ?

— Je dois te parler.

— De quoi ?

Pour toute réponse, Duncan sortit l'enveloppe blanche de la poche de sa chemise et la brandit devant l'autre homme.

Blake l'ignora, refusant de la prendre, alors Duncan ouvrit l'enveloppe et en sortit l'unique page qu'elle contenait, l'agitant devant les yeux de l'autre homme.

— Ça ne s'est pas arrêté. Tu l'as tuée, et ça ne s'est pas arrêté !

— Je ne l'ai pas tuée, siffla Blake.

Il jeta un coup d'œil par-dessus son épaule, puis poussa Duncan dans la pièce qu'il utilisait comme bureau à l'avant de la maison.

La lumière du soleil baignait l'espace, les stores verticaux créant une silhouette rayée sur le mur opposé, qui abritait une grande collection de certificats et de récompenses, entrecoupés de photographies de Blake souriant à l'objectif en serrant la main de divers dignitaires, politiciens et célébrités de seconde zone.

Duncan ignora tout cela.

— Qui d'autre était au courant pour les lettres, Blake ?

L'Américain secoua la tête.

— Personne. Seulement toi et moi, et celui qui est derrière tout ça.

— Tu as dit que c'était Sophie Whittaker.

— Non, j'ai dit que je pensais que ça *pouvait* être Sophie Whittaker.

Ses sourcils se levèrent brusquement.

— Nom de Dieu, ne me dis pas que c'est toi qui l'as tuée ?

Duncan lui lança un regard peiné.

— Blake, je t'en prie, ne blasphème pas. Bien sûr que ce n'était pas moi ! Comment peux-tu seulement poser la question ?

— Eh bien, tu as très certainement un mobile.

Duncan déglutit. Hamilton ne savait pas la moitié de l'histoire, et il n'allait certainement pas l'éclairer.

— Ce n'est pas vrai.

— Allez, Duncan, tu penserais la même chose si tu étais à ma place.

— Tu sais, si tu avais changé d'avis et que tu voulais récupérer ton argent, tu aurais pu simplement demander. Tu n'avais pas besoin d'en arriver là.

— Ce n'est pas moi, répondit Blake en haussant les épaules. De toute façon, j'avais fait une croix sur cet argent. Je sais que ça ne s'est pas passé comme prévu, mais on n'y peut plus rien maintenant. C'est du passé.

— J'aimerais que ça ne soit jamais arrivé.

— Il est un peu tard pour ça.

— Ça pourrait nuire à ma carrière si ça venait à se savoir !

— Ça ne peut pas être à propos de nous. Sinon, pourquoi est-ce que je n'aurais pas été visé cette fois-ci ?

Duncan se pinça l'arête du nez et essaya de se concentrer, luttant contre le sentiment de panique qui menaçait de prendre le pas sur le bon sens.

— Peut-être que cette personne ne sait rien de toi.

Blake s'approcha du bureau à l'autre bout de la pièce et fit glisser ses doigts sur la surface polie.

— Alors, comment ont-ils découvert ton implication ?

Duncan s'enfonça dans l'un des fauteuils face au bureau et laissa son regard parcourir la tranche unique de tronc d'arbre que Blake avait commandée spécialement à une scierie canadienne, les spirales et les yeux béants de la surface naturelle laissés en place et polis jusqu'à briller intensément.

Il détourna le regard.

— Je ne sais pas.

— Eh bien, je te suggère d'y réfléchir sérieusement, dit Hamilton. Je n'en ai aucune idée.

Duncan remit la page dans l'enveloppe et la fourra dans sa poche.

— Ça ne s'est pas arrêté. Elle est morte, et ça n'a pas cessé. Elle devait travailler avec quelqu'un d'autre, Blake !

— Ou ce n'était peut-être pas Sophie Whittaker qui nous faisait chanter en premier lieu.

Duncan se pencha en avant, la tête entre les mains.

— Qu'ai-je fait ?

CHAPITRE 38

Kay mordillait la peau autour de son pouce et essayait de se concentrer sur ce qui était dit aux informations télévisées.

Au lieu de cela, ses pensées se tournèrent vers les événements récents au travail et le fait qu'elle ne savait plus à qui elle pouvait faire confiance. Elle se sentait trahie, d'autant plus que la petite équipe s'était si bien soudée au cours des derniers mois.

Elle ne comprenait pas comment la nouvelle de sa fausse couche avait pu être révélée si ce n'était pas Carys qui en avait parlé. Elle ne voulait pas croire que Carys était à l'origine de la fuite, mais comment d'autre quelqu'un aurait-il pu l'apprendre ?

Et puis il y avait cette histoire d'article de journal. Elle savait pertinemment que Barnes ne parlerait jamais à la presse – après un incident impliquant sa fille l'année précédente, il évitait les médias autant que possible, déléguant souvent les appels téléphoniques vers et depuis le journal local à Gavin ou à l'un des membres du personnel administratif plutôt que de leur parler lui-même.

C'était presque comme si quelqu'un l'espionnait.

Elle se pencha en avant, prit la télécommande de la télévision sur la table basse et coupa le son de la voix du présentateur.

Une pensée lui traversa l'esprit, un moment fugace qu'elle essaya de saisir, les sourcils froncés.

À l'étage, les pas d'Adam se déplacèrent de la salle de bain à leur chambre alors qu'il utilisait les toilettes puis se changeait pour enfiler le vieux jean et le sweat-shirt qu'il portait pour ses visites dans les fermes.

Après ce qui sembla une éternité, il redescendit, s'assit sur l'une des marches inférieures pour enfiler ses bottes de travail et appela à travers la porte ouverte.

— Ne m'attends pas. Higgins est connu pour être bavard et il insistera probablement pour que je reste boire une tasse de thé avant de partir, alors Dieu sait à quelle heure je vais rentrer.

Kay se leva du canapé alors qu'il se redressait et le rejoignit dans le couloir.

— Tu penses que tout ira bien ?

— Je pense que oui. Cette jument a déjà eu un poulain il y a dix-huit mois, alors elle est habituée maintenant. Il veut probablement que je sois là par précaution plus qu'autre chose.

Il sourit.

— Ça ne me dérange pas. Il connaît ses chevaux mieux que moi. Je préfère largement qu'il soit paranoïaque et qu'il s'avère qu'il n'ait pas besoin de moi.

Il se dirigea vers le placard sous l'escalier et en sortit son sac d'intervention contenant tout ce dont il pourrait avoir besoin pour une visite aux écuries, puis il vérifia ses poches.

— Ok, je crois que j'ai tout.

— Je laisserai la lumière du porche allumée pour toi. On ne voudrait pas que tu trébuches dans le noir et que tu me réveilles.

— Très drôle. Tu commences tôt demain ?

— Oui. Sept heures et demie. Ça te dit un chinois à emporter demain soir ?

Il l'embrassa.

— Ça me semble parfait. Sois sage.

— Promis.

Elle attendit qu'il disparaisse par la porte d'entrée, la ferma derrière lui, puis se dirigea vers le salon. Elle resta près de la table basse jusqu'à ce qu'elle entende son 4x4 démarrer et descendre lentement l'allée jusqu'à la route avant de rugir dans la nuit.

Elle regarda sa montre.

Dix heures et demie.

Elle devrait dormir un peu avant de partir pour assister au briefing le lendemain matin, mais elle calcula qu'il lui faudrait au minimum cinq ou six heures. Adam ne serait pas de retour avant au moins une heure ou deux du matin.

Elle baissa le bras.

Cela lui laissait un créneau de deux heures pour faire ce qu'elle avait à faire.

Elle augmenta le volume de la télévision puis, le cœur battant, elle se dirigea vers la cuisine et s'accroupit à côté du tiroir près de l'évier où Adam gardait une petite sélection d'outils pour les urgences.

Dans le salon, les informations se terminèrent et le générique d'un talk-show de fin de soirée commença.

Elle fouilla dans le tiroir jusqu'à ce qu'elle trouve un tournevis et une petite lampe de poche. Elle tourna l'extrémité jusqu'à ce qu'un point de lumière brille sur le plan de travail, puis, tenant les deux objets dans une main, elle se précipita dans le couloir et monta les escaliers.

Elle s'arrêta sur le palier, puis leva les yeux vers la trappe couverte qui menait au grenier. Elle essuya le dos de sa main sur son front avant de tendre le bras et d'ouvrir la trappe.

Elle tira sur l'extrémité de l'échelle jusqu'à ce qu'elle commence à glisser vers elle. Vérifiant qu'elle était bien fixée, elle monta à mi-chemin puis tâtonna autour des bords du trou carré jusqu'à ce qu'elle trouve l'interrupteur qu'Adam avait installé là. Elle appuya sur le bouton, et les lumières qu'ils avaient installées sur toute la longueur du grenier s'allumèrent en clignotant.

Elle agrippa les côtés de l'échelle et monta jusqu'en haut, passa par-dessus le rebord de la trappe et se tint debout sur les planches nues qui tapissaient l'espace du grenier.

Elle avança dans le grenier jusqu'à ce qu'elle se trouve au-dessus de leur chambre.

À sa droite, les luminaires gisaient parmi l'isolation – une installation électrique disgracieuse laissée par de petites rénovations qu'elle et Adam avaient entreprises quelques années auparavant quand il avait hérité de la maison.

Ils avaient été si occupés dans les années qui avaient suivi qu'ils n'avaient jamais trouvé le temps de finir de poser le reste du plancher.

Kay s'accroupit et dirigea la lampe un peu à gauche des travaux électriques, et elle fronça les sourcils.

À l'époque, et parce qu'ils savaient qu'ils avaient beaucoup de travaux à entreprendre, ils avaient acheté du câblage supplémentaire à la quincaillerie. En fait, ils en avaient tellement acheté qu'au moins la moitié de la bobine était encore intacte dans l'abri de jardin. C'était devenu une blague récurrente à l'époque que l'enthousiasme de Kay pour le câblage de couleur rouge ne connaissait pas de limites. Adam utilisait encore les restes pour attacher les plants de tomates dans le jardin.

Maintenant, cependant, on pouvait voir une longueur de câble bleu à la lumière de la lampe torche.

Kay retint son souffle et s'approcha, faisant attention à ne pas s'appuyer sur l'isolation de peur de passer à travers le plafond.

Un objet noir était posé au-dessus du luminaire, l'extrémité du fil bleu disparaissant à l'arrière, sous lequel une LED verte clignotait.

Kay se rassit sur ses talons et déglutit.

Elle se releva sur des jambes tremblantes et se faufila entre de vieilles boîtes d'emballage jusqu'à atteindre la zone au-dessus de la pièce qu'elle utilisait comme bureau à domicile.

Une fois de plus, un fil bleu avait été ajouté au câblage rouge familier.

Kay se releva du sol et se précipita vers la trappe, descendit l'échelle et s'effondra sur la moquette, le cœur battant et une envie de vomir lui tordant l'estomac.

Elle avait travaillé dans un rôle de soutien sur plusieurs missions d'observation et elle savait exactement ce qu'elle avait découvert. C'était la raison pour laquelle cette pensée s'était d'abord insinuée dans son esprit.

Ses pensées tourbillonnaient tandis qu'elle essayait de se remémorer les conversations qu'elle et ses collègues avaient eues dans sa maison, l'intimité qu'elle avait partagée avec Adam, et les images que les caméras avaient sans doute enregistrées.

La bile lui monta à la gorge et, tremblante, elle tituba jusqu'à la salle de bain et vomit.

Après avoir tiré la chasse d'eau, elle se dirigea vers le lavabo et ouvrit le robinet, aspirant de l'eau froide entre ses lèvres avant de se retourner et de s'asseoir sur le bord de la baignoire, la tête entre les mains.

Sa maison avait été équipée de mini-caméras espions et de dispositifs d'écoute.

Mais par qui ?

Et pourquoi ?

CHAPITRE 39

Kay sursauta sur son siège en entendant un coup sur la vitre de la voiture, puis elle la baissa.

— Tu viens, ou quoi ?

— Oui, désolée. J'étais dans la lune.

— Ils seront là dans une minute.

Elle remonta la vitre, arracha les clés du contact et rejoignit Barnes à côté du véhicule. Ses mains tremblaient tandis qu'elle fourrait les clés dans son sac, et elle se tourna légèrement pour qu'il ne le voie pas.

L'occasion ramenait trop de souvenirs douloureux qui n'avaient pas encore eu le temps de s'adoucir : une courte cérémonie, puis un petit cercueil qui disparaissait derrière un rideau pendant qu'elle, Adam et le pasteur non confessionnel regardaient.

— Chef ?

Elle cligna des yeux et essaya de se concentrer.

— Ça va ?

— Je vais bien. Allons-y.

La police empiétait rarement sur le chagrin d'une famille au point d'assister à des funérailles, mais avec un meurtrier toujours impuni et un besoin pressant de rendre justice, Larch avait insisté pour que Sharp envoie son équipe réduite sur place. Presque une semaine s'était écoulée depuis que le corps de Sophie avait été rendu à sa mère et à son père, et pendant ce temps, l'enquête avait ralenti jusqu'à ramper. Le personnel administratif avait été réaffecté à d'autres affaires plus urgentes, et l'équipe restante passait ses journées à revoir les déclarations des témoins, à éplucher l'histoire de Sophie, tout en luttant contre un sentiment croissant de désespoir.

Sharp leur avait clairement fait comprendre à huis clos que Larch voyait les funérailles comme un moyen d'assurer au public que la police n'abandonnerait pas l'affaire. Sharp lui-même avait d'autres idées.

— Observez attentivement l'assemblée, avait-il dit lors du briefing du matin une fois que le commandant divisionnaire était sorti de la pièce. Tout le monde est encore suspect. Quelqu'un à ces funérailles doit savoir quelque chose.

Kay suivit Barnes de l'autre côté de la rue et à travers un étroit porche, essayant d'ignorer les pierres tombales couvertes de mousse qui parsemaient l'herbe haute de chaque côté du chemin.

Autrefois, elle aimait explorer les cimetières, cherchant les dates les plus anciennes, les histoires les plus intéressantes, malgré son manque de foi.

Tout cela appartenait au passé, et elle ne pouvait imaginer revenir dans un tel endroit par choix.

Elle jeta un coup d'œil par-dessus son épaule en entendant d'autres véhicules s'approcher de l'église et elle vit la silhouette noire allongée et élégante d'un corbillard, suivi d'un véhicule de courtoisie de couleur sombre.

Matthew Whittaker sortit du siège arrière quelques instants après que la voiture s'était arrêtée, et il tint la porte ouverte. Diane émergea, le visage pâle, les yeux cachés derrière des lunettes de soleil malgré le ciel couvert.

Ni l'un ni l'autre ne remarquèrent Kay et Barnes sous la canopée ombragée des arbres.

— Viens.

— Non, attends.

Kay posa sa main sur son bras et fronça les sourcils alors que Matthew claquait la portière de la voiture et que la voix de Diane portait dans la brise.

Kay ne pouvait pas entendre ce qui se disait, mais le ton de la femme était chargé d'acidité alors qu'elle se tenait sur le trottoir et réprimandait son mari.

L'entrepreneur des pompes funèbres et ses assistants gardaient une distance respectueuse, jusqu'à ce que Matthew lève les mains vers Diane, parvienne à la calmer, puis leur fasse un signe de tête.

Il conduisit Diane à travers le parking vers la porte de l'église, et Kay observa avec intérêt Diane se dégager du bras de son mari sur ses épaules et se précipiter par la porte ouverte devant lui.

— Ok, allons-y.

— C'était quoi tout ça ?

— Aucune idée. Écoute, je vais essayer de trouver une place au fond. Vois si tu peux t'asseoir à mi-chemin.

— Tu veux t'enfuir après ?

Ses lèvres se pincèrent.

— Autant que je le voudrais, non. Je veux pouvoir observer tout le monde de là-bas, sans que ce soit évident en me retournant sur mon siège tout le temps.

— D'accord.

Ils se dépêchèrent de remonter l'allée, et Kay

attendit un moment en entrant dans le bâtiment frais pour permettre à sa vue de s'adapter à la pénombre, puis elle se dirigea vers le banc du milieu au dernier rang. Il était vide, à l'exception d'elle, et les quatre bancs suivants l'étaient également. La plupart des fidèles s'étaient regroupés vers le bout de l'église près de l'autel, et elle parcourut du regard l'assemblée.

Quelques filles, qui semblaient avoir le même âge que Sophie, occupaient deux bancs du côté gauche et semblaient avoir été autorisées à quitter l'école plus tôt pour assister à la cérémonie, comme en témoignaient leurs uniformes scolaires. Eva Shepparton était parmi elles, et ses yeux s'écarquillèrent quand elle vit Barnes et Piper.

Barnes continua à marcher jusqu'à atteindre un banc à moitié plein du côté droit, ce qui le plaçait aux deux tiers du chemin depuis la section centrale plus fréquentée et lui permettait d'entendre ce qui se disait parmi les gens rassemblés là.

Elle ne voyait ni Gavin ni Carys, et supposait qu'ils étaient dispersés quelque part dans le bâtiment, en train d'observer également l'assemblée.

Elle s'installa sur son siège et regarda par-dessus les têtes devant elle vers le premier rang, où Matthew et Diane étaient assis, la tête baissée. En face d'eux, du côté droit, se trouvaient les Hamilton. Blake semblait perdu dans ses pensées, occupé à regarder fixement le vitrail derrière l'autel. L'attention de Courtney était dirigée vers son fils, et les deux semblaient parler à voix basse.

Une porte s'ouvrit derrière Kay, et elle jeta un coup d'œil par-dessus son épaule alors que Duncan Saddleworth sortait de la sacristie et avançait vers la porte principale de l'église tandis que le directeur des pompes funèbres guidait ses collègues qui portaient le cercueil de Sophie.

Les deux hommes se concertèrent un moment, les dernières instructions furent données, puis Duncan mena la courte procession le long de l'allée vers l'autel.

Des reniflements et de doux sanglots suivaient Sophie, et Kay enfonça ses ongles dans ses paumes, déterminée à se blinder contre les émotions des prochaines heures.

Elle savait qu'elle serait émotionnellement et physiquement épuisée à la fin de la journée, et elle fit abstraction des tons mélodieux du pasteur lorsqu'il commença à guider l'assemblée à travers la cérémonie.

Elle se leva quand les gens sur les bancs devant elle se redressèrent, mima les paroles des hymnes qu'elle reconnaissait vaguement de l'école, et regarda sa montre pendant l'éloge funèbre.

Sa tête se releva brusquement lorsque Duncan présenta Matthew Whittaker.

Le père de Sophie s'avança vers la chaire comme s'il souhaitait que le temps ralentisse, et Kay commença à respirer profondément.

Elle comprenait parfaitement la douleur qu'il ressentait ; cela se voyait dans la façon dont ses épaules s'affaissaient, comment ses mains agrippaient ses notes avant qu'il ne les pose sur le cadre en bois qui l'entourait, et comment il prit une profonde inspiration avant de se pencher vers le petit microphone.

Kay cligna des yeux et essaya de combattre l'envie de se joindre aux lamentations qui commençaient depuis le premier rang et se propageaient à travers l'assemblée alors que les gens réunis perdaient leur résolution face aux mots d'un père au cœur brisé.

Elle renifla, puis se retourna au son de la porte de l'église qu'on entrouvrait.

— Merde, murmura-t-elle.

Sur le seuil, les yeux écarquillés, se tenait Peter Evans.

Des larmes striaient son visage, et il portait un

costume bon marché qui pendait sur sa silhouette maigre, accentuant ses pommettes creuses.

Kay se précipita hors du banc et traversa l'allée.

Il lui fallut quelques secondes pour la remarquer, mais elle ne lui donna pas la chance de parler. Au lieu de cela, elle l'attrapa par le bras et le poussa violemment.

— Dehors. Maintenant.

CHAPITRE 40

— Je ne savais pas que tu fumais.

Evans grimaça.

— J'avais arrêté. Sophie n'aimait pas ça.

Il tapota le bout de la cigarette mais n'en tira pas une autre bouffée.

— Pourquoi n'avez-vous pas encore découvert qui l'a tuée ?

— Nous faisons de notre mieux, Peter. C'est une affaire compliquée.

Il ricana.

— Trop de suspects parmi lesquels choisir ?

Kay plissa les yeux vers lui.

— Tu veux bien développer ?

— Oh, allez, elle les a tous dupés, n'est-ce pas ?

Les Hamilton et sa propre famille. Aucun d'entre eux n'avait la moindre idée à mon sujet.

Il porta la cigarette à ses lèvres et inspira profondément avant de souffler un rond de fumée sur le côté.

— Alors, il faut se demander lequel d'entre eux était le plus en colère à ce sujet, et qui d'autre voulait la tuer ?

Kay croisa les bras sur sa poitrine.

— Et je suppose que tu as une théorie sur lequel d'entre eux est le meurtrier.

— Peu importe si j'ai une théorie, détective. La question est : est-ce que vous en avez une ?

Il jeta le mégot de cigarette par terre et l'écrasa sous son pied.

— Je pourrais te mettre une amende pour ça.

— Ouais, mais vous ne le ferez pas. Circonstances atténuantes.

— Quoi ?

En réponse, il fit un signe du menton vers l'église derrière elle.

Les doubles portes avaient été ouvertes en grand, et le son de la musique d'orgue filtrait par l'ouverture, quelques instants avant que Duncan n'apparaisse, son attention accaparée par le directeur des pompes funèbres qui commençait à mener la procession vers le corbillard.

Kay se retourna vers Peter.

— Ok, va-t'en. Mais ne te montre pas à l'enterrement, d'accord ?

Sa lèvre inférieure trembla.

— Peter, s'il te plaît. Viens sur sa tombe demain, quand ce sera plus calme.

— D'accord.

Il se retourna et s'éloigna rapidement à travers le cimetière, slalomant entre les anciennes pierres tombales, puis il sortit par le porche.

Kay s'assura qu'il continuait à marcher le long de la ruelle où elle supposait qu'il avait garé sa camionnette, puis elle retourna vers l'église et se tint à une distance respectueuse tandis que la congrégation défilait.

Barnes la rejoignit.

— Où étais-tu partie ?

— Peter Evans est arrivé.

— Quand ?

— À la moitié du dernier hymne. J'ai réussi à le faire sortir avant que quelqu'un ne le voie.

Barnes ricana.

— Ouais, ça ne serait pas bien passé. Qu'est-ce qu'il avait à dire ?

— Il a suggéré qu'il pourrait y avoir plusieurs personnes responsables de la mort de Sophie.

— Pas d'une grande aide.

Barnes lui donna un coup de coude et pointa du doigt.

— Il faut qu'on y aille. Tout le monde part.

Ils se dépêchèrent de retourner à la voiture, et Kay laissa Barnes prendre les clés.

Perdue dans ses pensées, elle attacha sa ceinture alors qu'il manœuvrait le véhicule pour sortir dans la ruelle et commença à suivre le cortège funèbre vers le cimetière au sud de la ville.

Les mots de Peter résonnaient dans son esprit.

Blake et Josh Hamilton avaient tous deux été disculpés de tout acte répréhensible – pour le moment. À moins que de nouvelles preuves ne fassent surface, il était peu probable que des accusations puissent être portées contre l'un ou l'autre.

Kay se frotta l'œil droit en considérant les autres options.

Courtney Hamilton avait clairement fait savoir qu'elle n'était pas d'accord avec le mariage de Josh et Sophie, mais jusqu'où serait-elle prête à aller pour empêcher des fiançailles ? Était-elle assez désespérée pour tuer ?

Quant à Matthew et Diane Whittaker, le couple

avait semblé bouleversé – en fait, Kay n'aurait pas été surprise si Diane s'était vu prescrire une sorte de tranquillisant. La femme semblait certainement distante lorsque Kay lui avait parlé depuis la nuit du meurtre de Sophie.

— Nous y sommes.

La voix de Barnes la tira de ses pensées, et elle résolut de revoir les dépositions des Hamilton et des Whittaker le lendemain matin et de recommencer.

Peut-être que Peter avait raison.

Peut-être qu'ils avaient raté quelque chose.

CHAPITRE 41

Alors que le groupe se dispersait pour retourner à ses bureaux après le briefing de l'après-midi, Carys fit signe à Kay puis interpella Sharp qui se dirigeait vers son bureau.

— Chef ? Je pourrais vous dire un mot ?

Sharp regarda par-dessus sa tête, puis fit un geste vers son bureau.

— C'est la pagaille ici. Asseyez-vous et dites-moi ce qui se passe.

Il ferma la porte derrière eux, étouffant le bourdonnement de la salle des opérations.

Carys attendit qu'ils soient tous assis.

— J'ai reçu un appel sur la ligne d'urgence. Un homme a téléphoné en disant qu'il ne pouvait pas parler longtemps car il était au travail, mais il a dit qu'il avait fait ses études à Oxford et qu'il avait reconnu Duncan Saddleworth dans les images du journal télévisé de midi montrant le service à l'église.

— Qu'avait-il à dire à son sujet ?

— Il était très méfiant. Il a dit qu'il ne voulait pas en parler au téléphone. Je lui ai proposé de passer chez lui à Tonbridge demain matin. Tout ce qu'il m'a dit, c'est qu'il avait des informations sur Duncan Saddleworth qui pourraient s'avérer utiles.

Sharp soupira et passa une main sur ses cheveux courts.

— Vous êtes sûre qu'il ne vous fait pas perdre votre temps ?

Carys secoua la tête.

— Il avait l'air sincère. Un peu effrayé aussi, pour être honnête.

— D'accord. Prenez Hunter avec vous et voyez ce qu'il a à dire. Comment s'appelle-t-il ?

— Felix Ashgrove. Il vit à Tonbridge.

— Très bien. Dieu sait que nous avons besoin de toute l'aide possible en ce moment. Espérons que M. Ashgrove pourra nous éclairer sur ce qui se passe ici.

— Oui, chef.

Alors que Kay se dirigeait vers la porte, elle laissa Carys sortir devant elle, puis se tourna vers Sharp.

— Chef ? Je pourrais vous parler en privé ?

Il fronça les sourcils.

— Bien sûr.

— Pas ici.

Elle força un mince sourire.

— On se retrouve dehors dans dix minutes ?

— Que se passe-t-il, Hunter ?

— Vous allez le découvrir.

———

Kay leva les yeux lorsque Sharp apparut à la porte arrière du poste de police et, la voyant appuyée contre sa voiture, vint la rejoindre.

— De quoi s'agit-il ?

Kay prit une profonde inspiration.

Sur le trajet pour aller au travail ce matin-là, elle avait répété la conversation encore et encore dans sa tête, choisissant soigneusement ses mots et essayant de ne pas laisser la colère obscurcir ses pensées. Maintenant, face à la perspective de partager ses découvertes, la peur s'insinuait dans ses veines.

Elle prenait un risque, et il n'y aurait pas de retour en arrière possible.

Elle plongea la main dans sa poche et en sortit son téléphone portable, ouvrit l'album photo et le tendit à Sharp.

Il cligna des yeux avant de prendre le téléphone et mit sa main en coupe autour de l'écran pour le protéger de la lumière vive du soleil. Il fronça les sourcils.

— On dirait un dispositif d'écoute avec une minuscule caméra attachée.

— C'en est un.

— Où se trouve-t-il ?

— Dans le plafond au-dessus de mon salon.

Il releva brusquement la tête, ses yeux croisant les siens.

— Quoi ?

— Il y en a un autre dans ma cuisine, un dans ma chambre et un dans mon bureau.

— Qui les a mis là ?

— Je ne sais pas.

— Une idée de la raison pour laquelle ils sont là ?

— Non.

— Adam est au courant ?

Elle secoua la tête.

— Vous les avez laissés là ?

— J'avais trop peur de les déplacer, chef. Je ne sais pas qui les a mis là, et je ne sais pas ce qu'ils me feront, ou pire, ce qu'ils feront à Adam si je les enlève.

Il lui rendit le téléphone et expira en s'appuyant

contre sa voiture à côté d'elle, son regard parcourant la ligne d'arbres clairsemés au-delà de leur position.

Elle remit son téléphone dans sa poche.

— J'ai besoin de votre aide. Je ne sais pas quoi faire.

— Une idée depuis quand ils sont là ?

— Depuis le cambriolage. Je pense que c'est ce que c'était, un écran de fumée qu'ils ont utilisé pour installer les micros.

— Vous en êtes sûre ?

— Il y avait quelques objets comme la télévision qui ont été cassés et qu'il a fallu remplacer. J'avais des bijoux qui ont disparu, mais rien de grande valeur. La plupart m'avaient été laissés par ma grand-mère, ils n'avaient pas été estimés à grand-chose. Ceux qui ont fait ça se sont assurés de ne faire que suffisamment de dégâts pour que ça ressemble à un vrai cambriolage.

Elle se tourna pour faire face à Sharp, alors que ses yeux restaient fixés sur l'horizon.

— Ça explique pourquoi je pensais que c'était Carys qui avait parlé à tout le monde de ma fausse couche. Quand elle est restée pour nettoyer après le cambriolage, elle et moi en avons brièvement parlé ; j'ai gardé des vêtements de bébé et d'autres choses dans notre bureau à la maison. Ça devait être la chambre d'enfant...

Elle s'essuya les yeux et se tut.

— Quoi d'autre ?

— J'ai discuté avec Barnes au téléphone après notre visite chez les Hamilton. Il m'a fait un point sur certaines informations que nous avions sur Hamilton, alors je lui ai demandé d'aller au bureau tôt le matin et d'entrer ses notes dans la base de données avant le briefing du matin.

— Vous ne soupçonnez pas Barnes ?

Elle secoua la tête.

— Certainement pas. Ce n'est pas son style, pour commencer, et s'il n'aimait pas quelque chose que je fais, il me le dirait en face.

— C'est vrai. Qu'est-ce qui vous a fait soupçonner que quelqu'un vous espionnait ?

— Cette histoire avec les médias qui ont appris que nous enquêtions sur les finances de Blake Hamilton. Barnes et moi travaillons ensemble depuis longtemps. Il ne bavarderait jamais, encore moins avec Larch. Si Barnes avait un problème avec moi ou quelqu'un d'autre, il vous en parlerait. Je n'arrivais pas à comprendre, d'autant plus que Barnes a été blâmé autant que moi pour ce qui s'est passé. Pareil pour Carys. Elle n'a jamais colporté de ragots depuis qu'elle est avec nous. Il devait y avoir une autre raison.

— Mais des dispositifs d'écoute ? C'est un grand pas dans le raisonnement.

Elle haussa les épaules.

— J'étais debout tard à regarder un film d'espionnage. Ça m'est venu à l'esprit.

Sharp cligna des yeux et se tourna vers elle.

— Pourquoi me faire confiance ?

— Je ne savais pas à qui d'autre faire confiance.

Il renifla.

— J'étais votre dernier choix, c'est ça ?

— Ok, et vous avez un passé militaire. Je me suis dit que si quelqu'un pouvait corroborer ce que sont ces objets, ce serait vous.

— C'était il y a longtemps.

— Et vous n'avez jamais dit à personne ce que vous faisiez dans l'armée, n'est-ce pas ?

Ses lèvres se pincèrent et il resta silencieux un moment, le front plissé. Finalement, il se redressa et se tourna vers elle.

— Autre chose que vous voulez me dire ?

Elle déglutit.

— Je pense que Gavin a été tabassé à cause de moi au printemps dernier.

Il leva un sourcil.

Kay soupira.

— Je suis restée tard et j'ai utilisé son ordinateur

pour vérifier quelque chose sur HOLMES2 à propos de l'enquête Demiri. La même nuit, Gavin s'est fait tabasser et ses agresseurs n'ont jamais été attrapés.

Elle se frotta l'œil droit.

— Je ne peux m'empêcher de penser que ce n'était pas une coïncidence. Il manque aussi des informations dans la base de données. Tout ça concerne l'affaire qui est tombée à l'eau. Quelqu'un a effacé ses traces et s'assure que je ne gâche pas ce qu'ils ont prévu.

Il ajusta sa veste et s'éloigna de la voiture.

— Très bien. N'en parlez à personne d'autre. Laissez-moi m'en occuper.

Kay le regarda retourner vers le poste de police en se mordant la lèvre.

Avait-elle fait le bon choix ?

———————

Ce soir-là, Kay sortit de la douche dans la salle de bains attenante, attrapa sa serviette sur le rail à côté du lavabo et se frotta la peau jusqu'à ce qu'elle soit rouge.

Derrière la porte fermée, elle pouvait entendre Adam faire les cent pas dans la chambre pendant qu'il se déshabillait jusqu'à son caleçon, jetait ses vêtements dans le panier à linge et allumait sa lampe de chevet.

En entrant dans la chambre, elle se glissa sous la couette et éteignit sa lumière après s'être assurée que son réveil était réglé pour le matin.

Adam se retourna et lui caressa le cou, avant qu'elle ne le sente se presser contre elle.

Elle se retourna, un sourire se formant sur son visage, puis elle se figea.

Ses yeux se fixèrent sur le plafonnier au-dessus du lit.

Est-ce qu'ils étaient en train de regarder ?

Elle posa une main sur sa poitrine.

— Je suis désolée. Je ne peux pas.

Il fronça les sourcils.

— Tout va bien ?

— Je ne me sens pas bien, c'est tout. Il y a quelque chose qui tourne au bureau.

Il la prit dans ses bras.

— Ce n'est pas bon ça. Tu aurais dû le dire. Je me demandais pourquoi tu n'avais pas beaucoup mangé ce soir.

— Désolée, marmonna-t-elle contre sa poitrine.

Elle pouvait entendre la déception dans sa voix, mais elle ne mentait pas en disant qu'elle ne se sentait pas bien. La bile menaçait de monter, et elle retint sa respiration, repoussant la sensation.

La nausée s'installait au creux de son estomac, et elle résista à la tentation de regarder à nouveau le plafond.

Elle ne pouvait pas leur laisser savoir qu'elle avait découvert leur sale secret.

CHAPITRE 42

— C'est ici, sur la gauche. Le numéro soixante-douze.

Kay ralentit la voiture jusqu'à rouler au pas et dépassa la maison pour trouver une place de stationnement.

Elles retournèrent à pied vers la propriété d'un pas lent pour avoir le temps de prendre leurs repères.

— Depuis combien de temps Felix Ashgrove vit-il ici ?

— Les registres montrent qu'il a toujours vécu à Oxford, mais il a emménagé dans cette maison il y a sept ans. D'après les actes de propriété, il semble que c'était la maison de sa mère avant ça.

Elles arrivèrent devant une grande haie de troènes avec une porte en bois à mi-chemin, deux numéros en chrome cloués sur le devant.

— Numéro soixante-douze. Bien, voyons ce que M. Ashgrove veut nous dire.

Kay laissa la porte se refermer derrière elles et conduisit Carys le long du chemin qui menait à la porte d'entrée.

Celle-ci s'ouvrit avant qu'elle ne puisse lever la main pour sonner, et un homme d'âge moyen, d'une demi-tête plus petit qu'elle, apparut, une paire de lunettes de lecture remontée dans ses cheveux noirs clairsemés.

— Vous êtes les détectives ?

Kay sourit.

— C'est si évident que ça ?

Il rougit, puis s'éclaircit la gorge.

— Je ne reçois pas beaucoup de visites en journée. Entrez.

Kay pénétra dans le couloir et se présenta formellement ainsi que Carys.

— Vous avez fait un long chemin, dit-il. Je vais mettre la bouilloire en route, d'accord ?

— Ce serait super, merci.

— Allez dans le salon. Je vous rejoins dans une minute.

Kay passa par la porte qu'il avait indiquée et jeta un coup d'œil par-dessus son épaule.

Pendant que Carys attendait près de la porte, elle

fit un rapide tour d'inspection de la pièce, mais ne trouva rien d'anormal.

L'homme semblait vivre seul, et la décoration ne semblait pas avoir été mise à jour depuis la mort de sa mère. Cependant, la pièce restait fraîche, et elle remarqua qu'au fond, une porte-fenêtre donnait sur un jardin bien entretenu.

— C'est un vrai piège à soleil quand il fait beau, dit-il en entrant par une seconde porte près du fond de la pièce avec trois tasses fumantes. Mais il fait un peu trop froid aujourd'hui.

— Depuis combien de temps habitez-vous ici ?

— J'ai grandi ici.

Il leur tendit une tasse à chacune.

— J'ai pas mal bougé depuis, mais quand ma mère est décédée il y a sept ans, j'ai pensé que ce serait mieux d'emménager plutôt que de vendre. Le marché immobilier n'était pas brillant à l'époque, alors je me suis dit que ça ne ferait pas de mal d'attendre.

Il but une gorgée de sa boisson.

— Mais vous n'êtes pas venues ici pour parler immobilier, n'est-ce pas ?

— Je crois comprendre de l'agent Miles que vous lui avez parlé hier au sujet de Duncan Saddleworth.

— Oui, c'est exact. Asseyons-nous, vous voulez bien ?

Il fit un geste vers les deux canapés généreusement rembourrés près de la fenêtre de devant, et s'assit dans l'un d'eux.

Kay et Carys prirent l'autre, et Carys sortit son carnet et son stylo de son sac.

— Oh. Je ne savais pas qu'il s'agissait d'un entretien formel.

— Ça ne doit pas forcément l'être, dit Kay. Mais nous avons besoin d'avoir une trace de ce dont nous avons discuté. Il y a beaucoup à se rappeler lors d'une enquête comme celle-ci. Si vous préférez, je peux vous faire part de vos droits, et nous pourrons procéder à partir de là.

Il leva la main.

— Ne vous inquiétez pas. Je n'ai rien à cacher.

— D'accord, parfait. Alors, pour commencer, dites-moi ce qui vous a poussé à nous téléphoner.

— J'ai vu les informations avant-hier soir ; les funérailles de l'adolescente. Ça devait être une journée creuse pour les nouvelles dans l'Oxfordshire.

Kay hocha la tête, mais ne dit rien. Il était plus probable que Sharp et le responsable des médias aient demandé aux stations de nouvelles régionales dans un certain rayon autour de Maidstone de diffuser les images au cas où cela raviverait les souvenirs de quelqu'un. Ça ne marchait pas toujours, mais quand c'était le cas, cela offrait souvent une percée ou une autre piste à suivre qu'ils n'auraient pas eue autrement.

— Continuez.

— Eh bien, j'ai été surpris quand j'ai vu Duncan Saddleworth, pour être honnête. Je pensais qu'il était toujours en Amérique. Je suis étonné qu'il ne garde pas profil bas cependant.

— Ah bon ? Pourquoi ?

Ashgrove se pencha en avant et posa sa tasse à moitié vide sur la table basse entre eux.

— Parce qu'il est victime de chantage.

Kay plissa les yeux.

— Quoi ?

— Je sais. On penserait que la dernière chose qu'il ferait serait d'apparaître à la télévision, n'est-ce pas ?

— Comment savez-vous que Duncan est victime de chantage ?

En réponse, il se leva, se dirigea vers un bureau d'apparence antique près de la fenêtre et ouvrit le tiroir du haut. Sa main tremblait quand il en sortit une enveloppe et la tendit à Kay.

— Parce que la même personne a essayé de me faire chanter.

Dans le silence qui suivit, Kay promena son regard autour de la pièce, observant la décoration spartiate comparée à la collection de photographies qui occupait un coin d'une étagère affaissée.

Le stylo de Carys tomba sur le sol, et les pensées de Kay revinrent brusquement à la tâche en cours.

— Désolée, dit Carys en se précipitant pour ramasser le stylo à bille.

Kay se pencha davantage sur le canapé.

— Si vous n'avez vu Duncan aux informations qu'hier, comment savez-vous qu'il est victime de chantage ?

— Nous avons parlé. Il m'a téléphoné de façon inattendue quand il a reçu la première lettre.

Kay changea de tactique.

— Combien de lettres avez-vous reçues ?

— Huit au total.

— Vous les avez ici ?

Elle attendit pendant qu'il retournait au bureau, fouillait dans le tiroir du haut et en sortait une poignée d'enveloppes de couleur similaire. Elle les prit, sortit chaque lettre avant de la lire puis de la remettre en place.

— À quelle fréquence avez-vous reçu ces lettres ?

— Une par mois. Le jour d'arrivée varie, mais c'était généralement autour de la troisième semaine du mois.

— Il n'y a pas de cachet de la poste. Ces lettres ont-elles été livrées avec un emballage extérieur ?

— Non. Je suppose qu'elles ont été remises en main propre.

— Quand les avez-vous trouvées ? Le matin ? En rentrant du travail ?

— Les deux. Parfois j'étais à l'étage en train de me préparer pour aller travailler. Parfois il y en avait une qui m'attendait sur le paillasson quand je rentrais.

— Elles demandent toutes de l'argent.

— Je n'ai rien payé.

— Pourquoi pas ?

— Je me moque que les gens découvrent mon passé. Je ne l'ai jamais caché.

Il soupira et la rejoignit sur le canapé.

— Je suppose que quelqu'un de la vocation de Duncan pourrait ne pas voir les choses de cette façon. Il pourrait être désespéré d'arrêter le maître-chanteur.

Il haussa les épaules.

— Ce n'est qu'une hypothèse.

— Donc, laissez-moi m'assurer que j'ai bien compris. Vous n'avez payé aucune somme, mais les lettres ont continué d'arriver, et vous n'avez pas été exposé ?

— Non. Je me suis demandé si je n'étais pas utilisé comme moyen de pression d'une certaine manière. Le fait que je sois resté silencieux a peut-être aidé le maître-chanteur plutôt que de lui nuire. Je ne savais pas comment contacter Duncan, et même si je l'avais su, pourquoi l'aurais-je fait ? Il ne recevait peut-être pas de lettres comme celles-ci, alors pourquoi aurais-je attiré l'attention sur le fait que j'en recevais ? Je voulais faire semblant que rien ne se passait, jusqu'à ce que je voie l'histoire de cette jeune fille. Et puis Duncan m'a téléphoné. Je ne sais pas... je suis désolé, peut-être que je vous fais perdre votre temps—

— Pas du tout. Nous préférons que vous nous parliez plutôt que de garder le silence. Que pouvez-vous nous dire sur Duncan Saddleworth ?

Il sourit.

— C'était un charmeur. Tous ceux qui le rencontraient tombaient sous son charme. Les filles et les garçons. Il adorait l'attention, il n'en avait jamais assez. Il se promenait comme s'il était une rock star.

— Étiez-vous jaloux de lui ?

— Pas vraiment. Cela peut sembler étrange, mais c'était suffisant d'être accepté dans son cercle d'amis. Tout le monde l'adorait.

— Que faisiez-vous exactement ?

Il s'adossa à sa chaise, le visage nostalgique.

— C'étaient les années 90 à Oxford, détective.

Des groupes d'ici devenaient célèbres dans le monde entier. Tout le monde était pris dans cette ambiance, la musique était incroyable. Alors, on traînait dans les pubs, on regardait des groupes jouer, et on buvait probablement un peu trop.

— De la drogue ?

Il sourit.

— Peut-être. Juste pour s'amuser.

— Et pourtant, vous avez perdu contact avec lui. Combien de temps s'est écoulé depuis la dernière fois que vous l'avez vu ?

— Je ne l'ai pas revu depuis la fin du troisième semestre. Je ne lui avais jamais parlé jusqu'à ce qu'il m'appelle au sujet de la première lettre de chantage.

— Pourquoi ?

— Tout a changé. Il est tombé amoureux de quelqu'un d'autre.

— Qui d'autre était présent à cette époque ? Est-ce que vous vous rappelez de noms ?

Son sourire s'évanouit.

— Je... je préfère ne rien dire. Je ne veux pas être poursuivi pour diffamation ou quelque chose comme ça.

— Si vous savez quelque chose qui pourrait aider notre enquête, vous devriez nous le dire. J'essaie de trouver le meurtrier d'une jeune fille de seize ans.

— Je suis désolé. Je sais.

— Pour qui vous a-t-il brisé le cœur ?

Il releva brusquement la tête, les yeux méfiants.

— Comment le savez-vous ?

— Il n'y a que des photos de votre époque universitaire ici. Il n'y a personne d'autre dans votre vie, n'est-ce pas ?

Sa pomme d'Adam tressaillit dans sa gorge.

— Vous êtes très perspicace, détective.

Il se leva et se dirigea vers la collection de photographies soigneusement encadrées sur les étagères. Il sortit un mouchoir en coton et tamponna le verre de l'une d'entre elles, avant de se retourner vers Kay, les larmes aux yeux.

— Vous avez raison, détective. Il m'a brisé le cœur.

— Alors, avec qui Duncan Saddleworth a-t-il eu une relation après vous ?

— Un Américain. Blake Hamilton.

CHAPITRE 43

Kay laissa Carys garer la voiture à leur retour au poste de police et se dirigea vers la salle des opérations.

Son esprit tournoyait avec les informations que Felix Ashgrove avait fournies.

La probabilité que Sophie Whittaker faisait chanter trois personnes était une allégation sérieuse – et ouvrait davantage de possibilités quant à son meurtrier.

Le problème était : qui ?

Elle s'affala dans sa chaise et bougea sa souris pour réveiller son écran d'ordinateur, puis elle leva les yeux lorsqu'une ombre passa devant son bureau.

Gavin tenait un sac à preuves en plastique dans sa main, un large sourire sur le visage.

— Allez, raconte, dit Kay. Qu'est-ce que tu as trouvé ? Ça doit être bon, tu as l'air de mourir d'envie de me le dire.

Son sourire s'élargit.

— Tu te souviens de cette clé que l'équipe de Harriet a trouvée dans les tiroirs de la table de chevet de Sophie ?

— Oui. Tu as réussi à la retracer ?

— Enfin. C'est celle d'un coffre-fort, du genre qu'on peut louer dans une banque.

Kay tendit la main pour prendre le sac et le retourna dans sa main.

Une clé en acier banale se trouvait dans un coin, nue à l'exception du tampon du fabricant et d'une rangée de lettres et de chiffres estampillés sur un côté de l'anneau.

— Tu sais lequel ?

Gavin brandit un morceau de papier.

— Celui-ci. C'est ici à Maidstone. J'ai parlé au directeur, le coffre est au nom de Sophie Whittaker.

Kay lui rendit le sac et vérifia sa montre.

— Eh bien, ils vont être fermés maintenant. Prends quand même ta veste ; allons parler à la mère de Sophie pour voir ce qu'elle a à dire à ce sujet. J'ai d'autres questions que je veux lui poser de toute façon.

———

Grace Jamieson conduisit Kay et Gavin à la bibliothèque de Crossways Hall et annonça leur arrivée à Diane Whittaker, avant de s'écarter et de leur faire signe d'entrer dans la pièce.

— Merci, Grace, ce sera tout, dit Diane.

La gouvernante hocha la tête avec déférence et quitta la pièce, laissant la porte ouverte derrière elle.

— Je suis surprise qu'il vous reste des questions, dit Diane en se tournant vers l'étagère à côté d'elle et en passant ses doigts sur le dos des livres. Je pensais que vous deviez avoir épuisé toutes vos pistes d'enquête maintenant.

Kay ignora la pique.

— Quand les fiançailles de Sophie avec Josh ont-elles été annoncées pour la première fois ?

— Dès qu'elle a eu seize ans. C'est ce dont nous avions tous convenu, dit Diane.

— Pas de projets pour poursuivre ses études au-delà du lycée ?

— Dieu soit loué, non. Pour quoi faire ? Josh reprendra un jour l'entreprise de son père et Sophie aurait eu fort à faire pour s'occuper d'une jeune famille et gérer la maison.

— Ici, vous voulez dire ?

— Bien sûr. Où d'autre ?

Diane se détourna de l'étagère et Kay regarda par-dessus sa tête où Gavin la fixait, le visage impassible.

Elle réussit à former un petit sourire, pour faire savoir à son collègue qu'elle partageait probablement le même sentiment à propos de Diane, et un moment plus tard, elle fut frappée par le fait que sa propre mère s'entendrait bien avec cette femme irritante.

— Sophie partageait-elle votre amour des livres ?

— Pas autant, non. J'ai essayé de l'encourager autant que possible, mais elle était plus intéressée par le shopping et cette horrible musique pop que les filles de son école écoutaient, mais je commençais à lui inculquer une meilleure appréciation des beaux-arts. Vous voyez, il faut surveiller ces filles. Elles se laissent trop facilement entraîner.

— Vous n'avez pas envisagé de l'envoyer en pension ?

Les lèvres de Diane s'amincirent.

— Elle est allée en pension, quand elle était plus jeune. Malheureusement, l'entreprise de mon mari n'a pas aussi bien marché qu'elle aurait pu ces dernières années, et nous avons dû trouver une alternative. Pas une situation idéale, comme vous pouvez l'imaginer.

Kay émit un son non engagé au fond de sa gorge.

— Sophie était-elle quelqu'un qui vous cachait des secrets, pensez-vous ?

— Que voulez-vous dire ?

— Toutes les adolescentes se rebellent à un moment donné. Savez-vous si Sophie avait un endroit où elle aurait pu cacher des choses qu'elle ne voulait pas que vous voyiez ? C'est juste étrange que nous n'ayons pas trouvé de journal intime ou quoi que ce soit dans sa chambre.

Diane fronça les sourcils, ouvrit la bouche pour dire quelque chose, puis la referma.

Kay sortit le sac à preuves contenant la clé du coffre-fort.

— Ceci a été trouvé dans les affaires de Sophie par notre équipe de la brigade criminelle. C'est pour un coffre-fort dans une banque à Maidstone. Vous n'avez pas pensé à nous mentionner quoi que ce soit à propos d'un coffre-fort pendant tout ce temps ?

— Je n'y ai pas pensé avant, avec tout ce qui se passait. J'avais tout organisé pour qu'elle ait un coffre-fort dans notre banque à Maidstone, pour qu'elle puisse y garder certains des bijoux que sa grand-mère lui avait laissés.

— Vous avez une clé ?

— Non. Sophie avait la seule clé. J'ai perdu la mienne il y a des années, mais je ne m'en suis pas inquiétée car Sophie avait l'autre. Quand je n'ai pas pu la trouver l'autre jour, j'ai réalisé que vos agents avaient dû la prendre quand ils étaient dans la chambre de Sophie. Je pensais simplement récupérer les bijoux de ma mère une fois que vos gens auraient rendu la clé.

— Nous devons voir ce qu'il y a dans ce coffre, madame Whittaker ; de toute urgence.

— Oh, bien sûr. Bien sûr. Je vais devoir vérifier mon agenda d'abord.

La femme se dirigea vers une petite table à côté d'un des fauteuils et prit une clochette en argent. Elle la fit osciller entre ses doigts. Un doux tintement remplit la pièce avant qu'elle ne la repose sur la surface de la table et ne joigne ses mains devant elle, un sourire bienveillant sur le visage.

La gouvernante apparut à la porte.

— Vous avez sonné, Lady Griffith ?

— Oui. Allez me chercher mon sac à main dans ma chambre, s'il vous plaît.

Kay se détourna et se concentra sur la vue à travers les portes-fenêtres qui donnaient sur la terrasse. Elle savait que si elle croisait le regard de Gavin maintenant, elle éclaterait de rire face au snobisme de cette femme.

La gouvernante revint peu après avec le sac à

main, et Diane se déplaça vers l'endroit où Kay se tenait pendant qu'elle fouillait dans son contenu.

— Le voici, dit-elle triomphalement, et elle brandit un agenda en cuir. Quand vouliez-vous y aller ?

— Nous avons parlé au directeur. Il nous retrouvera là-bas à neuf heures demain matin.

Les sourcils de Diane se froncèrent.

— Pourquoi si tôt ?

Kay résista à l'envie de soupirer.

— Parce que, madame Whittaker, j'essaie de découvrir pourquoi votre fille a été assassinée. Je pensais que vous voudriez m'accompagner, de toute façon, pour récupérer les bijoux de votre défunte mère ?

— Oh. Très bien, alors.

— Parfait, à demain. Assurez-vous que votre mari soit là aussi, s'il vous plaît.

Kay parvint à contenir sa frustration jusqu'à ce qu'elle et Gavin soient de retour dans la voiture.

— Elle vit dans un autre temps, grommela Gavin. J'ai failli lever la main plusieurs fois pour demander la permission de parler.

Kay rit.

— Elle n'est pas si mal, je suppose. Elle vit dans son petit monde.

— Elle est folle.

— Ah, tu vois, c'est là que tu te trompes, les gens avec autant d'argent, on les appelle « excentriques », pas « fous ».

Gavin renifla et dirigea la voiture vers Maidstone.

— Je ne sais pas si je dois avoir de la peine pour elle ou être exaspéré par elle.

— C'est un autre monde, n'est-ce pas ? Toute sa vie a tourné autour de la conservation de la maison dans la famille, et maintenant que Sophie n'est plus là, elle n'a plus personne…

Kay s'interrompit et leva la main pour empêcher Gavin de l'interrompre.

— Attends. Qui bénéficierait de la vente de la maison par Diane ?

— Je n'imagine pas le National Trust aller à de telles extrémités pour mettre la main dessus, chef.

— Très drôle. Allez, qui d'autre ?

Gavin se pencha en avant et baissa le volume de la radio.

— Ça ne servirait à rien à Blake Hamilton, il ne s'intéressait qu'à la position sociale de Sophie. Pourquoi achèterait-il une maison qui a désespérément besoin de travaux alors qu'il en a une bien meilleure ?

— Exactement.

Kay scrutait par la fenêtre, le parfum du chèvrefeuille lui parvenant par l'entrebâillement qu'elle avait ouvert pour laisser entrer l'air frais.

— Nous devrons obtenir des détails auprès du conseil municipal concernant l'évaluation de la propriété. Cet endroit doit valoir une fortune avec tout le terrain qu'il occupe.

CHAPITRE 44

Le lendemain matin, Kay et Gavin se tenaient sur le trottoir devant la banque des Whittaker, attendant l'ouverture des portes d'entrée.

Il n'y avait aucun signe des parents de Sophie, et Kay se demandait ce qui se passait entre eux. Il était évident lors des funérailles que tout n'allait pas bien dans leur relation, et malgré la connaissance de la tension qu'ils avaient subie depuis la mort de Sophie, elle ne pouvait s'empêcher de se demander si le mal s'était installé bien avant.

Le bruit des verrous tirés sur la lourde porte en bois la tira de ses pensées, et elle se retourna lorsqu'un membre du personnel l'ouvrit et la fixa contre le mur opposé avant de leur sourire.

— Bonjour. Souhaitez-vous entrer ?

— Merci.

Kay admira les plafonds art déco en pénétrant dans l'espace frais du bâtiment. Les boiseries d'origine avaient également été conservées, avec les guichets des caissiers installés sur un côté, quatre au total.

Une porte sécurisée au bout de la pièce affichait un panneau « Réservé au personnel », avertissant des conséquences désastreuses si un membre du public tentait de passer.

Elle vérifia sa montre.

— Neuf heures pile.

— Combien de temps penses-tu que Lady Griffith va nous faire attendre ?

— Dieu seul le sait.

Le membre du personnel qui les avait fait entrer revint, une expression perplexe traversant ses traits.

— Puis-je vous aider ?

Kay sortit sa carte de police.

— Nous attendons quelqu'un qui doit nous rejoindre.

— Oh.

Confuse, l'employée s'apprêtait à s'éloigner, puis se ravisa.

— Voulez-vous du thé ou du café en attendant ?

— Ce serait gentil, merci.

Une demi-heure plus tard, les deux cafés

expédiés, Kay commençait à se demander où diable les Whittaker étaient passés, quand Gavin murmura entre ses dents :

— Il était temps, bon sang.

Diane et Matthew Whittaker marchaient vers eux, Diane légèrement en avance sur son mari comme si elle voulait atteindre les détectives en premier.

— Détective Hunter, désolée de vous avoir fait attendre, dit-elle. Êtes-vous là depuis longtemps ?

Les yeux de Kay se posèrent sur les tasses de café vides avant qu'elle ne lève un sourcil.

— Pouvons-nous commencer ?

Elle attira l'attention du membre du personnel qui avait fourni les boissons chaudes et lui demanda d'aller chercher le directeur.

— Tout va bien ?

— Oui. Veuillez lui dire que Lady Griffith souhaite lui parler.

Kay se retourna et fit face à la mère de Sophie.

— Je suppose que nous serons conduits dans une pièce privée pour ouvrir le coffre-fort ?

— O-oui. C'est généralement ce qui se passe.

Elle força un sourire.

— On ne peut pas exposer ses affaires personnelles à la vue du personnel, après tout.

La porte sécurisée au bout de la pièce s'ouvrit, et

un petit homme aux cheveux noirs soigneusement coiffés se précipita vers eux, son expression mêlant ravissement et terreur.

Il se tordait les mains en s'approchant.

— Lady Griffith, monsieur Whittaker. Terrible nouvelle concernant Sophie. Terrible.

— Merci, monsieur Parsons.

Diane présenta Kay et Gavin.

— Nous voudrions ouvrir le coffre-fort de Sophie, s'il vous plaît.

— Bien sûr. Vous avez la clé ?

— Je l'ai, dit Kay.

— En tant que cosignataire du coffre-fort, Lady Griffith, je dois vous demander si vous êtes d'accord pour que les détectives et votre mari vous accompagnent ?

Diane ouvrit la bouche pour parler, mais Kay leva la main.

— Elle l'est.

Diane referma la bouche, lui lança un regard noir, puis sembla se reprendre.

— Bien sûr, ce n'est pas un problème.

— Dans ce cas, si vous voulez bien me suivre.

Il les conduisit à travers la porte sécurisée, qui s'ouvrait sur un couloir moquetté avec trois bureaux en enfilade, avant de passer sa carte d'accès et de tenir une seconde porte sécurisée ouverte pendant qu'ils défilaient.

Il désigna une table et six chaises.

— Si vous voulez bien attendre ici, je vais aller chercher le coffre.

Un silence gênant emplit la pièce lorsqu'il disparut, et Kay le laissa s'installer. Elle n'avait aucune envie de faire la conversation inutilement, et il était parfois préférable d'observer simplement les autres plutôt que d'essayer de les faire parler.

Matthew Whittaker semblait confus, comme s'il ne savait pas pourquoi sa femme l'avait convoqué à leur banque, tandis que Diane arborait un air de défi et tordait l'alliance à son doigt.

Le soulagement envahit ses traits lorsque le directeur de la banque réapparut, une longue boîte métallique noire entre les mains.

Il ferma la porte d'un coup de coude et posa la boîte sur la table, puis resta là, apparemment incertain de devoir s'en remettre à Kay ou à Diane.

Kay lui épargna l'embarras.

— Nous vous ferons savoir quand nous aurons terminé, monsieur Parsons.

Il inclina légèrement la tête, et Kay réalisa que c'était plus par déférence envers Diane qu'envers elle.

Elle attendit qu'il ait disparu de la pièce avant de

plonger la main dans la poche de sa veste et d'en extraire trois paires de gants, en tendant une à Diane et passant l'autre à Matthew.

Il glissa ses doigts dedans, le visage pâle.

— Je ne savais pas qu'elle avait quelque chose à cacher.

Kay fit une pause, la clé à la main.

— Vous ne connaissiez pas l'existence de ce coffre-fort ?

Il secoua la tête et jeta un coup d'œil à sa femme.

— Elles ne m'ont rien dit.

Diane agita la main.

— Tu n'avais pas besoin de savoir. Je voulais simplement m'assurer que Sophie avait un endroit où garder ses objets de famille.

Elle adressa un mince sourire à Kay.

— Nous n'avons pas ces affreux « coffres-forts » à la maison. Ça gâcherait le décor, pour commencer.

— Mettez vos gants, s'il vous plaît, Lady Griffith.

Déconcertée, la femme fixa les gants qu'elle tenait.

— P-pourquoi ?

— Nous devons préserver le contenu pour les preuves. Notre équipe scientifique ne sera pas contente si nous contaminons tout avec nos propres empreintes digitales.

Gavin sortit son carnet et un paquet de sacs en plastique de sa veste et les posa sur la table, prêt à tout enregistrer et étiqueter en conséquence.

Kay tourna la clé dans la serrure et souleva le couvercle de la boîte.

CHAPITRE 45

Diane Whittaker eut le souffle coupé.

Des billets de banque – des coupures de cinquante, vingt et dix livres – avaient été regroupés et attachés avec des élastiques avant d'être empilés en rangées bien nettes qui s'étendaient sur toute la longueur de la boîte.

— Combien y a-t-il ? murmura Gavin, les yeux écarquillés.

Kay prit une liasse et la feuilleta, puis baissa les yeux vers les billets restants.

— Des milliers.

— Que fait tout cet argent ici ? demanda Diane. Que se passe-t-il ?

Kay garda ses soupçons pour elle pour le moment,

et se contenta de soulever chaque liasse avant de les faire glisser sur la table vers Gavin.

— Répertorie-les par coupure.

— Oui, chef.

Au fur et à mesure que Kay sortait chaque liasse de billets, elle commençait à comprendre à quoi Sophie Whittaker utilisait réellement cette boîte secrète.

— Vous n'avez jamais pensé à commander une nouvelle clé de rechange pour vérifier le contenu de cette boîte ? demanda-t-elle à Diane.

— Jamais ! Ce sont les affaires privées de ma fille.

— Si je n'avais pas mentionné que Sophie avait peut-être un endroit où cacher des secrets, nous auriez-vous signalé ceci ?

— Inspectrice, je sais que vous avez un travail à faire, mais je trouve vos questions insultantes.

— Réponds simplement à la question, Diane, dit Matthew.

Kay croisa son regard et lui adressa un « merci » silencieux.

Que le mariage ait été en difficulté avant la mort de Sophie ou que cela se soit manifesté au cours des dernières semaines, elle n'en avait aucune idée.

Cependant, il était évident que tout n'allait pas bien dans la maison de Lady Griffith.

— Bien sûr que je l'aurais fait !

Les yeux de Diane passèrent de son mari à Kay.

— Oui, je vous l'aurais dit.

Kay reporta son attention sur la boîte. Sous les billets de banque, elle trouva les bijoux auxquels Diane avait fait allusion. Chaque pièce avait sa propre boîte en velours, et lorsqu'elle les ouvrit, les lumières du plafond se reflétèrent sur les saphirs, les rubis et d'autres pierres précieuses.

Kay les sortit un par un et les passa à Gavin.

— Répertorie ceux-là aussi.

— Mais—

— Vous recevrez un reçu pour tout cela, Lady Griffith, ne vous inquiétez pas. Est-ce que vous reconnaissez tous ces objets ?

— Ils appartenaient à ma défunte mère.

Diane fit un geste désinvolte de la main et se détourna.

Kay s'éclaircit la gorge et pointa du doigt les boîtes ouvertes avant de répéter sa question.

— Reconnaissez-vous *tous* ces objets ? Y en a-t-il ici qui n'appartenaient pas à votre mère ?

Diane serra la mâchoire, puis baissa les yeux et parcourut les bijoux du regard. Un petit hoquet lui échappa, et elle pointa une main tremblante vers l'une des pièces.

— Je n'ai jamais vu celle-là auparavant.

Kay prit une boîte de couleur bleu clair et en sortit la simple bague en diamant qui était nichée dans sa doublure. Comparée aux autres pièces, elle semblait plus récente et moins usée.

— Vous en êtes sûre ?

— Certaine.

La lèvre supérieure de Diane se retroussa.

— Ma mère n'aurait jamais porté un diamant d'aussi basse qualité.

— Note ça, Gavin.

— Oui, chef.

Un morceau de tissu à motifs avait été placé sous les boîtes à bijoux et lorsque Kay les passa à Gavin, elle réalisa qu'il s'agissait d'un torchon. Soulevant la dernière boîte à bijoux, elle tira sur le tissu et regarda en dessous.

— Bingo, murmura-t-elle.

Elle jeta le torchon sur la table et sortit le bloc de papier à lettres, un bâton de colle et un cahier d'exercices qu'elle brandit devant Diane.

— Vous avez déjà vu ça ?

— Non. Que se passe-t-il ?

Kay tint le cahier à la lumière, mais ne put voir

aucune marque sur les pages. Elle fit rouler le tube de colle vers Gavin.

— Mets ça dans un sac à preuves et demande à Harriet de le tester pour comparer les empreintes digitales avec celles utilisées sur les lettres de chantage.

— D'accord.

— Des lettres de chantage ?

La voix tremblante, Diane regarda Matthew puis Kay, les yeux écarquillés.

— Que se passe-t-il ?

— Nous avions des soupçons que Sophie faisait du chantage à plusieurs personnes. Chaque personne recevait régulièrement des lettres exigeant de l'argent en échange du silence du maître-chanteur. Les lettres étaient composées de mots découpés dans des journaux ou des articles imprimés qui étaient ensuite collés sur du papier à lettres. Comme ceci. Ce cahier contient un registre de chaque lettre envoyée, du montant d'argent reçu, et de ses victimes.

— Qui sont-elles ?

— Je ne suis pas en mesure de le dire. Comme vous pouvez le comprendre, les personnes qu'elle ciblait préféreraient garder cela privé.

Kay ferma le cahier et le passa à Gavin.

Diane couvrit sa bouche d'une main tremblante.

— Comment a-t-elle pu ?

— Il faut de tout pour faire un monde, Lady Griffith.

— Est-ce que... est-ce que quelqu'un d'autre sait que c'était elle ?

— Je parlerai à ses victimes dès que nous aurons terminé ici pour confirmer que nos soupçons étaient corrects.

Elle ne dit pas qu'elle demanderait également à Sharp de réinterroger Blake Hamilton et Duncan Saddleworth, étant donné que tous deux avaient désormais un motif clair pour tuer Sophie.

Diane faisait les cent pas dans la pièce, se tordant les mains.

— Oh mon Dieu. Nous devons garder ça secret, inspectrice. Nous ne pouvons pas laisser qui que ce soit le découvrir. La réputation de ma famille—

— Lady Griffith, je suis au milieu d'une enquête pour découvrir qui a tué votre fille. Nous allons parler à toutes les personnes que nous avons interrogées jusqu'à présent pour savoir si elles étaient au courant de son petit stratagème.

— Vous ne pouvez pas. Je ne pourrai plus jamais me montrer en public !

— Est-ce plus important que de trouver l'assassin de votre fille ?

La femme se tut, sa bouche s'agitant tandis que ses yeux se posaient sur le cahier dans la main de Gavin.

— Donnez-le-moi.

— Cela n'arrivera pas, Lady Griffith.

Kay fit un geste vers le contenu de la boîte.

— Tout ceci va être consigné comme preuves.

Elle tendit la main et appuya sur un bouton intégré à la surface de la table, déclenchant une douce sonnerie dans le couloir extérieur.

En quelques instants, le directeur de la banque apparut, l'air plein d'espoir.

Kay pointa du doigt le coffre vide.

— Nous allons emporter le contenu avec nous, monsieur Parsons. Dans ces circonstances, je vous suggère d'organiser la clôture du compte de Lady Griffith afin qu'elle n'ait plus à payer pour ce service.

— Je vais attendre dans la voiture, dit Matthew avant de quitter la pièce d'un pas furieux.

Déconcerté, le directeur de la banque se précipita à sa suite, promettant de rapporter les formulaires nécessaires afin que Diane les signe à son retour. Pendant ce temps, Kay s'affaira à aider Gavin à répertorier et emballer les bijoux, le carnet et l'argent liquide.

À son retour, le directeur de la banque posa les

formulaires sur la table et tendit un stylo-plume à Diane, lui indiquant où elle devait signer.

Marmonnant entre ses dents, elle le lui arracha des mains et griffonna sa signature au bas de la page, sa main se recroquevillant dans un angle maladroit alors qu'elle signait un formulaire après l'autre.

— C'est mon mari qui s'occupe habituellement de ce genre de choses.

— Je crains que, comme vous avez ouvert le compte avec votre fille, nous ayons besoin de votre signature pour le clôturer, dit Parsons. Je vous prie de m'excuser.

Les formalités achevées, il les reconduisit le long du couloir et les fit sortir dans la salle principale de la banque, où les caissiers étaient maintenant occupés avec un flux constant de clients qui entraient par les portes.

— C'est tout, détective ?

Kay acquiesça.

— Merci, Lady Griffith. Nous vous recontacterons.

— Je n'en doute pas.

Diane lança un regard noir à Gavin et le pointa du doigt.

— Assurez-vous que tous ces bijoux soient

restitués intacts. Je sais exactement ce que ma défunte mère avait offert à ma fille.

Elle pivota sur ses talons et sortit de la banque à grands pas sans un regard en arrière.

— Vraiment charmante, dit Gavin.

CHAPITRE 46

Kay se tenait sur le côté d'un pas de porte en briques
nues tandis que Barnes sonnait et scrutait à travers la
vitre dépolie de la porte d'entrée.

— Elles devraient être là, dit-il. J'ai téléphoné à sa
mère pour lui faire savoir que tu voulais parler à Eva.

Après avoir examiné la déposition qu'Eva
Shepparton avait faite à Barnes et Gavin, ainsi que les
événements survenus depuis la découverte que
Sophie Whittaker était enceinte au moment de son
meurtre, Kay voulait parler elle-même à
l'adolescente.

Barnes avait dit à l'époque qu'il avait l'impression
que la jeune fille leur cachait quelque chose, et Kay
était encline à être d'accord.

Elle savait qu'elle passait à côté de quelque chose,

quelque chose qui liait tout ensemble, mais elle n'arrivait pas à comprendre quoi, et cela la tracassait.

Elle sortit de ses pensées lorsque la porte d'entrée s'ouvrit et qu'une femme d'une quarantaine d'années jeta un coup d'œil à l'extérieur.

— Madame Shepparton ?

Le visage de la femme s'adoucit un peu quand elle reconnut Barnes.

— Détectives. Désolée de vous avoir fait attendre. Vous voulez entrer ?

— Merci. Voici ma collègue, l'inspectrice Kay Hunter.

— Bonjour.

La femme serra la main de Kay puis fit un geste vers le bout du couloir.

— J'ai pensé que nous pourrions discuter dans la cuisine, détective Barnes. Ça vous convient ?

— Merci.

Kay suivit Barnes le long d'un couloir aux couleurs vives, avec un escalier sur la gauche contre le mur où la maison était mitoyenne avec celle d'à côté. La porte d'entrée claqua derrière eux et la mère d'Eva leur lança par-dessus leurs épaules :

— Je viens de mettre la bouilloire en route. Asseyez-vous et je vais vous préparer une boisson chaude. Détective Hunter, voici ma fille, Eva.

En entrant dans la cuisine, le regard de Kay se posa sur la frêle adolescente assise à l'îlot central, ses yeux bruns écarquillés à la vue des deux policiers.

— Salut, Eva. Tu te souviens de moi ? Détective Ian Barnes.

— Bonjour.

— Voici l'inspectrice Kay Hunter. C'est ma supérieure. Ça ne te dérangerait pas de répondre à quelques questions pour elle ?

Il leva les mains d'un air d'excuse et jeta un coup d'œil à Mme Shepparton.

— C'est à propos de trucs de filles, alors si ça ne vous dérange pas, je vais peut-être prendre ma tasse de thé et aller dans le jardin, si ça vous met plus à l'aise ?

— Merci, Ian, dit Kay.

Elle sourit à Eva.

— Ce n'est rien. Je n'étais pas là quand il t'a parlé la dernière fois, alors je veux juste revoir quelques points de ta déposition initiale pour les clarifier. J'espère que ça pourrait m'aider à découvrir qui est responsable du meurtre de Sophie. D'accord ?

La jeune fille jeta un coup d'œil par-dessus son épaule à sa mère, qui lui fit un signe de tête rassurant, puis se retourna vers Kay et Barnes.

— D'accord.

— Parfait.

Barnes prit la tasse de thé fumant des mains de la mère de la jeune fille et traversa la cuisine jusqu'à la porte de derrière.

— À tout à l'heure.

Kay attendit que la porte se referme derrière lui, puis prit le tabouret que Mme Shepparton lui indiquait, la remercia d'un signe de tête et ouvrit son carnet.

— Eva, quand mes collègues t'ont parlé, tu leur as indiqué que Sophie était enceinte.

— Elle l'était, c'est la vérité.

— Nous le savons. Le problème, c'est que nous devons découvrir qui d'autre était au courant. Évidemment, Sophie te l'a dit parce que tu étais une bonne amie pour elle et qu'elle pouvait se confier à toi, mais sais-tu si elle l'avait dit à quelqu'un d'autre ?

Eva secoua la tête.

— Elle ne l'avait appris que la veille. Je pense qu'elle était encore sous le choc.

— Peux-tu te souvenir de ses mots exacts ce jour-là quand elle te l'a dit ?

Le front de la jeune fille se plissa.

— Elle a dit qu'elle avait peur, et je lui ai demandé

pourquoi. Je pensais qu'elle était nerveuse à l'idée de prêter le serment de pureté, mais ensuite elle a dit qu'elle avait fait un test de grossesse la veille et qu'il était positif. Elle a dit : « Ils vont me tuer quand ils vont l'apprendre », et j'ai pensé qu'elle parlait de sa mère et son père parce que, genre, ils avaient dépensé tellement d'argent pour la cérémonie et tout. Je veux dire, je sais que sa mère peut être une vieille peau idiote—

— Eva !

Kay leva la main vers la mère d'Eva et fit signe à l'adolescente de continuer.

— Quoi, dit-elle en haussant les épaules. C'est vrai. Mais j'ai dit à Sophie que ça n'avait pas d'importance, à ce moment-là, elle m'avait déjà dit qu'elle prévoyait de s'enfuir avec Peter.

— Tu étais au courant de ça ?

La jeune fille hocha la tête, puis rougit.

— Je l'ai aidée à déplacer certains de ses vêtements de Crossways Hall chez lui.

Kay fit une pause et prit des notes sur une nouvelle page. La jeune fille lui en avait déjà dit plus qu'elle n'en avait révélé à Barnes et Gavin.

— Est-ce que tu sais qui était le père, Eva ?

Ses yeux croisèrent ceux d'Eva alors que la jeune fille se balançait sur son tabouret, la bouche ouverte.

Kay attendit.

Finalement, les épaules de l'adolescente s'affaissèrent.

— C'est bon, ma chérie, tu peux le dire à la détective, dit Mme Shepparton.

Elle tendit la main et serra celle de sa fille dans la sienne.

— Dis simplement la vérité. Tu veux aider Sophie, n'est-ce pas ?

Une grosse larme s'échappa de l'œil gauche d'Eva et coula sur sa joue. Elle retira sa main de celle de sa mère et s'essuya le visage avant qu'un frisson ne secoue son corps et qu'elle ne lève les yeux vers Kay.

— Elle a dit qu'elle pensait que Duncan était le père.

— Le pasteur ?

L'exclamation choquée de Mme Shepparton faisait écho à la pensée qui ricochait dans la tête de Kay.

— Tu veux dire Duncan Saddleworth ?

— Oui.

La voix de la jeune fille tremblait.

— Je savais que Sophie le trouvait à son goût ; elle avait dit un après-midi où on l'avait croisé en ville qu'il était beau. « Un homme à surveiller de près », qu'elle avait dit.

Eva renifla.

— Je ne pensais pas une seconde qu'elle voulait dire qu'elle allait aussi coucher avec lui.

Elle secoua la tête, puis éclata en sanglots.

Kay attendit que la mère de la jeune fille la prenne dans ses bras et la calme avant de reprendre son stylo.

— Après qu'elle t'a dit qui était le père, qu'est-ce que Sophie a dit d'autre ?

Eva secoua la tête.

— Rien. Sa mère est apparue sur la terrasse en demandant où était Mme Jamieson. On a eu peur, je peux vous le dire, on pensait qu'elle nous avait entendues, mais elle n'a rien dit. La gouvernante est arrivée quelques secondes plus tard de toute façon, et elles ont disparu toutes les deux. À ce moment-là, Sophie s'était refermée comme une huître. Elle ne m'a rien dit d'autre.

Et n'en a pas eu l'occasion, pensa Kay.

— Eva, tu as été d'une grande aide aujourd'hui.

Elle se leva du tabouret de cuisine et fit signe à Barnes par la fenêtre de revenir.

Tandis que Mme Shepparton les raccompagnait à la porte d'entrée, Kay baissa la voix.

— Comment votre fille gère-t-elle la situation ?

Les lèvres de la femme se pincèrent.

— Du mieux qu'elle peut. Trouvez qui a fait ça à sa meilleure amie, détective. Ça l'aidera. Elle veut que le meurtrier de Sophie soit arrêté.

— Nous aussi.

CHAPITRE 47

Kay s'appuya contre la portière de la voiture et prit un moment pour respirer l'air frais du matin.

La voiture de Duncan Saddleworth était garée sur le côté de l'église, et elle avait aperçu deux des femmes qui s'occupaient des arrangements floraux la première fois qu'elle était venue à l'église, bien qu'elles ne l'aient pas vue. Elles étaient sorties par les portes, bavardant avec animation tout en portant des balais avant de disparaître au coin du bâtiment.

Elle s'était garée à l'écart du lieu de culte, le long de la ruelle et dans un angle qui lui permettait de voir les portes principales du bâtiment ainsi qu'une porte plus petite qu'elle supposait mener à la sacristie où elle avait parlé avec Saddleworth au début de l'enquête.

— Comment veux-tu procéder, chef ?

Carys verrouilla le véhicule et fit le tour pour la rejoindre, le cou tendu vers le clocher qui projetait une ombre sur le parvis de l'église.

— On va lui demander de venir au poste. Il n'a pas encore été interrogé formellement, et je préfère ne pas avoir à me répéter.

— Ça me va. La nôtre ou la sienne ?

Kay jeta un coup d'œil à la berline bleue garée sur le côté de l'église.

— Il peut nous y rejoindre. Je n'ai pas l'impression qu'il va s'enfuir. Pas quand on sait où il habite et où il travaille.

— Tu penses qu'il l'a tuée ?

— Je ne crois pas, non. Mais je veux *vraiment* comprendre ce que Sophie manigançait.

— Tu crois que son chantage envers les trois hommes est ce qui l'a menée à sa mort ?

— Je ne suis pas sûre.

Elle se détacha de la voiture.

— Il n'y a qu'un moyen de le savoir.

Elle se dirigea vers l'église au moment où les portes s'ouvraient à nouveau, et Duncan Saddleworth apparut, l'air harassé.

Ses épaules s'affaissèrent quand il remarqua les deux détectives qui approchaient.

— Inspectrice Hunter.

— Bonjour, monsieur Saddleworth.

Il leva la mallette qu'il tenait à la main et fit un geste vers sa voiture.

— J'allais rentrer chez moi pour faire ma paperasserie là-bas. Vous vouliez quelque chose ?

— En fait, nous aimerions que vous veniez au poste de police.

— Quoi ? Pourquoi ?

— Nous avons obtenu de nouvelles preuves concernant le meurtre de Sophie Whittaker.

Kay baissa la voix en voyant les deux femmes réapparaître, les yeux écarquillés à la vue de la police.

— Nous aimerions vous parler de toute urgence. Loin des regards indiscrets... et des oreilles indiscrètes.

Duncan jeta un coup d'œil par-dessus son épaule aux deux femmes de ménage, qui se précipitèrent à l'intérieur de l'église, l'air coupable.

Il soupira.

— Ce n'est pas une mauvaise idée, détective.

———

Duncan prit la tasse de café fumant des mains de Carys, puis la posa sur la table entre eux tandis que Kay appuyait sur le bouton « enregistrer » et récitait la mise en garde formelle pour commencer l'entretien.

Elle avait drapé sa veste sur le dossier de sa chaise, maudissant silencieusement la climatisation capricieuse qui commençait visiblement à dérailler avec l'arrivée de l'été, et elle ouvrit le dossier devant elle.

— Quand avez-vous commencé à recevoir les lettres du maître-chanteur, monsieur Saddleworth ?

Il se rejeta en arrière sur son siège, stupéfait.

— Comment êtes-vous au courant de ça ?

— Veuillez répondre à la question.

Il passa une main sur sa bouche, puis se pencha en avant et serra la tasse de café entre ses mains, le regard baissé.

— Ça a commencé il y a environ deux mois, peut-être un peu plus.

— Saviez-vous qu'il y avait d'autres personnes victimes de chantage ?

Il hocha la tête.

— J'ai besoin de savoir qui.

— Blake Hamilton.

— Quelqu'un d'autre ?

Il secoua la tête.

— Monsieur Saddleworth—

— Appelez-moi Duncan.

— Merci. Duncan, nous avons été informés de votre situation de chantage par un certain Felix Ashgrove, un résident de Tonbridge.

Un hoquet lui échappa.

— Felix ?

— Pouvez-vous confirmer que vous le connaissez ?

— Oui.

— Quelle était la nature de votre relation avec M. Ashgrove ?

Sa pomme d'Adam tressauta, avant qu'il ne rougisse.

— Nous... nous avons eu une petite aventure pendant mes études à Oxford.

— Quand l'avez-vous vu pour la dernière fois ?

— À la fin des années 90.

— Mais vous lui avez parlé récemment ?

Saddleworth baissa les yeux.

— Oui. Il vous l'a dit ?

— Il a vu votre visage dans le reportage sur les funérailles de Sophie, et il nous a téléphoné. Est-ce que Blake Hamilton est la raison pour laquelle vous êtes allé dans le Connecticut après votre période de volontariat ?

— Oui.

— Saviez-vous qu'il était marié à l'époque ?

— Oui.

Il releva la tête, l'air malheureux.

— Ce n'est arrivé qu'une seule fois après notre départ d'Oxford. Il était déjà parti depuis des mois quand je suis parti pour l'Amérique du Sud. Son départ a en partie motivé ma décision de devoir continuer ma vie. Puis j'ai entendu une rumeur selon laquelle il était à Bridgeport, alors j'y suis allé. Ce n'est arrivé qu'une seule fois, détective, vous devez me croire. C'était à mon arrivée aux États-Unis. Après ça, ça ne s'est plus jamais reproduit et nous n'en avons plus jamais parlé. Aucun de nous ne pouvait se permettre de nuire à sa réputation.

— Savez-vous qui vous faisait chanter ?

— Je pensais le savoir.

— Qui ?

— Sophie Whittaker.

— Pourquoi ?

Il haussa les épaules.

— Je ne peux qu'imaginer qu'elle avait trouvé une vieille photo que je gardais de nos jours à Oxford dans le tiroir de mon bureau dans la sacristie. On nous y voit tous les trois ensemble à une fête ; j'étais en train d'embrasser Blake. Je la garde toujours sous clé, vous avez vu comment sont les femmes de ménage. Un jour, à peu près au moment où elle a commencé à poser des questions sur le vœu de pureté, j'ai dû prendre un appel téléphonique et je l'ai laissée seule dans la sacristie. Quand je suis revenu, elle avait un air suffisant. Je savais que quelque chose n'allait pas, mais ce n'est qu'après son départ que j'ai réalisé que j'avais laissé la clé dans la serrure. Rien ne manquait, mais après avoir reçu la première lettre, j'ai compris ce qu'elle avait fait.

— Avez-vous tué Sophie Whittaker ?

Ses yeux s'écarquillèrent.

— Non !

— Nous avons examiné les déclarations recueillies le soir de son meurtre, Duncan. Vous étiez introuvable après la cérémonie.

— C'est parce que je me suis excusé et que je suis parti. Je devais me lever tôt pour le service du lendemain.

Kay fit un signe de tête à Carys, qui fit glisser le carnet qu'elles avaient trouvé dans le coffre-fort.

— Nous avons découvert l'existence d'un coffre-fort au nom de Sophie. Les entrées dans ce carnet suggèrent que Sophie vous faisait tous chanter régulièrement, mais vous étiez le seul à payer.

— Quoi ?

— Je ne peux que supposer que l'idée d'être victime de chantage ne dérangeait pas Blake Hamilton. Felix Ashgrove n'était certainement pas inquiet pour sa réputation. Pourquoi avez-vous payé ?

— J'avais peur.

Il passa une main tremblante sur son visage.

— Il y a eu... il y a eu une petite indiscrétion il y a environ un an et, si quoi que ce soit d'autre se produisait, j'aurais été exclu de mon église.

Ses yeux devinrent suppliants.

— Je n'ai nulle part où aller, détective.

— Quel genre de « petite indiscrétion », monsieur Saddleworth ?

Il rougit.

— J'ai eu une relation avec une jeune membre de ma congrégation. Une femme.

— Était-elle mineure ?

— Non !

— Y a-t-il eu d'autres indiscrétions de ce genre ?

— Une seule, marmonna-t-il.

— Qui ?

Il leva les yeux, le regard malheureux.

— Sophie Whittaker.

— Quand ?

— Je ne voulais pas.

— Quand ?

— Il y a environ quatre mois. Elle est restée tard un samedi soir, soi-disant pour me parler de son vœu de pureté. Elle m'a séduit, détective.

— Est-ce que c'est arrivé à nouveau ?

— Non, une seule fois. Je… je me suis rendu compte qu'elle m'utilisait probablement. Pour quelqu'un d'aussi jeune, elle avait certainement une réputation.

Kay réprima sa colère et écrivit plutôt une note à l'intérieur du dossier. Si Duncan Saddleworth avait couché avec Sophie Whittaker quatre mois plus tôt, alors il n'était définitivement pas le père de son enfant, contrairement à ce que Sophie pensait.

Kay repensa à ce que Carys avait mentionné en passant il y a quelques semaines – que les filles qui faisaient un vœu de pureté étaient souvent ignorantes en matière de sexe protégé ou de toute autre question de planification familiale. On n'en parlait tout simplement pas dans ces communautés religieuses fermées.

— Comment avez-vous réussi à continuer à payer le chantage ? Je n'imagine pas que l'église verse un salaire si élevé ?

Saddleworth tapota des doigts sur le bureau pendant un moment, puis s'affaissa dans sa chaise.

— Autant que vous le sachiez. Blake Hamilton

m'a payé pour s'assurer que la cérémonie du vœu de pureté de Sophie et ses fiançailles avec Josh aient lieu. Il craignait qu'elle change d'avis.

— Combien ?

— Suffisamment pour que je n'aie pas à m'inquiéter de répondre aux exigences du maître-chanteur.

— Combien d'argent avez-vous payé en réponse aux lettres ?

— Jusqu'à la nuit où Sophie est morte, neuf mille six cents livres.

Kay croisa le regard de Carys. La somme correspondait à ce qu'elles avaient trouvé dans le coffre-fort.

— J'ai payé mille cinq cents livres de plus il y a neuf jours.

Kay fronça les sourcils.

— Il y a neuf jours ?

— Oui.

Sa lèvre supérieure se retroussa.

— Vous voyez, détective, je *pensais* que c'était Sophie Whittaker qui me faisait chanter parce qu'elle avait découvert pour Blake Hamilton et Felix Ashgrove. Je pensais que c'était parce qu'elle m'avait séduit. Manifestement, j'avais tort. Je suis toujours victime de chantage.

— Avez-vous la lettre avec vous ?

En réponse, il plongea la main dans la poche de sa veste et en sortit une enveloppe froissée avant de la faire glisser sur la table.

Carys croisa le regard de Kay et enfila une paire de gants avant de prendre l'enveloppe et d'en extraire la page.

Une fois de plus, la note avait été construite à partir de mots découpés dans des articles de journaux imprimés, exigeant de l'argent en échange du secret sur les liaisons de Duncan.

— Il s'agit bien de la lettre qui est arrivée après la mort de Sophie ?

Il hocha la tête, les yeux pleins de misère.

— Oui.

— Nous allons devoir garder ceci, monsieur Saddleworth.

Kay tendit la main vers l'appareil d'enregistrement, son doigt planant au-dessus du bouton « stop ».

— Entretien terminé.

CHAPITRE 48

— Tu vas lui demander de venir au poste ?

Barnes scrutait à travers le pare-brise alors que la maison de Blake Hamilton apparaissait, et il actionna le clignotant sur la colonne de direction.

— Non. Je ne pense pas que ce soit nécessaire. Ça ne plairait pas à Larch, pour commencer.

Kay s'agita sur son siège jusqu'à ce qu'elle puisse atteindre le carnet dans son sac et elle feuilleta les pages une fois de plus.

— Ce que je veux savoir, c'est si Hamilton a reçu des lettres depuis la mort de Sophie, comme Duncan Saddleworth.

Elle s'arrêta à la dernière page du carnet pour inclure l'écriture de Sophie.

— Celui qui fait ça ne connaissait pas les

habitudes de Sophie en matière de tenue de registres. Elle était méticuleuse.

— Donc, quelqu'un a découvert le chantage et quand Sophie est morte, a décidé que ce serait un bon moyen de gagner de l'argent.

— Ouais. Quand on aura fini ici, tu peux aller parler à Peter Evans à nouveau ? J'ai l'impression qu'on n'a toujours pas eu toute l'histoire de sa part. Vas-y doucement, il essaie probablement de protéger la réputation de Sophie. Je pense qu'il l'aimait vraiment.

— Ok. À quoi penses-tu ?

Kay tapota son pouce contre le côté du carnet.

— L'un d'entre eux ne nous dit pas tout.

Elle soupira.

— C'est comme s'ils avaient tous des secrets, et qu'on ne faisait qu'effleurer la surface. Je veux dire, pourquoi Duncan Saddleworth serait-il le seul à avoir payé ? Avoir eu une relation homosexuelle à l'université ne semble pas une raison suffisante. Il doit y avoir autre chose.

Barnes grogna en réponse, puis freina devant la maison et sortit de la voiture, attrapant sa veste sur la banquette arrière avant de la passer sur ses épaules.

Kay rangea le carnet dans son sac et le rejoignit alors qu'il traversait le gravier vers la porte d'entrée.

Le visage de Blake Hamilton se tordit en un rictus quand il ouvrit la porte et trouva les deux détectives sur le pas de sa porte.

— Cela devient lassant, détective Hunter.

— Nous n'allons pas vous retenir longtemps, monsieur Hamilton. Nous avons eu quelques développements dans notre enquête dont nous aimerions vous parler.

Elle sourit.

— Nous pouvons le faire ici ou au commissariat. C'est vous qui choisissez.

Il recula et tint la porte ouverte.

— Entrez.

— Merci.

— Ma femme n'est pas là. Elle a emmené Josh pour la journée. Pour du shopping, ou quelque chose comme ça.

Il les conduisit dans le vaste salon, mais s'abstint de leur proposer de s'asseoir.

— Je ne prendrai pas trop de votre temps, monsieur Hamilton.

Kay sortit le carnet de Sophie de son sac.

— J'aimerais vous interroger sur les lettres de chantage que vous recevez depuis deux mois.

Blake fit un pas en arrière, le visage rougissant.

— Comment diable êtes-vous au courant de ça ?

— Avez-vous une idée de qui vous faisait chanter ?

— J'avais mes soupçons.

— Étiez-vous au courant que quelqu'un d'autre était victime de chantage en même temps ?

— Je présume que la seule raison pour laquelle vous êtes ici est que Duncan Saddleworth vous a dit que j'étais aussi victime de chantage.

— C'est exact. Il y avait aussi un troisième homme victime de chantage. Est-ce que vous connaissiez Felix Ashgrove ?

— Bon sang, il y a longtemps. C'était un type avec qui Duncan avait une relation à Oxford. Je n'ai pas entendu son nom mentionné depuis des années.

Il pointa du doigt le carnet dans le sac plastique dans la main de Kay.

— Qu'est-ce que c'est ?

— On nous a informés hier de l'existence d'un coffre-fort qui avait été négligé auparavant. Ce carnet était à l'intérieur, avec beaucoup d'argent. Et du papier à lettres que Duncan Saddleworth confirme correspondre à celui des lettres qu'il recevait jusqu'à récemment. Ce carnet contient un registre des lettres envoyées à vous, Felix et Duncan.

— Vous n'avez pas dit qui c'était, détective. Le maître-chanteur ?

— Sophie Whittaker.

Il ricana, un son explosif qui se termina par un rire amer.

— Ouah, et moi qui pensais que sa mère était une garce manipulatrice.

— Le problème, monsieur Hamilton, c'est que, même si les entrées dans ce carnet s'arrêtent la veille de la mort de Sophie, les lettres à M. Saddleworth n'ont pas cessé. Étiez-vous au courant de cela ?

Il baissa la tête.

— Duncan m'a effectivement mentionné qu'il avait reçu une autre lettre. Il semblait convaincu qu'à la mort de Sophie, les lettres s'arrêteraient aussi.

Il leva les yeux vers elle.

— Je n'ai aucune idée de qui fait chanter Duncan maintenant.

— Vous n'avez reçu aucune autre lettre ?

— Non.

— Qu'avez-vous fait de celles que vous avez reçues avant la mort de Sophie ?

— Je les ai détruites. Je n'avais pas l'intention de payer, mais je ne voulais pas non plus que ma femme le découvre.

— Pourquoi avez-vous payé Saddleworth pour garantir que le serment de pureté se fasse ?

Hamilton eut la décence de rougir, mais il se ressaisit rapidement.

— Je l'ai vu comme un investissement commercial, dit-il. Je savais que Duncan avait besoin d'argent. L'arrangement nous convenait bien à tous les deux.

Les yeux de Kay se plissèrent.

— Et si Sophie avait décidé de ne pas le faire ?

— Eh bien, ça n'a pas été le cas, n'est-ce pas ? Elle a prêté serment.

Ses lèvres s'amincirent.

— J'apprécierais, détective, que cette conversation reste entre nous. Courtney n'est pas au courant pour moi et Duncan. Je préférerais que cela reste ainsi.

— Si cette conversation n'a aucun rapport avec le meurtre de Sophie Whittaker, alors je l'envisagerai. Mais je ne peux pas vous faire de promesses.

— Merci, détective. Je vous dois une faveur.

CHAPITRE 49

Alors que Kay quittait le commissariat et se dirigeait vers la rivière, elle sortit son téléphone portable et fit défiler la liste des contacts avant d'appuyer sur le bouton d'appel.

Peter Evans répondit avant la troisième sonnerie, sa voix fatiguée.

— Inspectrice Hunter.

Kay n'attendit pas les politesses.

— Avais-tu donné une bague à Sophie Whittaker ?

— Oui. Mais elle a refusé de la porter. Elle disait qu'elle devait garder ça secret.

— Peux-tu me la décrire ?

— C'était un anneau en or avec un seul diamant. J'ai mis quatre semaines à économiser pour l'acheter.

J'ai même fait des heures supplémentaires. Je sais qu'elle était probablement habituée à des bijoux plus chers, mais c'était tout ce que je pouvais me permettre. Je voulais qu'elle l'ait maintenant, et nous allions nous marier en France.

— Nous l'avons trouvée dans un coffre-fort que Sophie avait dans une banque ici à Maidstone.

Il expira, son soulagement apparent.

— Je me demandais où elle était passée. Je pensais que sa mère l'avait peut-être trouvée.

— Sa mère n'en savait rien, dit Kay. Elle a été assez surprise de la voir. Je vais faire en sorte qu'elle te soit rendue dès que possible.

— Merci.

Kay termina l'appel, puis accéléra le pas et contourna les murs en pierre du Palais épiscopal avant de descendre vers le sentier qui longeait la rivière. Elle s'arrêta un moment pour regarder une paire de canards pagayer à travers l'eau, laissant quatre lignes diagonales dans leur sillage, avant de tourner à droite en direction de la ville.

Une femme avec un bambin à sa suite apparut devant elle, et Kay se mit sur le côté pour les laisser passer sur l'étroit sentier.

La femme sourit et murmura un merci, avant que son attention ne soit captée par un rire joyeux de sa fille qui avait repéré les créatures aquatiques de l'autre côté de la rivière.

Kay repensa à Matthew et Diane Whittaker, qui avaient dû récupérer leur fille à la morgue et organiser des funérailles, et elle réalisa que malgré sa propre perte, elle ne pouvait imaginer ce que cela avait dû être pour les parents de l'adolescente de seize ans d'endurer une telle tragédie.

Elle fut tirée de sa rêverie par la sonnerie de son téléphone portable. En le sortant de sa poche, elle fronça les sourcils en voyant le numéro de Sharp s'afficher à l'écran.

— Chef ?

— J'ai besoin que vous reveniez au commissariat. Où êtes-vous ?

— En bas près de la rivière, je prends l'air. Qu'est-ce qui ne va pas ?

— Matthew Whittaker vient d'arriver ici en exigeant de nous parler. Il dit qu'il pense que sa femme a assassiné leur fille.

— J'arrive tout de suite.

Kay fourra son téléphone dans sa poche et partit en sprint.

Arrivée au commissariat, elle passa sa carte et se précipita à travers les portes, monta les marches deux par deux et se lança dans la salle des opérations.

La conversation de Sharp avec Carys mourut dans l'air quand il la vit approcher.

— Que se passe-t-il ? dit-elle, essayant de reprendre son souffle.

— Nous l'avons mis dans la salle d'interrogatoire numéro un, dit-il alors qu'elle se débarrassait de sa veste et la drapait sur le dossier de sa chaise. Vous allez faire l'interrogatoire avec moi. Nous n'avons pas pu localiser Larch pour le moment, alors Carys lui a laissé un message.

— Comment voulez-vous procéder ?

— On va le laisser parler, voir ce qu'il a à dire.

Kay acquiesça et le suivit hors de la pièce.

— J'ai l'impression que leur mariage bat de l'aile, chef.

— D'accord, donc ça pourrait être juste de la méchanceté, c'est ce que vous voulez dire ?

— C'est quelque chose que nous devons garder à l'esprit, oui.

— Très bien, bonne remarque.

Il ouvrit la voie dans les escaliers menant aux salles d'interrogatoire et passa sa carte sur le panneau de sécurité.

— Il n'a pas désigné son propre avocat, alors j'ai fait venir un des avocats commis d'office. Je veux que ça soit fait dans les règles, Kay. S'il dit la vérité, je ne veux pas que Larch nous tombe dessus pour ne pas avoir suivi la procédure.

— Compris.

Il posa sa main sur la porte de la salle d'interrogatoire et leva un sourcil.

— Prête ?

— Prête.

CHAPITRE 50

Matthew Whittaker était assis, les bras croisés sur la poitrine, les yeux baissés lorsque Kay et Sharp entrèrent dans la salle d'interrogatoire.

Kay resta silencieuse en prenant place à côté de Sharp et attendit qu'il ait appuyé sur le bouton d'enregistrement et formellement averti Whittaker.

Sharp fit un bref signe de tête à l'avocat, puis joignit ses mains sur la table et se pencha en avant.

— Alors, monsieur Whittaker, lorsque vous êtes arrivé à l'accueil il y a quarante minutes, vous avez dit à notre agent de permanence que vous souhaitiez faire une déclaration, est-ce exact ?

— C'est exact. Je pense que ma femme a assassiné notre fille.

— C'est une accusation très grave, monsieur Whittaker.

L'homme cligna des yeux.

Kay étala sur la table devant elle les comptes annuels que Carys avait compilés pour l'entreprise de Matthew Whittaker, les tournant de façon à ce que les rangées de chiffres se trouvent face au père de Sophie.

— Vous avez connu des hauts et des bas dans vos affaires, monsieur Whittaker.

Elle pointa du doigt un document vieux de plusieurs années.

— Vous avez failli faire faillite à cause de la bulle Internet, mais vous avez toujours réussi à vous en sortir.

— Je suis doué dans ce que je fais.

— Je n'en doute pas. La question est : l'êtes-vous suffisamment ?

Elle tapota les derniers rapports.

— Il me semble que vous ne faites guère plus que de vous maintenir à flot ces derniers temps. Comment cela affecte-t-il votre relation avec Diane ?

— Quoi ? Qu'est-ce que ça vient faire là-dedans ?

— Répondez à la question, monsieur Whittaker, dit Sharp.

Matthew soupira.

— Très bien, eh bien, je suppose que Diane vous le dira probablement. Notre mariage est terminé.

Il passa une main sur sa tête.

— Ce n'était pas brillant avant que nous perdions Sophie, mais depuis, ça s'est détérioré.

— Cela peut arriver dans les familles de victimes, dit Sharp. Cherchez-vous de l'aide ?

L'homme secoua la tête.

— Honnêtement, à moins que cela n'implique une aide financière, Diane ne serait pas intéressée.

Il se pencha en arrière sur sa chaise.

— Non, je pense qu'elle en est venue à la conclusion qu'elle a réussi à me vider de tout ce que je valais pour elle ; mon entreprise est en difficulté, vous avez raison sur ce point, détective ; et elle cherche de l'aide ailleurs.

— Qu'en est-il de son héritage ? dit Kay. Quand le comte est mort, ne vous a-t-il pas laissé quelque chose ?

— Lui ?

Whittaker émit un rire amer.

— Pas une chance... Vous auriez dû voir la tête de Diane quand le testament a été lu ! L'homme avait accumulé tellement de dettes de jeu qu'il avait dû hypothéquer la maison pour les rembourser. Elle a eu de la chance d'avoir encore un toit au-dessus de sa tête.

Il joignit ses mains sur la table.

— Parfois, j'aurais préféré qu'elle perde la maison.

— Et sa mère ?

— La mère de Diane est morte une semaine après le comte. Diane a toujours soutenu que c'était dû à un chagrin d'amour, mais c'était plus probablement la consommation de gin qui a achevé la vieille garce.

— Sophie était-elle au courant de vos problèmes conjugaux ?

Les larmes lui montèrent aux yeux et il les essuya avec colère.

— Il n'a jamais été question de Sophie. Il s'agissait toujours d'essayer de sauver la fichue maison de Diane. Vous savez qu'elle tombe en ruine ? J'ai dépensé chaque centime que j'ai gagné pour essayer de rénover l'endroit, mais il pourrit de l'intérieur.

Il ricana, son regard tombant sur la table entre eux.

— Tout comme la femme que j'ai épousée.

— Monsieur Whittaker, le fait que votre mariage se brise n'est pas la raison pour laquelle vous accusez votre femme de meurtre, n'est-ce pas ? Quelle preuve avez-vous ?

Whittaker haussa les épaules, mais ne dit rien.

— Quelle est votre relation avec les Hamilton, monsieur Whittaker ?

— Relation ?

— Oui. Vous fréquentiez-vous en dehors de vos obligations envers l'église ?

— Eh bien, oui, nous nous rencontrions lors de différentes fonctions liées à mes affaires et à celles de Blake, et occasionnellement nous dînions ensemble.

— Cela allait plus loin que ça, n'est-ce pas ? Blake Hamilton allait vous aider à renflouer votre entreprise une fois que Sophie se serait fiancée à son fils.

Les yeux de Whittaker tombèrent sur ses genoux.

— Je ne l'ai appris qu'après la mort de Sophie. C'était quelque chose que lui et Diane avaient arrangé.

— Qu'est-ce que cela vous a fait ressentir ?

— Ressentir ?

Sa tête se releva brusquement, son expression incrédule.

— Comment pensez-vous que cela m'a fait me sentir, bon sang ? Elle avait vendu notre fille ! Ma petite fille. Je l'ai détestée pour ça. Je la déteste toujours pour ça. Savez-vous ce que nous avons fait ce matin, détective ?

Kay secoua la tête, mais resta silencieuse.

— Nous avons discuté de notre divorce. J'ai déposé le bilan ce matin, et apparemment c'est trop embarrassant pour Diane et ses fichues manières.

Il s'essuya les yeux et s'affaissa dans son siège, l'épuisement envahissant ses traits.

— Qu'est-ce qui vous fait penser que Diane a tué votre fille ?

— Elle a dû découvrir qu'elle couchait avec Peter et qu'elle était enceinte.

— Pourtant, elle semblait aussi surprise que vous d'apprendre la grossesse de Sophie, dit Sharp.

Whittaker ricana.

— C'est une excellente actrice, Diane. Très convaincante. J'ai déjà dit à votre collègue ici, dit-il en agitant une main en direction de Kay, Diane est allée dans une école d'art dramatique à Londres. Croyez-moi, j'ai vu à quel point elle peut convaincre les gens.

Sharp soupira et se pencha vers l'équipement d'enregistrement.

— Interrogatoire suspendu à quinze heures quinze, dit-il.

CHAPITRE 51

— Que diable se passe-t-il, Sharp ?

La voix de Larch résonna contre les murs du couloir tandis qu'il marchait à grands pas vers l'équipe rassemblée devant les salles d'interrogatoire.

Kay s'arrêta, la main contre le chambranle de la salle d'observation où Barnes et Gavin étaient assis, ayant regardé l'entretien avec Matthew Whittaker afin de fournir leurs commentaires.

Carys se tenait sur le seuil, les yeux écarquillés.

— Nous avons des motifs raisonnables pour convoquer Diane Whittaker pour un interrogatoire formel, dit Sharp, sa voix calme tandis que le commandant divisionnaire le fusillait du regard. Son mari a laissé entendre qu'elle aurait tué Sophie.

— Pourquoi diable Lady Griffith aurait-elle tué sa propre fille ? demanda Larch.

— Nous ne savons pas si c'est le cas, dit Kay. Mais elle a certainement été une femme très occupée, ça c'est sûr.

— Expliquez-vous, Hunter, dit Larch. Et faites vite.

Il foudroya Kay du regard avant de reporter son attention sur les écrans de la salle d'interrogatoire, les mains enfoncées dans ses poches et la mâchoire serrée.

Kay prit une profonde inspiration.

— D'accord, voilà comment je vois les choses. D'une manière ou d'une autre, Diane parvient à un accord avec Blake Hamilton selon lequel il l'aidera pour l'entretien continu de Crossways Hall, si elle accepte de faire en sorte que Sophie épouse Josh. De cette façon, elle garde sa maison familiale, et Blake obtient pour son fils le prestige aristocratique qu'il désire tant cultiver.

— Et tout le monde vit heureux pour toujours.

— Ouais, mais Sophie tombe enceinte. Elle panique ; soudain, elle est confrontée à la réalité qu'elle est complètement dépassée. Elle doit faire un vœu de pureté pour rester chaste jusqu'à son mariage, elle fait ce vœu le même jour où elle se fiance à Josh Hamilton, et elle ne peut en parler à personne.

Kay fit une pause pour tenter de maîtriser l'adrénaline afin de pouvoir s'expliquer à son supérieur.

— Et si ce n'était pas Sophie qui faisait chanter Duncan Saddleworth ?

— Mais nous savons déjà que c'était elle, nous avons trouvé l'argent en sa possession dans le coffre-fort.

Kay se frotta l'œil.

— Sophie était le maître-chanteur au début, dit-elle patiemment, mais après sa mort, Saddleworth a reçu une autre lettre, alors que Blake Hamilton et Felix Ashgrove n'en ont pas reçu. Quelqu'un d'autre savait que Sophie le faisait chanter, et a décidé de faire de même pour gagner de l'argent, mais ne savait pas pour les autres, c'est pourquoi ils n'en ont pas reçu.

— Vous est-il venu à l'esprit que Sophie aurait pu organiser la livraison des lettres avant sa mort ?

— Elles ont été livrées en main propre. Cela signifie qu'il y avait quelqu'un d'autre impliqué. Peter Evans nie toute connaissance du coffre-fort, et il semblait sincèrement surpris quand je lui en ai parlé. Il me semble que Sophie avait trouvé un moyen de gagner de l'argent en prévision de leur départ du pays.

— Hunter, il n'y avait pas assez d'argent dans ce coffre-fort pour justifier de tuer quelqu'un ; il n'y avait que quelques milliers de livres.

— Mais si le meurtrier de Sophie l'avait découvert et avait pensé qu'il en avait plus besoin qu'elle ?

— Quel rapport avec les Whittaker ?

— Matthew Whittaker a admis que leur maison tombait en ruine, et que son entreprise allait être mise en liquidation volontaire dans quelques semaines ; vous avez vu l'état des registres financiers.

Larch soupira et se détourna de l'écran.

— Toujours trop vague, Hunter.

— Attendez, laissez-moi finir, monsieur.

— Continuez, dit Sharp, et il leva une main pour empêcher Larch d'interrompre à nouveau.

— Quand Barnes et moi avons parlé pour la première fois aux Whittaker, Diane nous a dit qu'ils avaient entendu Sophie parler à Eva de Peter Evans ; c'est à ce moment-là que Barnes a demandé à Diane de lui montrer où elle se tenait sur la terrasse. Cela m'a fait réfléchir pendant que nous interrogions Matthew Whittaker. Si Diane savait qu'elle pouvait écouter sous la fenêtre de la chambre de Sophie, qu'a-t-elle pu entendre d'autre ?

— Tu penses que Diane a découvert que Sophie était enceinte et l'a tuée parce qu'elle avait gâché ses plans de la marier ? demanda Barnes.

— C'est ce que Matthew allègue. Dans ces circonstances, nous n'avons pas d'autre choix que d'interroger Diane Whittaker.

— Bon sang, Hunter. Vous avez intérêt à avoir raison, dit Sharp.

— Je suis d'accord, dit Larch. Les répercussions politiques si nous nous trompons pourraient mettre fin à nos carrières.

Kay croisa le regard de Sharp, mais il secoua la tête. Le seul qui s'inquiétait de voir sa carrière ruinée par les liens de Diane Whittaker avec des personnes influentes locales était le commandant divisionnaire.

Sharp s'éclaircit la gorge et suivit le regard de Larch vers les écrans de la salle d'interrogatoire, puis soupira.

— C'est un coup de hasard. Cependant, je suis d'accord pour que nous l'interrogions sous mise en garde, ne serait-ce que pour l'éliminer de la liste.

— J'y vais tout de suite, dit Kay en se dirigeant vers la porte. Allons-y, Barnes. Visite à domicile.

CHAPITRE 52

Kay tira le frein à main et détacha sa ceinture de sécurité.

— Cette maison semble de plus en plus délabrée chaque fois que je viens ici, dit Barnes en tendant le cou pour voir la maison à travers la fenêtre du passager. Je ne comprends pas pourquoi les gens insistent pour vivre dans des maisons comme celle-ci s'ils n'ont pas les moyens de les entretenir correctement. Je veux dire, à quoi ça sert ?

— Je suppose que c'est en partie pour sauver les apparences.

— Ça ne va pas durer longtemps, dit Barnes. Tu as entendu qu'ils ont aussi renvoyé le jardinier l'autre semaine ?

— Les finances doivent être mauvaises depuis longtemps.

Kay fixait la fenêtre, fronçant les sourcils au commentaire de Barnes, et une pensée lui traversa l'esprit. Cela signifierait changer légèrement de tactique, mais elle savait que Sharp la soutiendrait, si nécessaire.

La question était, Larch le ferait-il ?

— Allez, dit Barnes. C'est parti. Plus vite on l'amènera au poste, plus vite on saura ce qui s'est passé ici, bon sang.

— Je suis tout à fait d'accord, dit Kay, et elle tendit la main vers la poignée de la portière avant de sortir.

Elle leva les yeux au-dessus du toit du véhicule alors qu'une voiture de police banalisée s'arrêtait à côté d'eux, et deux agents en uniforme la rejoignirent sur l'allée de gravier, leurs gilets fluorescents douloureusement brillants sous l'éclat du soleil.

— Vous deux, faites le tour par derrière, dit-elle. Nous allons également emmener la gouvernante pour un interrogatoire formel, alors assurez-vous que personne ne sorte par l'entrée de service, compris ?

— Oui, chef.

Le plus âgé des deux mit sa casquette sur sa tête et conduisit son collègue à travers l'allée et le long du bâtiment, le crissement de leurs bottes sur le gravier s'estompant à mesure qu'ils disparaissaient de vue.

Au loin, Kay pouvait entendre un tracteur négocier l'étroite ruelle, son moteur vrombissant alors qu'il gravissait la légère pente au bout de l'allée. Au-dessus, un faucon flottait dans la brise et elle fut frappée par le sentiment que la maison semblait être dans un vide, attendant qu'elle déchire la façade que ses propriétaires avaient créée.

— Comment veux-tu procéder ? dit Barnes.

— Formellement, dit-elle. Larch me retirera mon insigne pour ça si je ne le fais pas. Je ne sais pas ce qui s'est passé dans cette maison, mais rien de tout cela n'est bon signe.

Ils marchèrent côte à côte vers la porte d'entrée, et Kay fronça les sourcils. La porte d'entrée était entrouverte, et on pouvait entendre des voix élevées venant de l'intérieur.

— Après toi.

— Merci.

Elle poussa la porte et entra dans le couloir sombre. Tout de suite, elle remarqua les murs nus et un espace vide là où autrefois une commode en chêne occupait tout un mur.

— Ils déménagent ? murmura Barnes.

— Ou ils vendent pour rester.

Des pas résonnèrent depuis le fond du couloir, au-delà du virage dans l'escalier avant de s'estomper, et Kay réalisa que la gouvernante serait en train de retourner à la cuisine alors que les deux agents en uniforme apparaissaient à la porte de derrière.

Elle se dirigea vers le jardin d'hiver où elle avait d'abord interrogé les parents de Sophie, et frappa à la porte.

Le visage de Diane apparut dans l'entrebâillement, et elle recula, surprise de les voir là.

— La porte d'entrée était ouverte, dit Kay. Nous avons essayé de frapper, mais—

— Je ne vous ai pas entendus, dit-elle.

Elle ouvrit grand la porte et regarda dehors.

— Où est Grace ?

— Mme Jamieson ?

— Oui. Elle ne vous a pas accueillis à la porte ?

— Je ne pense pas qu'elle nous ait entendus.

— Oh. Souhaitez-vous entrer ?

Diane resta impassible, mais toute sa posture exsudait le défi alors qu'elle planait près d'une des chaises.

— Que voulez-vous ?

Les yeux de Kay rencontrèrent ceux de Barnes, et il fit un léger signe de tête. Il n'y aurait pas de façon facile de faire cela, alors autant s'y mettre.

— Préviens-la de ses droits, s'il te plaît, Barnes.

— Diane Whittaker, je vous arrête pour suspicion d'avoir causé le meurtre de Sophie Whittaker...

Kay étudia le visage de la femme pendant que Barnes parlait, et nota qu'elle semblait agitée.

Bien, pensa-t-elle.

Elle jeta un coup d'œil par-dessus son épaule alors que le plus jeune des agents en uniforme apparaissait, la gouvernante derrière lui tandis que l'agent plus âgé fermait la marche.

— L'avez-vous avertie de ses droits ?

— Oui, chef.

— Mettez Mme Jamieson dans votre véhicule. Mme Whittaker viendra avec nous.

— Je veux parler à mon mari, dit Diane, sa voix tremblante alors que la gouvernante était emmenée. C'est absurde. J'exige de savoir ce qui se passe.

— Nous vous expliquerons au poste, dit Kay.

— Je veux appeler mon avocat.

— Encore une fois, vous pourrez le faire au poste.

Elle fit un pas de côté et fit un geste vers les voitures qui attendaient.

— Après vous.

CHAPITRE 53

— Que se passe-t-il ?

Le ton mordant de Diane Whittaker trancha l'air froid de la deuxième salle d'interrogatoire dès que Kay et Sharp ouvrirent la porte.

— Un instant, s'il vous plaît, madame Whittaker, dit Kay.

Elle appuya sur le bouton d'enregistrement et mit officiellement en garde la femme, en incluant les charges retenues contre elle.

— Je préférerais qu'on m'appelle par mon titre approprié, dit la femme d'un ton officiel.

— Et nous préférons vous appeler madame Whittaker, répliqua Sharp.

Kay n'attendit pas sa réponse.

— Parlez-moi de votre arrangement avec Blake

Hamilton.

— C'était une transaction commerciale entre M. Hamilton et moi, renifla Diane.

Elle agita la main.

— Je n'ai pas à discuter d'affaires privées avec des gens comme vous.

— Madame Whittaker, dit Sharp. À l'heure actuelle, vous êtes en état d'arrestation. Je vous rappelle la mise en garde qui vient de vous être lue.

— Quel était l'arrangement que vous aviez avec Hamilton ? répéta Kay.

— Blake Hamilton était notre sauveur, dit Diane. Il essayait seulement de nous aider.

— Votre mari savait-il que sa fille allait entrer dans un mariage arrangé ?

— C'est entièrement de sa faute si nous sommes dans cette situation !

— Parlez-nous-en.

Kay ouvrit le dossier sous son bras et feuilleta les pages jusqu'à ce qu'elle trouve les relevés financiers.

— D'après ce que je peux voir, lorsque votre père est décédé, il a laissé un nombre considérable de dettes de jeu. Des pertes substantielles qui l'ont conduit à hypothéquer de nouveau la maison avant sa maladie. Votre mari a utilisé chaque centime disponible de son entreprise pour maintenir l'entretien de Crossways Hall, est-ce exact ?

Diane fronça les sourcils.

— Oui.

— Bien. Alors peut-être pourriez-vous m'éclairer sur les raisons pour lesquelles vous pensez que c'est de sa faute ?

La femme soupira, essaya de croiser les jambes puis réalisa que la table était trop basse pour qu'elle puisse le faire. Elle s'agita sur son siège.

— Il n'a jamais rien accompli, Matthew. Il essaie d'être un entrepreneur, mais il n'est pas vraiment fait pour ça. Pas comme Blake.

— Donc, je vous le redemande. Quel était l'arrangement que vous aviez avec M. Hamilton ?

Diane claqua la langue, avant de joindre les mains devant elle comme en prière.

— Blake a remarqué que son fils s'était amouraché de Sophie lors d'une de nos réunions d'église. Il m'a confié en passant que son rêve avait toujours été de faire partie de l'aristocratie anglaise.

— Le rêve de Josh ?

— Non.

Diane agita la main comme si une mauvaise odeur avait flotté devant elle.

— Ce garçon n'y comprendrait rien. *Blake*.

Blake adorait l'histoire, apparemment depuis qu'il était à l'université ici. Eh bien, dès que j'ai entendu ça, j'ai pensé que je pourrais peut-être en tirer avantage.

— De quelle manière ?

Diane se pencha en avant, s'enthousiasmant pour son histoire.

— C'était délicieusement simple. Après les fiançailles, Blake devait remettre une somme d'argent que Matthew et moi pourrions utiliser pour effectuer les travaux les plus urgents à la maison. Une fois Josh et Sophie mariés, nous n'aurions plus à nous inquiéter ; ils vivraient au manoir, et Blake nous verserait une pension. Il allait même nous payer une prime à la naissance de notre premier petit-enfant, rayonna-t-elle.

Kay lutta contre la colère et la frustration qui bouillonnaient en elle.

— Combien ?

— Eh bien, je n'avais reçu qu'une partie de la dot, bien sûr.

— Combien ?

— Six mille livres.

— Pourquoi avez-vous décidé de faire chanter Duncan Saddleworth ?

La mâchoire de Diane s'ouvrit sous le coup du

brusque changement de direction dans les questions de Kay, mais elle ne répondit pas.

Kay haussa les épaules.

— C'est parce que vous avez surpris Sophie dire à Eva qu'elle pensait qu'il était le père de son bébé, n'est-ce pas ?

Sharp se raidit à côté d'elle, mais elle l'ignora et continua.

— J'ai pensé que vous alliez garder le silence à ce sujet jusqu'après les fiançailles et la cérémonie du vœu de pureté avant de confronter Sophie, mais vous n'avez pas pu vous retenir, n'est-ce pas ? C'est à propos de cela que Josh Hamilton vous a vues vous disputer sur la terrasse, n'est-ce pas ?

Diane soupira.

— Cette stupide fille. Incapable de garder les jambes fermées, apparemment. Bien sûr, j'avais déjà fait des demandes discrètes ce jour-là auprès d'un médecin concernant un avortement.

— C'était le sujet de votre dispute ?

— Oui.

— Sauf qu'avec sa mort, vous auriez perdu tout l'argent que Blake Hamilton devait vous verser. Au lieu de cela, vous avez pensé faire chanter M. Saddleworth pour compenser le déficit d'argent, n'est-ce pas ?

La bouche de la femme s'ouvrit.

— Comment avez-vous—

— Saddleworth a reçu une lettre après la mort de Sophie. Les deux autres personnes que Sophie faisait chanter n'ont reçu aucune correspondance. C'est parce que le maître-chanteur, vous, ne savait rien d'eux. Vous saviez seulement que Saddleworth était victime de chantage par Sophie parce que vous l'avez entendue parler à Eva de ses plans de fugue, n'est-ce pas ?

— Ne soyez pas ridicule.

— Au contraire, madame Whittaker. Vous avez dit à votre mari que vous aviez récemment fait du shopping à Tunbridge Wells, et il a mentionné que vous aviez acheté de nouvelles boucles d'oreilles en diamant. Vu l'état de vos finances, comment auriez-vous pu vous les offrir autrement ?

Diane la fusilla du regard.

Kay tourna la page et tint un document pour que Diane puisse le lire.

— Voici l'inventaire du coffre-fort que nous avons vidé à la banque. Duncan Saddleworth a reçu l'ordre de payer mille cinq cents livres supplémentaires en espèces à une boîte postale à Tunbridge Wells. Aucune des entrées dans le carnet de Sophie ne correspond à ce montant, et tout l'argent liquide qu'elle a reçu a été envoyé à une boîte postale dans le centre-ville de Maidstone.

— Cette salope méritait de mourir, cracha soudain Diane. Sale petite putain, à coucher à droite et à gauche comme ça. J'espère qu'elle pourrira en enfer.

L'avocat à côté d'elle s'étrangla et toussa, les yeux écarquillés.

Kay croisa les bras sur sa poitrine et se rassit dans sa chaise, avant de se tourner vers Sharp.

Il leva un sourcil, mais resta silencieux.

Elle acquiesça et fit de nouveau face à la femme devant elle.

— Diane Whittaker, nous allons demander l'autorisation au ministère public de vous inculper pour le chantage exercé sur Duncan Saddleworth...

CHAPITRE 54

Le commandant divisionnaire Larch faisait les cent pas dans le couloir devant la salle d'interrogatoire, mais s'arrêta lorsque Kay et Sharp en sortirent et fermèrent la porte derrière eux.

Kay l'ignora un instant et tendit une enveloppe à Carys.

— Nous devons parler à la gouvernante. Peux-tu entrer et montrer ceci à Diane Whittaker ? Je ne voulais pas l'utiliser pendant l'interrogatoire.

— Je m'en occupe.

Kay se tourna vers Larch.

— Qu'est-ce que c'est que ce bordel ? commença-t-il.

Il pointa du doigt la salle d'interrogatoire.

— Je croyais que vous aviez dit qu'elle avait tué sa fille ?

Kay passa devant lui et frappa à la porte de la salle d'interrogatoire suivante, puis lui fit un clin d'œil.

— Non, je ne l'ai pas dit. C'est Matthew Whittaker qui a dit cela.

— Excusez-moi, chef.

Sharp contourna le commandant et suivit Kay dans la pièce, reprenant rapidement son sérieux en s'installant sur la chaise à côté d'elle.

Kay ferma la porte derrière lui alors qu'un gémissement bruyant commençait à provenir de la pièce d'à côté.

Grace Jamieson était assise à côté du jeune avocat commis d'office qui lui avait été désigné.

— Que se passe-t-il ?

Elle se leva de sa chaise, les yeux écarquillés. L'avocat commis d'office tendit la main et la posa sur son bras, mais elle s'en dégagea.

— Quel est ce bruit ? Est-ce Lady Griffith ? Que lui avez-vous fait ?

— Asseyez-vous, s'il vous plaît, madame Jamieson, dit Sharp.

Elle se laissa tomber sur son siège, se tordant les mains.

— Elle a l'air bouleversée. Êtes-vous sûrs que je ne peux pas la voir ?

Kay se pencha, alluma l'enregistreur, puis mit officiellement en garde la gouvernante dont les yeux s'écarquillèrent lorsqu'on lui lut les accusations.

— Que se passe-t-il ?

— Veuillez remonter les manches de votre gilet, s'il vous plaît.

— Pourquoi ?

Jamieson se tourna vers l'avocat.

— Pourquoi me demande-t-elle de faire ça ?

Les yeux de l'avocat croisèrent ceux de Kay.

— Ma cliente a raison.

— Chaque fois que nous nous sommes rencontrées, vous portiez des manches longues, madame Jamieson. Au début, j'ai mis ça sur le fait que la maison des Whittaker semble être froide toute l'année. Cependant, la dernière fois que je vous ai vue, et malgré une matinée chaude, vous portiez toujours des manches longues. J'aimerais savoir pourquoi.

La femme releva le menton.

— Je ne vois pas en quoi cela a un rapport avec quoi que ce soit.

— Madame Jamieson, dit Sharp en se penchant sur sa chaise. Cet interrogatoire ira plus vite si vous nous aidez dans notre enquête. Remontez vos manches.

Elle les fusilla du regard puis enroula ses doigts autour de ses manches l'une après l'autre et les tira jusqu'aux coudes.

— Voilà.

Les yeux de Kay se posèrent sur les avant-bras de la femme. De légères égratignures étaient visibles au-dessus de ses poignets, avec une grande griffure sur son bras gauche.

— Comment vous êtes-vous blessée ?

— En faisant du jardinage. Jusqu'à récemment, nous avions George pour nous aider, mais Lady Griffith a dû se séparer de lui.

— Quand est-il parti ?

— Il y a environ une semaine.

— Pourquoi ?

— Le mari de Lady Griffith a mis son entreprise en difficulté et elle risque de perdre la maison. M. Whittaker a décidé que nous ne pouvions plus nous permettre un jardinier à plein temps.

Elle sortit un mouchoir de la boîte sur la table et tamponna ses yeux.

— C'est la fin d'une époque, détective, vous vous en rendez compte ? La maison de Lady Griffith est dans la famille depuis des années. Ma mère était employée par sa mère.

— Comment vous êtes-vous sentie quand votre mari a perdu son emploi ?

La femme recula.

— Je n'ai pas dit qu'il était mon mari.

— Non, mais il l'est, n'est-ce pas ?

— Tout est de la faute de M. Whittaker.

La femme fit la moue.

— Nous ne serions jamais arrivés dans ce pétrin s'il gérait correctement son entreprise.

— Vous avez un don pour écouter aux portes, n'est-ce pas, madame Jamieson ?

La femme posa sa main sur la table, le mouchoir froissé dans son poing.

— Que voulez-vous dire par là ?

— Vous avez tendance à rôder près des portes fermées, dans l'espoir d'entendre des ragots, dit Kay. Quand mes collègues et moi avons rendu visite aux Whittaker chez eux, vous étiez tout près, à écouter, n'est-ce pas ?

Les joues de la femme se colorèrent et elle leva le menton vers Kay.

— C'est le devoir d'une gouvernante de savoir ce qui se passe dans la maison.

— Quand avez-vous découvert l'arrangement de Mme Whittaker avec Blake Hamilton ?

— C'était un bon arrangement.

— Répondez à la question.

La femme lui lança un regard noir, puis baissa les yeux et enleva une poussière imaginaire de la fine bande dorée de sa montre-bracelet.

— Il est venu à la maison quand M. Whittaker était sorti pour une réunion avec sa banque, dit-elle finalement. Lady Griffith l'a rencontré dans la véranda et ils ont parlé du serment de pureté à ce moment-là. Sophie en avait déjà parlé à ses parents, et Lady Griffith savait qu'elle avait le béguin pour Josh, alors elle a proposé l'arrangement à M. Hamilton et il a accepté. Ça leur convenait très bien à tous les deux.

— Comment avez-vous découvert que Sophie était enceinte ?

La femme ricana.

— Elle m'a toujours regardée de haut. Toutes ces années où j'ai nettoyé après elle, repassé ses vêtements, cuisiné pour elle. Elle était insolente, irrespectueuse. Elle m'ignorait la plupart du temps, sauf quand elle voulait que je fasse quelque chose pour elle. J'étais invisible à ses yeux. Elle et cette traînée qui lui sert d'amie parlaient sur la terrasse à l'extérieur de la salle à manger après le petit-déjeuner le jour de sa fête de fiançailles ; il était facile d'entendre ce qu'elles disaient. J'ai été choquée d'apprendre qu'elle était enceinte. Je ne la pensais pas de ce genre-là.

Kay recula sa chaise lorsqu'on frappa à la porte de la salle d'interrogatoire.

Carys se tenait dans le couloir et tendit un sac à preuves en plastique à Kay. Kay la remercia et ferma la porte avant de retourner au bureau et de poser le sac à preuves dessus.

— Pendant que vous attendiez que nous vous parlions, l'un de mes collègues s'est entretenu avec nos enquêteurs de la brigade criminelle.

Kay poussa le sac vers Jamieson.

— Heureusement, la nuit du meurtre de Sophie, les premiers intervenants sur les lieux ont eu le bon sens d'étouffer les flammes des braseros autour de la terrasse. Ces morceaux sont tout ce qu'il reste d'un rouleau à pâtisserie.

Jamieson pâlit et porta une main tremblante à sa bouche.

— La raison pour laquelle les vieux rouleaux à pâtisserie comme celui-ci se transmettent de génération en génération, c'est qu'ils sont faits d'un bois dur, dit Kay. Cela les rend difficiles à détruire.

— Je... je ne comprends pas ce que vous voulez dire.

— Vous attendiez les traiteurs le matin de la fête. Pendant qu'ils s'affairaient dans la cuisine, vous avez pris le rouleau à pâtisserie dans le tiroir et l'avez caché parmi les rhododendrons au-delà de la terrasse. C'est ainsi que vous vous êtes égratigné les bras. Vous avez entendu Sophie parler à Eva Shepparton plus tôt ce jour-là. Vous l'avez entendue dire à Eva qu'elle était enceinte et qui elle pensait être le père. Pour vous, cela ruinait vos plans d'aider Mme Whittaker à garder sa maison ancestrale et mettait votre position dans la maison en danger. Il n'y a pas beaucoup de demande pour les gouvernantes de nos jours, n'est-ce pas ?

Jamieson émit un petit bruit au fond de sa gorge.

Kay l'ignora et poursuivit :

— Plus tard dans la journée, après la fin des discours et le début de la soirée dansante, vous avez attiré Sophie dans l'obscurité au-delà de la terrasse et vous l'avez frappée si fort avec le rouleau à pâtisserie qu'elle est morte sur le coup. Vous deviez être couverte de sang.

Jamieson gémit.

— Vous avez enlevé le cardigan que vous portiez, enveloppé le rouleau à pâtisserie dedans, et sur le chemin du retour vers la terrasse, vous avez jeté les deux objets dans le premier brasero que vous avez croisé. Le problème, c'est que, sans que vous le sachiez, le vent s'était levé et le brasero ne brûlait pas aussi fort qu'il aurait pu. Il dégageait surtout de la fumée à ce moment-là, empestant la soirée dansante.

Kay pointa du doigt les restes brûlés dans le sac à preuves en plastique.

— Nous avons un autre de ces sacs qui contient les restes de votre cardigan.

— Ne soyez pas ridicule.

— Vous avez été employée par Mme Whittaker toute votre vie d'adulte, n'est-ce pas, madame Jamieson ?

— Oui, et je suis fière de servir Lady Griffith.

— Sauf que dernièrement, vous avez dû assister, impuissante, au licenciement de tous les autres membres du personnel, un par un, jusqu'à votre mari, George Jamieson.

La femme lança un regard furieux à Kay.

— Si cette stupide gamine n'était pas tombée enceinte de cet horrible pasteur, rien de tout cela ne serait arrivé, lança-t-elle. Elle a tout gâché.

— Non, madame Jamieson, c'est vous qui avez tout gâché. Vous avez tué Sophie Whittaker, et vous avez tué le bébé qu'elle portait à ce moment-là. Un bébé dont le père était Josh Hamilton.

Kay se rassit sur sa chaise, les paumes sur la table, et observa une expression d'horreur absolue traverser le visage de la femme.

— Non... non, ce n'est pas vrai. Josh n'est pas le père. C'est le pasteur. Ou cet Evans. Pas... pas Josh.

— Nous avons reçu les résultats de paternité il y a un instant, dit Kay. Et *c'est pour ça* que vous pouviez entendre Mme Whittaker. Un de nos collègues lui a annoncé la nouvelle pendant que nous venions vous parler.

Les yeux de Jamieson s'écarquillèrent à mesure que la réalisation la frappait.

— Grace Jamieson, nous allons maintenant demander l'autorisation au ministère public de vous inculper pour le meurtre de Sophie Whittaker...

Sharp se pencha en avant sur son siège et lut à Grace Jamieson ses droits avant d'exposer les procédures formelles qui allaient maintenant avoir lieu.

Kay ne prêta pas attention à ses derniers mots alors qu'elle repoussait sa chaise, se glissait par la porte dans le couloir et sortait du bâtiment.

CHAPITRE 55

Kay tourna la clé dans le contact et détacha sa ceinture de sécurité alors que le moteur de la voiture s'éteignait.

Elle se pencha en avant, posant son menton sur ses mains qui reposaient sur le volant, tandis que ses yeux suivaient la ligne des pierres tombales au-delà du parking.

Un vide lui nouait l'estomac, une sensation familière qu'elle savait ne jamais la quitter complètement.

Elle se pencha, attrapa son sac à main posé au sol et sortit doucement de la voiture, agitant la télécommande par-dessus son épaule jusqu'à ce qu'elle entende le *clic* du mécanisme de verrouillage interne.

Accélérant le pas, elle serpenta entre les pierres tombales, respirant l'air frais de l'été.

Un bourdon voleta près de son visage avant de s'éloigner vers un carré de pissenlits dans l'herbe à sa droite, tandis qu'un pigeon roucoulait dans les arbres qui bordaient le site à sa gauche.

Elle cligna des yeux et leva le regard lorsque la brise lui apporta le son lointain d'une sirène, avant de sortir son téléphone portable de son sac à main et de l'éteindre.

Quelqu'un d'autre pourrait être arraché à son repos de fin d'après-midi.

Elle le remit dans son sac et ralentit en atteignant la rangée suivante de stèles. Tournant à droite, s'éloignant de l'allée herbeuse qu'elle avait suivie, elle parcourut la moitié de la rangée, puis s'arrêta et posa sa main sur le dessus de la pierre tombale en granit gris et froid, ses yeux parcourant la simple inscription.

Elizabeth Hunter-Turner. Fille bien-aimée, partie trop tôt.

— Bonjour, Elizabeth.

Elle posa son sac au sol et se mit à arracher les hautes herbes qui avaient déjà commencé à envahir la base de la pierre malgré l'entretien qu'Adam avait effectué seulement deux semaines plus tôt.

Les légères pluies d'été et les journées ensoleillées avaient fait éclore la vie dans toute la campagne, et ici, parmi les stèles dédiées aux morts, ce n'était pas différent.

Absorbée par son travail, elle n'entendit personne approcher et sursauta au son d'un homme qui s'éclaircissait la gorge.

Elle pivota sur ses orteils et protégea ses yeux du soleil face à la silhouette qui la dominait.

— J'ai pensé vous laisser quelques moments seule avant de vous rejoindre.

Sharp enfonça ses mains dans les poches de son pantalon et se tourna pour observer le cimetière. Il plissa les yeux dans la lumière de l'après-midi tandis que son regard parcourait le paysage.

— C'est un endroit paisible ici.

— Oui.

Kay se redressa, jeta les mauvaises herbes sur le côté et frotta ses mains l'une contre l'autre pour se débarrasser des feuilles restantes.

— Vous venez souvent ?

— On essaie de venir deux fois par mois. Adam va arriver bientôt, il voulait d'abord acheter des fleurs fraîches.

— Je ne vais pas traîner. J'ai quelque chose pour vous que je ne voulais pas vous donner au poste.

Il plongea la main dans sa poche et lui tendit le double de la clé de la porte d'entrée de chez elle.

— J'ai envoyé quelqu'un chez vous pendant que vous étiez tous les deux absents. Il a examiné l'équipement que vous avez trouvé. Ceux qui ont installé les caméras et les microphones sont des professionnels. Surtout compte tenu du temps limité dont ils disposaient pour le faire.

— Il étaient donc plusieurs ?

Il hocha la tête.

— Probablement. Deux pour saccager la maison, et peut-être deux ou trois pour installer tout l'équipement. Mon contact a retiré toutes les caméras et tous les microphones, donc vous n'avez plus rien à craindre de ce côté-là maintenant. Ils ne pourront plus rien voir ni entendre.

— Ils ne vont pas se douter de quelque chose ?

— Mon contact a diffusé un bruit blanc pendant un moment, puis a augmenté la fréquence ; ça a détruit l'équipement. Ils penseront probablement que des souris, des rongeurs, une défaillance de l'équipement ou une surtension ont endommagé les microphones. Ça arrive tout le temps.

— Ok.

Il lui tendit un ensemble de quatre mini-caméras

et microphones scellés dans un sac à preuves en plastique.

— Il n'y avait pas d'empreintes digitales, nous avons vérifié.

Kay laissa échapper un souffle tremblant et fit tourner le sac entre ses doigts.

— Merci, chef.

La main de Kay tremblait tandis qu'elle levait le sac vers la lumière pour examiner son contenu. En se rappelant à quoi avait servi cet équipement, il semblait dégager une qualité malveillante et elle dut se retenir de ne pas le jeter au sol pour l'écraser sous son talon. Au lieu de cela, elle leva les yeux en entendant la voix de Sharp.

— Vous allez me dire qui vous soupçonnez être derrière tout ça ?

Elle cligna des yeux et se frotta l'œil droit.

— Ce ne serait pas très professionnel de ma part, n'est-ce pas ? De propager des rumeurs ?

Elle laissa retomber sa main.

— Non, j'ai besoin de plus de preuves, ou d'une percée ou quelque chose comme ça.

— Vous allez quand même garder les caméras et les microphones comme preuves ?

— Oui. Je suis retournée à la banque des Whittaker et j'ai ouvert mon propre coffre-fort.

Elle serra le sac à preuves dans une main et sortit une petite clé de la poche de son pantalon.

— Je veux que vous ayez le double. Au cas où il m'arriverait quelque chose.

Ses yeux croisèrent les siens tandis qu'il prenait la clé entre ses doigts.

— Vous êtes sûre ?

— Je ne sais pas à qui d'autre faire confiance, chef. Et j'essaie de ne pas impliquer Adam. Est-ce que je peux vous faire confiance ?

Il soupesa la clé dans sa main.

— Oui. Et je n'ouvrirai pas cette boîte, d'accord ?

— Vous devrez peut-être le faire. S'il m'arrive quelque chose.

Il soupira.

— Adam ne sait pas que vous cherchez toujours celui qui vous a fait ça, n'est-ce pas ?

Elle se mordit la lèvre.

— Il le sait.

— Faites attention, Kay. Je détesterais qu'il vous arrive quelque chose à tous les deux. C'est un type bien.

Sharp jeta un coup d'œil à sa montre.

— J'imagine qu'il sera là d'une minute à l'autre. Je ferais mieux d'y aller.

Il lui tapota le bras en passant, et elle le regarda

retourner d'un pas décidé vers sa voiture, la tête baissée.

Tandis qu'il montait dans son véhicule et démarrait, elle reporta son attention sur la pierre tombale de sa fille.

Un gémissement s'échappa de ses lèvres.

Il y a dix-huit mois, sa vie était normale.

Elle avait un travail qu'elle adorait, des collègues en qui elle pouvait avoir confiance et avec qui elle pouvait rire, et une vie de famille paisible.

Maintenant, elle sentait que tout lui échappait. Elle ne pouvait pas les laisser lui faire ça.

Elle ne les laisserait pas lui faire ça.

Elle reporta son attention sur le parking en entendant une autre voiture approcher, puis se détendit en reconnaissant le 4x4 d'Adam.

Il freina pour s'arrêter et descendit du siège conducteur, et elle retint son souffle.

Il croisa son regard et leva la main avant de se pencher dans le côté passager de la voiture et d'en sortir un bouquet de fleurs fraîches. Il passa une main dans ses cheveux, puis pointa sa clé électronique vers la voiture et commença à gravir la légère pente vers l'endroit où elle se tenait.

Alors qu'il s'approchait, Kay fourra la collection de caméras et de microphones dans son sac à main avant de prononcer un serment qu'elle avait bien l'intention de tenir.

Elle ferait n'importe quoi pour protéger Adam de ceux qui essayaient de lui nuire.

N'importe quoi.

<< FIN >>

BIOGRAPHIE DE L'AUTEUR

Rachel Amphlett est l'auteure de romans policiers et de thrillers d'espionnage les plus vendus par USA Today, et la plupart de ses livres ont été traduits dans le monde entier.

Ses romans sont disponibles en format numérique, en version imprimée et en livres audio dans les bibliothèques et chez les détaillants, ainsi que sur son site web.

Grande voyageuse et détective privée par accident, Rachel possède les nationalités australienne et britannique.

Pour en savoir plus sur les livres de Rachel, rendez-vous à l'adresse suivante : www.rachelamphlett.com.